泰顺文化研究工程项目
Taishun Cultural Research Project

望山草堂诗钞

[清] 林鹗 著 ／ 赖立位 点校

中国文史出版社

林鹗先生画像

故居门楼

迁谷摩崖题刻

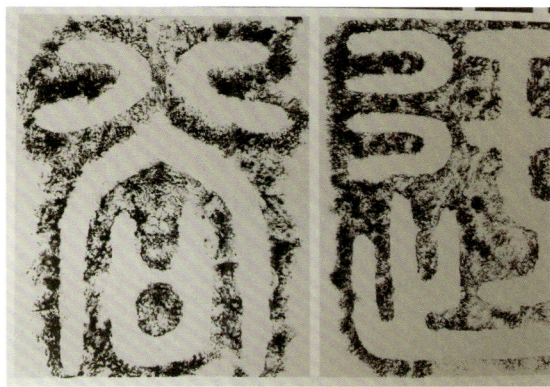

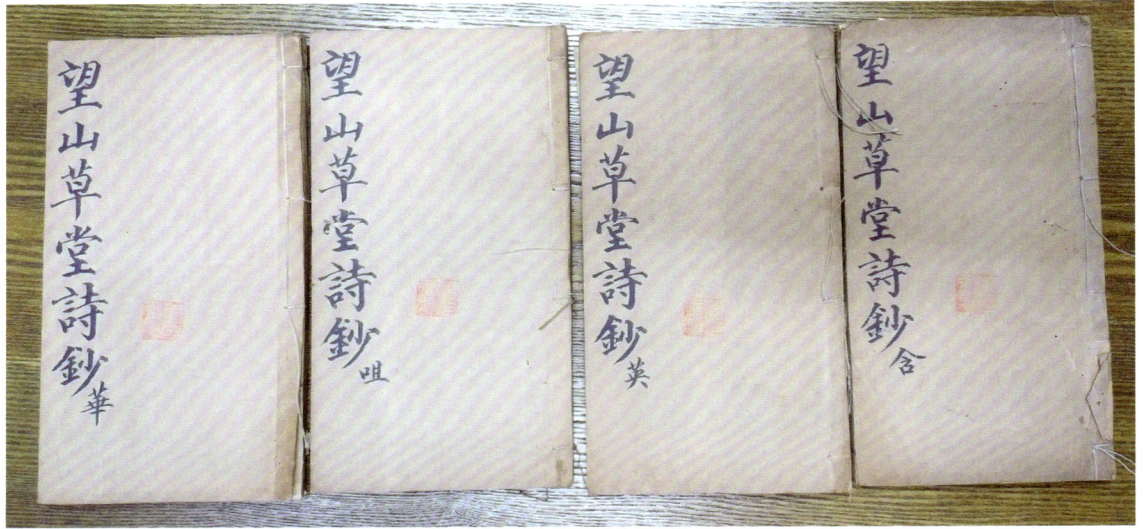

望山草堂詩鈔 華

望山草堂詩鈔 咀

望山草堂詩鈔 英

望山草堂詩鈔 含

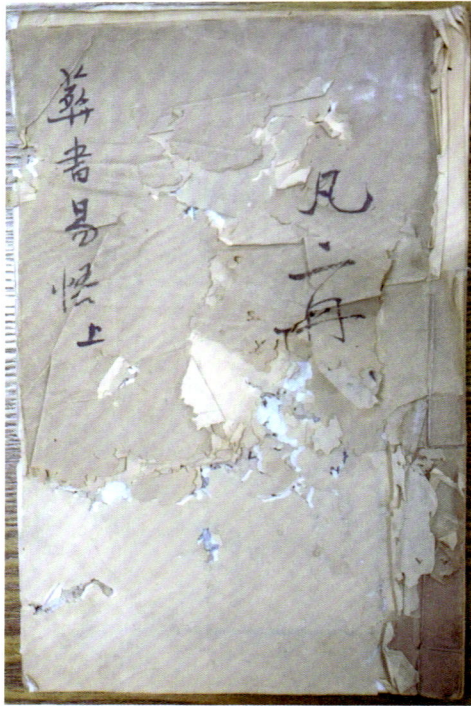

藝書易悟 上

凡二冊

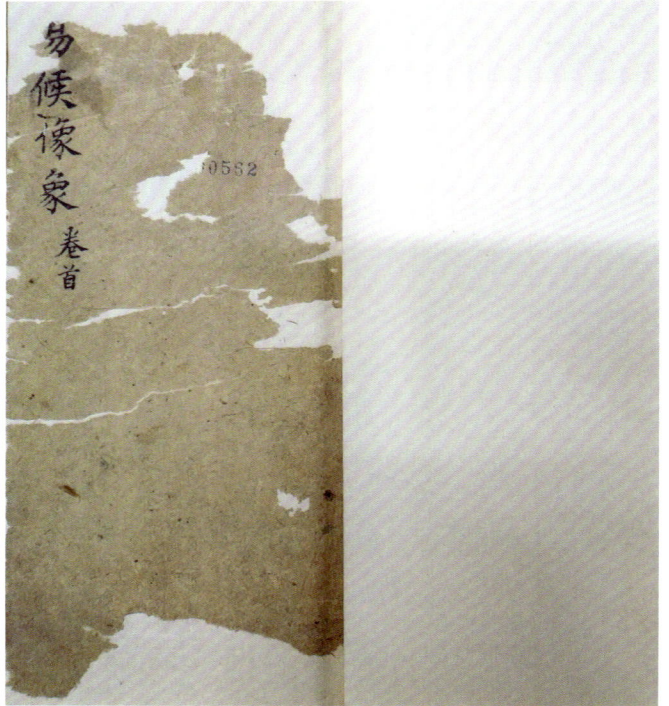

易候篆象 卷首

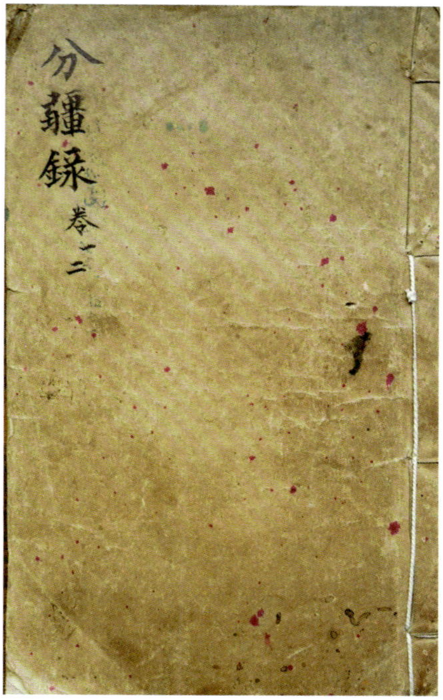

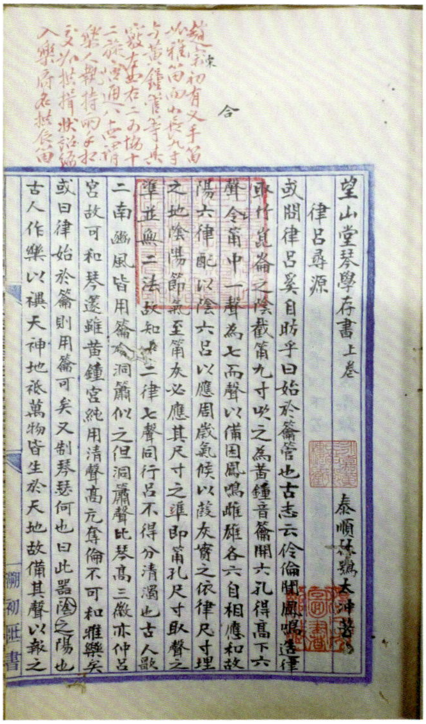

分疆録 卷二

望山堂文集

望山堂琴學存書上卷

律呂尋源

泰順林鶚大沖著

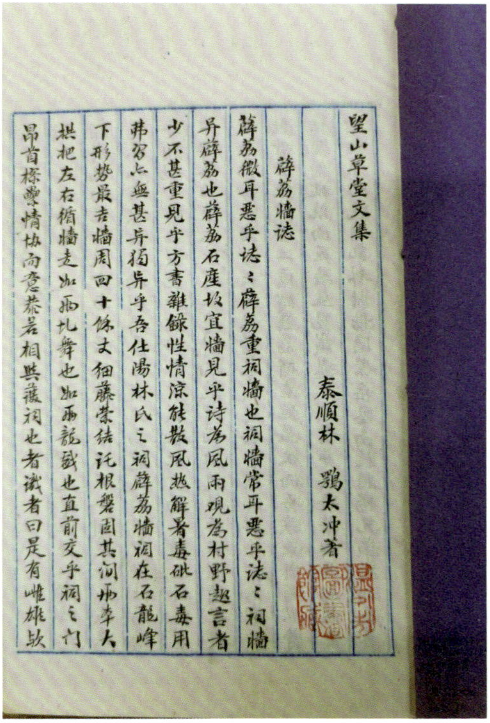

望山草堂文集

薜荔牆誌

泰順林鶚大沖著

清代詩文集彙編

國家清史編纂委員會·文獻叢刊

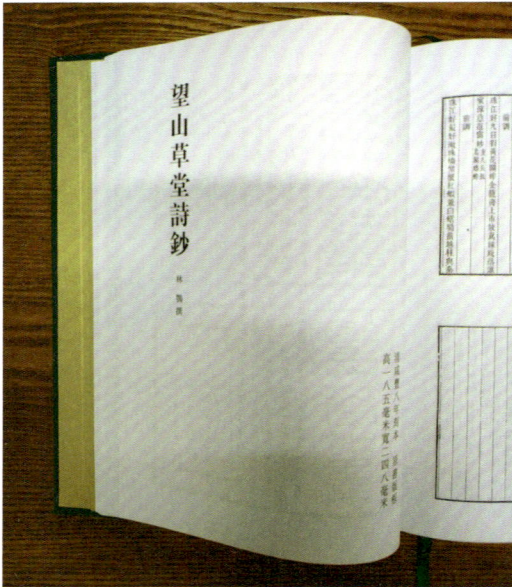

右上

吳仲圭一代高士槁屋植梅隱居
元之勝氣也自耕梅花和尚嘉雲
玉生仁弟雅屬　逛□□

左上

松雪為袁安卧雪圖老屋疏林之意足
以唊盡其能事而藝文敦題其後乃以
欠事余為袁君與之臨此遂示牆角着殿

右下

絕壁陰森有屌嘹天風忽下欲飛
藤蔓聖雲来黑山六淘二喊泣吸
書張情齋詩　逛□□

左下

徐幼文以詩名樓國之與高大
齋名班謂高楊張徐者也徐張亦
徐先出張右
乙未八月之望林□書

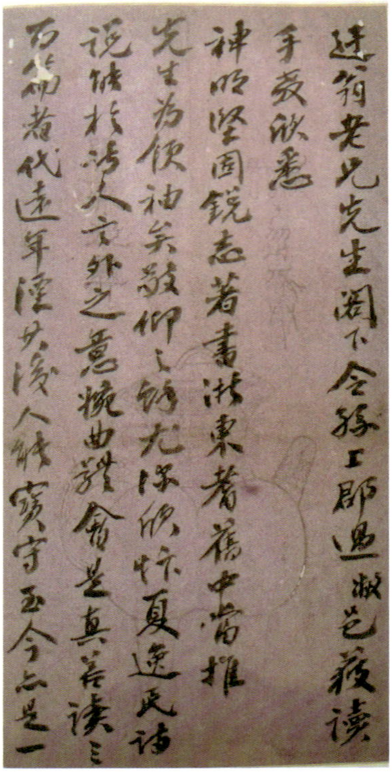

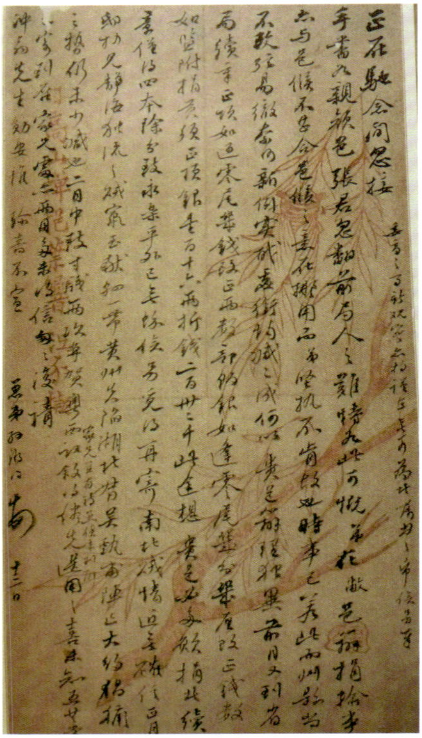

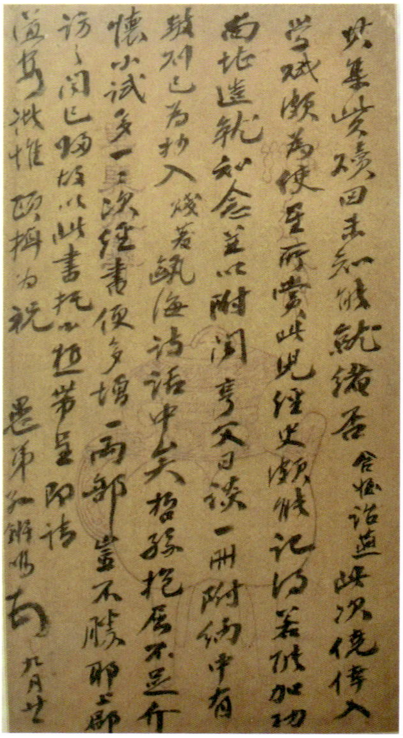

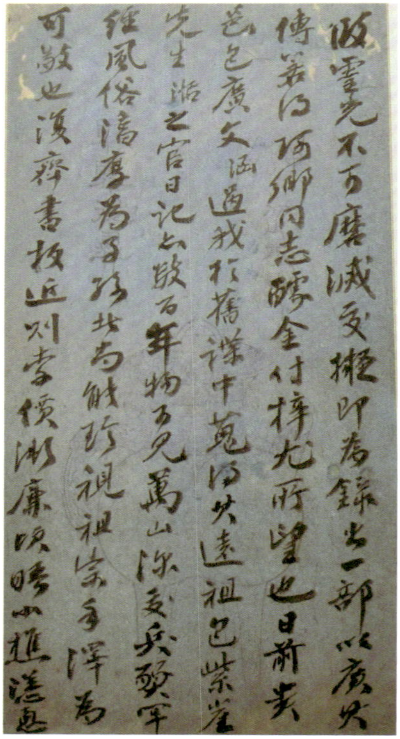

父大人尊前　姪与嶼頭毓英世兄　作伴到省住城隍
廟
山後到下段進場三場先瑩俱無達武文比前數
科略勝然售与不售聽之而已瑩後毓英先歸
姪以無錢不能起身歸期大約在榜後也店中
生意何如可能開展否姪家諒已收割未知年
歲何如之有便人入城求
三姊寫信通問并囑　娼嬸　耐苦持家照管孩子姪

如獲中武兄事求
三姊代理如不中則歸期無定或往省城候明年恩
科亦未可知也此稟并請
祖母大人福安
三姊
嬸娘　均安
姨娘好

跪具
八月廿五日申刻

民稱頌書畫門聯有云讀書人惟造重奇門義苟無妨
出入俄官者當此等職分也須有點作為

卒於官惜遺稿俱散佚
翁星六號栩仙甯波人咸豐閒以舉人官教諭街淵深
才誼淵慈秉性嚴毅古道照人而喜人強項愈毅辦愈
喜理屈則降心以從門生中有因此受其賞識者至今
推為師表
林鶚號太冲溫州泰順人歲貢善詩古文辭以軍功授教
職咸豐初補訓導慷慨任事喜談兵暑奇門遜甲及地
理書著有望山草堂詩集
江紹華號筱城湖南長沙人從楚軍職書記同治元年十
月來知縣事時邑城未復攝於厚仁市設官署籌防緝

茗弟評粉祥海再言方

本沖先生大人閣下占

先生剏久多江湖間隔夢寐馳而同之也惟目聽前海以解禄祁海彷彿坚临
先生為馬西文旨论之惠敢豪之高三之名上帅心诺帅
兔恩共怀陶豪

先生起孝敢莅馬方阅十名坚坚病於菩管才讴之當明君于秋试渡江路
谭名古西西鄉人士早蔚之船坚恋士席各院舒之作付诗了皆号知诗
天后久诸投本係運弟于古皇未鄙孝琴西芝坐之姉作又粘怪抖叔孝逢扬怀
不屋兄先生玉圍棵中美方淺口中塘瓶弟居目栽阆扦稿箕为阿以
未适路参占秋孖比事阆偕尊田登佞西狄祸郷有之赓為南佐门
茗廣闽顺而各大畜隻追力作方尔睿看付作芽祎新束珠孫方化書示
愛斤珠摘日占當垄日荒栎之颏红心炒庵升而虞孝为方自以藏芽主由不月
楊主之似醉書孝而文废以诗佳相接炬枋必芽金影殉线书之方奉臂首
宁不宗孝先生割十宗鄉元昜過地孝朽管就白诸遂以晋虬废必芽兄
以号早叔远旺偈米诗一束能琴高鋤敦
先生俾於茗平香叔恩之其四朴高

（第二张）

多靡淐孝肜重鞋乃如大虞由之未蒙不及知诤阆咨怃不言可志虬俟於美
濵孝伏惟
亮鉴不宣了祥一再拜

癸子八月中浣前三日上方
回述帅毛内孝而亥雩连手孝红书
祥

目　录

望山草堂诗钞卷之二
见南山轩集稿

望山草堂诗钞卷之三
见南山轩集稿

望山草堂诗钞卷之五
见南山轩集稿

望山草堂诗钞卷之六
北游草

望山草堂诗钞卷之七
南游草

望山草堂诗钞卷之八
晚香吟草

望山草堂诗钞卷之九

归田录

望山草堂诗钞卷之十

归田作

《望山草堂诗钞》序

　　林鹗是泰顺历史上绕不开的人物，其晚年心血力作《分疆录》记录泰顺千年史事，是境内文史撰稿者案头常备之书。读懂泰顺除了研究《分疆录》之外，还得读懂林鹗其诗其文。林鹗在中晚清泰顺文士群中以才艺广博佼佼而立，他工诗善文能琴，又喜舞剑谈兵，旁涉地理堪舆。他好饮酒作诗，古风律绝辞赋信手拈来，或隽永工丽，或恣意汪洋，瑞安大儒孙衣言盛赞"太冲之诗才逸气雄，浩浩落落如长江大河"。他的诗歌并非只是舞风弄月，而是以史家之眼看世界，寓史于诗，感时记事。正如林鹗自评"我诗虽非《春秋》之法，颇似杜陵诗史"，是以林鹗之诗有几分杜甫的诗史遗风，从他诗作中可以窥见他的内心世界、人生轨迹，还有时事风云、社会民生。

　　《望山草堂诗钞》融汇林鹗各个阶段的诗稿，诗稿之名就如他人生之书的章回标题，是一部立志、求学、立功、入仕、退隐的奋斗史。《偶吟随录》是林鹗年轻时读书游历之余的低吟浅唱；《见南山轩集稿》是他中年移居南院桥下村见南山轩的耕读交游之诗；《北游草》是他五十五岁北上京城游历的诗歌集；《南游草》是他南下桂林入广西学政孙锵鸣幕的见闻诗，其间他参与抵御太平军；《晚香吟草》是林鹗出任兰溪县训导期间的诗歌集，他如晚开的菊花吐露芳香；而《归田录》则是林鹗辞官归乡后的闲吟，有了"数千卷积书中粟，几亩田安世外身"的坦然。

古籍是中华文明的瑰宝。存史启智，以文化人，是中华民族延续几千年的传统。特别是党的十八大以来，习近平总书记十分重视典籍的保护、修复与整理工作。他主张要"深入挖掘古籍蕴含的哲学思想、人文精神、价值理念、道德规范，推动中华优秀传统文化创造性转化、创新性发展"。今年6月2日，习近平总书记考察中国国家版本馆时强调，"盛世修文，我们这个时代，国家繁荣、社会平安稳定，有传承民族文化的意愿和能力，要把这件大事办好。"

我们现在就是在办"这件大事"。近年来，全国上下掀起"古籍热""文博风"。浙江出版国家重大文化工程"中国历代绘画大系"'，将中国传统绘画艺术呈现于世界。温州启动《温州大典》编纂，"温州学"在传承中焕发新机。泰顺三千年，历史名人辈出，文化弦歌不辍，文化典籍宝库也亟待开发挖掘。在泰顺县委县政府的高度重视下，泰顺县政协坚守"存史、资政、团结、育人"的宗旨和初心，把古籍资源保护利用作为重要课题，致力于乡邦文献的整理，先后编纂出版《翁同文文集》《复斋诗文集》，让更多沉睡的典籍"活"起来，赓续泰顺千年文脉。

今人在赏读林鹗诗文的同时，也感动于他晚年徒步考察县域山水、搜集史料编纂志书的执著，这是诗文之外的精神启示。这次，赖立位先生校勘点注的《望山草堂诗钞》付梓，是古籍开发利用的又一次生动实践。检校古籍，拾遗补阙，功莫大焉。泰顺县政协将一如既往地支持、联动、凝聚各方文化人士，修炼史德、史识，涵养史才、史学，激发动力，扛起责任，抓好、做深这一特色工作，为传承泰顺地域文化拾柴添瓦，为建设中华民族现代文明贡献力量。

欣为序！

前　言

《望山草堂诗钞》是清代诗人林鹗的诗集，清咸丰八年（1858）首次雕版刊行，2010年收入清史工程大型文献丛书《清代诗文集汇编》。

一

林鹗（1793—1874），小名颉云，字景一，号崎崖，后改名鹗，字太冲，号迁谷，浙江泰顺县人。乾隆五十八年（1793）三月廿九日出生于泰顺县城罗阳城西，道光四年（1824）迁居泰顺七都南院村桥下（今罗阳镇桥下村）。

林鹗出生于泰顺书香世家上庄林氏。高祖父林绍昌，乾隆年间岁贡生，曾任湖州府学训导，迁居里庄（今司前畲族镇里光村）。曾祖父廷燎、祖父崇城均为县学生员，父亲林逢春为温州府学生员。母亲董氏，是泰顺清代第一个进士董正扬的胞妹。

　　林鹗青少年时代，跟随曾镛、潘鼎、潘昕等饱学之士读书，嘉庆十七年（1812）岁科连考，岁考第一名，成为县学生员；接着参加科考，获一等第二名，补廪膳生，可谓少年得志。但是，在乡试考场上，却是屡困场屋，颗粒无收。直到三十年后才于道光二十二年（1842）成岁贡生。二十八年，往北京入国子监读书，参加顺天府乡试等考试。在国子监，"每试冠其曹偶"，但最终"而卒不售"。三十年冬，受好友广西学政孙锵鸣之邀，从北京走六七千里，到桂林佐幕。咸丰二年（1852）三月初，太平军围攻桂林，林鹗跟随孙锵鸣等官员参加守城。由于懂得兵法，被委任守卫西清门。太平军久攻不下，撤围离去，林鹗提议追击，阻太平军入湖南，不被当道采纳。当太平军攻下南京后，咸丰皇帝回想桂林守城之功，"赏或未遍"，让广西再报有功之人，林鹗因此被荐，授金华府兰溪县学训导。五年春，林鹗赴兰溪上任。此时形势危急，林鹗被委派训练民团，抵御太平军及溃散滋事的潮台兵勇。由于性格直率，与县令颇不相能。等到关系缓和之后，林鹗已不再留恋官场，决意辞职回归山中。八年五月，回到泰顺。此时，泰顺周边县域已是烽火连天。为了家园安宁，免遭兵燹荼毒，指派儿子林用霖与当地乡绅一起，在泰顺东北与景宁交界处修筑关隘，防御丽水方向的太平军入境；同时在西南方向，越境至寿宁，筑库坑岭隘口，阻却闽北方向的太平军阑入。又在南院倡办社仓，防范百姓因遭遇灾荒致走投无路甚而"相率为盗贼"。

　　同治三年（1864），受温处兵备道兼温州知府周开锡邀请，出任温州中山书院掌教。中山书院毗邻温州府衙，是当时温州最高学府，掌教由知府或温处道员聘任。其时，孙诒让就读中山书院，成为其学生。其间，向徐茝生、马兰笙学习古琴，技艺大进。两年后辞职回到南院桥下，从此再没有出山，在泰顺各地收集资料、遍历山川、走访耆老，编纂泰顺《分疆录》。《分疆录》全书十二卷，内容包括原始、舆地、建置、职官、选举、人物、杂志、艺文等，详尽记录了泰顺地域风物和人文历史，是泰顺建县以来最好的一部志书。其间，抢救整理了明末清初夏大辉的《诗经渔樵野说》，撰写了《望山草堂琴学存书》。

二

"国家不幸诗家幸，赋到沧桑句便工"，国家的危难、家庭的酸辛，往往是诗人成长的催化剂。嘉庆十九年（1814）十一月至十二月，一个多月时间里，母亲、父亲相继去世；接下来三年间，舅舅董正扬、弟媳、弟弟、妹妹、女儿，相继离世。由于父母突然去世等一系列变故，导致家庭一贫如洗。父母、弟弟死后多年无法下葬。罗阳城里的祖屋贱卖，家中数千册藏书抵债给他人，直至连租房都缺钱，只得迁居南院桥下，将家人安置在简陋的墓庐里，自己外出谋事，挣钱养家糊口。先后在泰顺罗阳、筱村、秀涧，瑞安大峃，景宁鹤溪等地坐馆执教；往严州建德、嘉兴秀水等地佐幕。

从林鹗懂事开始，清朝就在由盛转衰的下坡路上越走越快，从乾隆朝不可一世的天朝上国，到咸同时期的内忧外患，烽烟遍地，民不聊生。咸丰以后，太平天国、捻军、金钱会等农民起义，严重冲击了原有的社会秩序，给百姓带来了更多的苦难；从鸦片战争开始的历次对外战争，中国受尽了列强的肆意凌辱。社会已经天翻地覆，而维持秩序的规则依然如故。作为一个饱受传统儒家思想浸润的知识分子，面对现实社会的残酷无情，内心剧烈震荡，感慨由衷而发，不能自已。

正是这样的时代，这样的家庭，孕育了这位诗人。"忠孝本性成"，于国曰忠，于家曰孝。《望山草堂诗钞》里，处处可见对民生的深深忧虑，对家族的淡淡哀伤，对国家民族前途的苦苦追寻。

三

望山草堂，原本是一所简陋的墓庐。道光二年（1822），林鹗在亲友帮助下，将父母葬在南院的飞凤山北麓，同时在墓地北侧的山坡下搭建了墓庐，与墓地隔田相望。两年后，携祖母、妻儿迁居于此。本意只是暂时栖身，没曾想就此长住了下来，终老于此。

诗人的内心，是宽阔明亮的天地，苦难没有压塌他的躯体，没有摧垮他积极向上的雄心壮志。定居之后，他将墓庐命名为望山草堂，将可以凭窗眺望丘墓的屋舍叫作见南山轩，将墓庐所处的曲折萦回的小盆地取名为迁谷，从此以迁谷为号，从迁谷到迁谷山人，再到迁谷老人。望山草堂所望的山，是县城背后的天关山，他在罗阳城西开窗即见的大山。见南山轩所见处，不是东篱种菊、望之悠然的地方，而是他寄托悲痛的南阡数尺丘垄。

望山草堂，既是林鹗的寄身之所，也是林鹗的凝心聚神之地。他的著述基本上以此冠名，如《望山草堂诗钞》《望山草堂文集》《望山草堂琴学存书》，耗费十余年精力编纂的《分疆录》扉页上也标注"望山堂藏板"。其哲嗣林用霖的诗集取名为《望山草堂诗续》，吐露了追随父亲诗路足迹的心声。

四

林鹗虽然出生于诗书传家的书香之家，但是在中秀才之前并未刻意学习写诗。他在《望山草堂诗钞》自叙中说，"少专举业，于乡前辈能诗名家皆未尝请益。年二十余，就正古侠周先生，始焚弃一切，更就要道。"他认为自己所写的诗，"言发乎情，不可为伪。情之所感，万有不齐，而声律应之"，"情之所至，兴之所触，时有不已于言者"，都是内心真情的自然流露。

虽然林鹗对自己的诗才非常谦虚，但是后辈文士却由衷地敬仰。晚清泰顺著名文士如包涵、董宪曾、周恩煦、周焕枢、林昕等人，都在诗文中表达了对林鹗的敬佩。包涵《古柏山房吟草》中有一首《梦以诗质故学博林太冲先生》，记录了他在梦中向林鹗学诗的情景。"吾邑名儒林太冲，人品足齐霞樵翁。霞樵诗才称独绝，先生继起希其宗"，在包涵看来，泰顺诗坛前辈诗才最高的是董斿和林鹗。林昕自号万罗狂客，诗才出众，然而对林鹗还是由衷称赞"太冲前辈邑人师"，"太冲前辈阅世之二十年余，诗教凌夷，风雅不作"。

通观全集，可以强烈地感受到林鹗诗作的真与诚。在与师长、朋友、亲族的交往中，在行走大江南北、纵览山水名胜时，流出笔端的都是纯真性情，没有丝毫做作。语言朴实，通俗易懂，没有故作高深的用典，也没有难以识别的异体字。诗集的编辑者曾璧搢不由感慨"言言本乎至性。虽聪慧绝伦，每拙直不能机巧，而愤时嫉俗，不平之气辄于诗焉发之"。

林鹗性耽山水，登临送目，仰观俯察，驰骋今古，往往名篇就此吟就。《望天关山感赋》《登白云最高顶》《登赤岩观瀑》等都是吟诵山水之佳作。

林鹗好楚辞，喜欢作古体诗。《悲歌》《题达摩渡江图》《东瓯观潮行》《拟梦游天姥吟》《临江府清江舟中度岁作歌》《远相思行》等都属此类体裁中的名篇。在赴桂林途中，于湘江上创作的《湘江舟中拟古作九思》，豪迈奇纵，激扬奋发，酣畅淋漓，是诗集中值得重点品读的楚辞体长诗。

林鹗重感情，尤其对师长的眷念，令人动容。《感怀先师》《山居怀李明府协庄师》《青田晚泊感怀端木舍人》等诗作，抒发了他对曾镛、李品镐、端木国瑚等师长的深深怀念。当路过永州时，"回念先师复斋曾夫子官永州日，与吾乡董霞樵前辈、武陵杨海樵同门相依幕下，尝游潇湘，溪山犹在，都作古人，慨然有作：千秋师友溪山在，二月潇湘草木薰。此日怀人剩孤客，凄风愁雨对江濆"，今日读之，犹足以催人潸然泪下。

五

《望山草堂诗钞》的刊行，与曾璧搢直接有关。曾璧搢（1815—1859），字子绅，号鹤峰，泰顺县罗阳镇上交阳村人。增生。上交阳曾家于嘉庆二十年（1815）从福建同安迁居泰顺城东上交阳，曾璧搢于迁居当年出生。道光十六年（1836）岁考与林用霖同科中秀才。曾璧搢的堂弟璧定与林用霖是连襟，都是林鹗姑表弟潘道修的女婿，因此与林鹗有姻亲之谊。曾璧搢工篆刻，时人以得到其所作印砚为荣，留有《绿莲山房印谱》（又名《曾璧搢印谱》）传世，由温州书法家马公愚收藏。曾璧搢熟读林鹗诗作，敬慕其诗才，多次建议其将诗作刻印发行，林鹗一直没有同意。咸丰八年（1858）夏，林鹗从兰溪辞官回来，此时正好有一批从事雕版印刷的工匠，因为躲避太平天国战乱，寄居在曾璧撝家的鹤巢山馆。曾璧撝以救济避难工匠的理由请林鹗刻印诗集，林鹗无法推辞，于是将诗稿交给曾璧撝核校刊刻。书名《望山草堂诗集》六个篆文，即为曾璧撝题写。

《望山草堂诗钞》存世有八卷、十卷两种版本。收入《清朝诗文集汇编》的是八卷本，共收录各类古今体诗作 584 首。卷九、卷十名《归田录》，是咸丰八年（1858）之后的作品。卷九收录诗作 115 首，卷十 59 首。九、十两卷刻印时间，书中没有标注。卷十最后一首诗《答胡学师圭山赠诗》，诗末跋语的落款时间是壬申岁四月十六日，即 1872 年 5 月 22 日。

序

孙锵鸣 [①]

　　岁甲午，余与太冲同以诗受知于陈硕士少宗伯 [②]，初相知名，逾一纪始遇于京师，遂定交。继余视学粤西，太冲留应京兆试，连不得志，乃自都门走六七千里来助余，襄校文艺之外，以名节、勋业相砥砺。自余总角与人交，惟太冲益余不浅也。时粤中盗起用兵 [③]，太冲每为余规画贼情，常十中八九。未几，桂林被围，事方急，太冲短衣跃马，精悍之色过于少年。及围解，大吏以军功保奏，得官兰溪训导，又以团练民兵有奇绩，闻于朝。上方将以监司、郡守征，而太冲坚辞不起。

---

① 孙锵鸣（1817—1901），字韶甫，号蕖田，晚号止庵，浙江瑞安人。道光二十一年（1841）进士，官至翰林院侍读学士，三十年任广西学政。

② 陈硕士（1768—1835），名用光，字硕士，江西新城人。嘉庆六年（1801）进士，官至礼部左侍郎，道光三年（1823）任浙江学政，五年卒于任上。少宗伯，礼部侍郎的雅称。

③ 此处的"盗"及下文的"贼""寇"均指太平天国起义军。

今夏寇氛逾江右，阑入浙东，陷梧州。吾郡壤相接，太冲惧其乡之不得宁处也，遽乞休归，又与余相见于里中。夫以今日时事之棘，视在粤时又加甚矣。太冲之有志于拨乱，盖未尝一日忘。然自其筮仕数年，虽膺名公卿非常之荐，圣天子特达之知，亦极儒官之荣遇，而其生平忧时嫉俗、戆直不挠之气，所往辄落落难合，每寓于诗不少讳，其不踬于忧患亦幸也。故精力虽未衰而志少挫矣。

贼既退，乃刻其所作诗八卷，来索序于余。余益悲太冲之志殆将老于诗也。虽然，以余所见当世贤士大夫，求其天性忠孝，有体有用如太冲者不数数觏。太冲虽老，其益自振奋，必将有大用于世而不仅以诗人终也！是又海内同志之所深望于太冲者也。

咸丰八年中秋后四日，愚弟孙锵鸣拜序。

自　叙

　　温柔敦厚，诗教也。顾言发乎情，不可为伪。身世之遭，人事参错，情之
所感，万有不齐，而声律应之，故风雅之变，圣人弗以为戾。使抑情匿志，貌
相沿袭，以求所谓温柔敦厚，是优孟、孙叔也。立辞不诚，诗教颣矣。况情根
乎性，五方殊禀，音别宫商，又有不能强同者乎！

　　鹗，山民也。性率直粗疏，未经揉饰。少专举业，于乡前辈能诗名家皆未
尝请益。年二十余，就正古侠周先生①，始焚弃一切，更就要道。古侠者，诗
人董霞樵②先生之甥，得正传者也。憾中年饥驱，迁徙靡常，未能卒业。今老

---

①　周古侠（1784—1860），名京，字会同，号古侠，泰顺罗阳人。附贡生。著有《古侠遗诗》。
②　董霞樵（1775—1842），名莳，字仲常，号霞樵，泰顺罗阳人。岁贡生。曾掌教处州
　　莲城书院、泰顺罗阳书院。著有《太霞山馆诗钞》《太霞山馆文集》等。

无望矣！畴昔有作，散弃弗检，儿用霖既长，始集而存之。景宁学博朱未梅[①]尝为一芟薙。晚年少直友，庸篇俗制未尽除也。今年遇剞劂人避寇入山，学友曾子绅[②]劝付刊，以恤流徙，姑勉从之。余虽解组归，当道仍托以防务，遂无暇删改，抚心时有惭泚，然余之从俗灾梨，又别有说。何也？余诗之率直粗疏，适如其人者也。吾乡古谊，于祖父状貌，必求良工写真以遗后人。以余老丑，对鉴先惭，尚何望于天下后世？亦留真面目以示子若孙，其或什袭珍藏之，或拉杂摧烧之，则有数存焉，听其自然而已。

戊午八月二十日，太冲书于见南山轩。

---

① 朱未梅（1781—1845），名葵之，字桐士，号未梅，浙江海盐人，嘉庆十八年（1813）拔贡，官景宁教谕。

② 曾子绅（1814—1859），名璧揹，字子绅，号鹤峰，泰顺县罗阳镇上交阳村人。增生。工篆刻。

望山草堂诗钞目录

望山草堂诗钞卷之一
偶吟随录

偶吟随录

予束发即受举业，未尝读诗，三百篇外所见甚尠，于此道既未窥门墙，安敢言作？然情之所至，兴之所触，时有不已于言者，以为非诗，其为心之声一也。故偶然吟之，即随笔录之，不忍弃，譬之击槁木者歌焱氏之风，有其具而无其数，有其声而无宫角，似不足言歌矣。而何以木声人声，犁然有当于人之心，盖人与天动，自然然也。吾亦不知吟者其谁，则亦因其偶而随之已矣！倘遇大方之家，示之以所谓诗者而教之，是河伯弃河徙海时也，予将束举业而读诗焉。

己卯夏闰，泰顺林鹗太冲甫书于秀水^①衙斋。

---

① 秀水，县名。清代属浙江省嘉兴府。宣统三年（1911）并入嘉兴县。

葆真篇

托足儒宗，繁文拘束，

旁入禅佁，群魔交缚。

不依不违，吾天乃廓。

功过两无，人我各足。

如冰在壶，如玉在璞。

保全浑沌，不受雕琢。

毛颖谭心，杜康赠药。

撑太尉腹，食曹交^①粟。

日月古今，于人谁属？

转眼百年，何劳造作！

养气篇

天地积气，阴阳往来。

回环生化，春茂秋摧。

人身小天，气立胚胎。

馁焉不振，百体倾颓。

养之如何，曰充与和。

春飔温畅，花笑莺歌。

静与仁居，动惟义至。

严肃秋飚，何伤生意。

志大则泰，胸狭则淤。

---

① 曹交，战国时曹国人。典出《孟子·告子下》"交闻文王十尺，汤九尺，今交九尺四寸以长，食粟而已，如何则可？"

导以和顺，蓄以清虚。

浩然正气，盎乎诗书。

上下千古，宜谁与俱。

变学文山，常学子舆。

逃愁篇

与今为徒，招我烦恼。

与古为徒，适我怀抱。

明月一楼，尘俗如扫。

开卷焚香，眼光晶晶。

高拱羲轩，旁参佛老。

左接庄生，右携枚叟。

观化蒲岐，搜神蓬岛。

秃笔纵横，狂辞倾倒。

往来太古，出没尘表。

是能逃俗，愁乃不扰。

览镜行

十年览镜无愁容，春花粲粲浮眉峰。

一朝览镜镜如旧，骇然太息扪心胸。

苏季丰姿忽憔悴，虞翻骨相应屯穷。

咄咄髭须太相逼，勾出萌达何蒙茸。

狂呼掷镜复静坐，低徊往事心憧憧。

我生六岁就外傅，便携笔墨排清供。

长纸画龙短画马，慈亲私喜殊凡庸。

读书强记略过目，觊觎客至心欢惊。

蒙师对客独夸奖，峥嵘头角拟雏龙。

八岁学诗不知韵，信口吟哦杂丁东。

十岁学文不知格，涂鸦自喜吟喁喁。

十三出应童子试，束发何曾解人事。

阿母娇养倚闾呼，逐队论文还得意。

无何十五十六时，眉目渐改心渐弛。

妄诩心期异侪伍，天机日塞曾不知。

我今年已二十一，千里负笈投名师①。

日习举业心如痴，山鬼揶揄鹪雀欺。

仰天大笑还自问，人生富贵欲何为。

君不见，矫矫青云客，峨峨戴簪帻。

丈夫须眉豪且雄，大人气体饶丰泽。

回首高堂堂上人，瘦骨如仙发如雪。

又不见，老生穷巷里，皓首穷经心未已！

年年花发上林春，薄命寒儒竟如此。

男儿得志须少年，须知少年不可恃。

今日须犹短，明日须已长。

不再来者时光，不可期者帝乡。

今年须犹黑，他年须已白。

天生我身若无用，孤负此身长七尺。

鼓吹长，婆娑儿，他日归来君莫笑，

与尔相羊云水湄。

---

① 嘉庆十八年（1813），林鹗到杭州入黄绮霞先生门下读书。

四言

一

大块嶔岩，或皁或嵩。

人心如面，有似无同。

曷其无同，问之太空。

二

相彼冰炭，曾不可投。

我心匪石，不转污流。

有此良朋，无宁寡俦。

凉凉独行，不合何尤！

三

有鹤孤征，或笑或怒。

鹤亦无言，回头自顾。

毋以多忏，移我抱素。

四

自古在昔，知人为难。

我则不哲，于物何叹。

莫论枉缩，自反则安！

癸酉九月十五日瑞安江放舟

急溜下危堤，船头拨向西。

桨挝斜照碎，帆贴远山低。

归思随潮上，乡音得鸟啼。

黄昏圆月好，应在雾前溪地名。

招虚船饮 ①

强耸吟肩招故人，三秋三月久离群。

心知握手翻无语，奈到攒眉又忆君。

热友何如交曲氏，世情不忍看浮云。

能来一结消愁侣，花下芳尊候夕曛。

除夕示次羽 ②

白日去何速，伤心岁欲更。

相依怜有弟，无术愧呼兄。

渐减随肩 ③ 乐，徒增抚髀情。

年年闲里度，与汝总虚生。

游龙护寺 ④ 遇雨，宿雨花禅院，题壁

冻雨压窗清磬希，柴门深掩绿苔肥。

客来剥啄真无赖，惊落寒梅花乱飞。

---

① 虚船，叶蕙（1787—1852），字畦香，行名维珊，字瑚林，号虚船，泰顺罗阳人。嘉庆十四年（1809）入县学。娶周京之妹为妻，女儿嫁董正扬之子董颛。与林鹗友善。

② 次羽，名鹏，字次羽，林鹗弟。

③ 随肩，《礼记·曲礼上》："十年以长，则兄事之；五年以长，则肩随之。"郑玄注："肩随者，与之并行差退。"后用来表示追随左右，形影不离。

④ 龙护寺，俗称山交寺，原址在今泰顺县罗阳镇鹤联村山交自然村，日本僧人太初创于明初，20世纪50年代初废圮。现存古柏二株、《山交寺开田记》石碑一方、石水缸一只。

潘醒愚 [①] 夫子结庐深山，不见者十余年矣。适游龙护寺，途中造谒，以诗呈政

人间富贵总沉沦，谁似先生只抱真。

自在闲眠都是福，从容粗饭未为贫。

一园秋穗谋新酒，半亩花苗理旧春。

醉拥床头书百卷，那知山外有红尘。

儒巾抛掷只寻常，避俗真疑得秘方。

不是膏肓有泉石，肯将身世落耕桑。

青山未拒书生屐，白腹曾居弟子行。

十载相逢醒尘梦，何时结屋傍门墙。

尝酒

制得消愁药，花前引一瓯。

芳香饶舌本，春意上眉头。

世事模糊过，天机活泼流。

南园多种秫，且自课新秋。

---

① 潘醒愚，名昕，字醒愚，泰顺罗阳人。温州府学生员。

奉酬明府李协庄 ① 夫子赠诗即以送行

读书期明道，岂为科名基。

师生有授受，文艺抑已微。

生平挟此意，景行得吾师。

吾师西江杰，立节布衣时。

岁事砚无恶，世业经是遗。

孝惟菽水养，乐与箪瓢期。

龟蒙贫中王，傲骨长撑支。

太白酒中仙，醉后多清诗。

真情郁胸宇，涨溢为文辞。

弹毫珠玉坠，泼墨风雨驰。

束发操不律，二十无相知。

钱公秉玉尺，衡士章江 ② 湄。公受知于侍郎钱抚棠 ③ 先生。

巨目东西顾，奇士得白眉。

登之龙门上，旋以献丹墀。

追随二十载，道义相箴规。

一旦奉天语，来布百里治。

人疑境忽改，能无心渐移？

公曰有心在，上天下群黎。

上下势犹隔，此心何可欺？

---

① 李协庄，名品镐，号协庄，江西南城人。举人出身。嘉庆二十一年（1816）任泰顺知县，对林鹗极为赏识。二十四年调任嘉兴秀水知县，林鹗曾入其幕。明府，知县的雅称。

② 章江，即赣江，代指江西。

③ 钱抚棠（1743—1815），名樾，字抚棠，浙江嘉善人，乾隆三十七年（1772）进士，选庶吉士，授编修。曾任四川、广西、江苏学政，典陕西乡试，两典江西乡试，官至内阁学士、礼部侍郎。

凡彼古人耻，于某亦耻之。

当途虽炎炎，清夜其如台。

欲廉养以俭，好仁积于慈。

从容揖卓鲁，慷慨赓皋夔。

官声遍西越，到处留心碑。

无如谋保障，而不谋茧丝。

狂泉弃不饮，宦海波涛随。

公曰毋庸疑，功过两倚依。

功与生民共，得过我自私。公记大过诗有"过在下官功在天"之语。

蹉跎历山县，宰兹东瓯西。

下车才十日，民静胥吏嬉。

醇儒作循吏，教养本兼司。

谈经课多士，北面拥皋比。

寂寂罗山隈，茕茕贫家儿。

嘐嘐慕前古，颇与世俗违。

芬芭问疑字，一见心为夷。

踉跄下堂拜，长愿依讲帷。

金针度不惜，循循为提撕。

瓣香流翰墨，臭味无差池。

谆谆赠诗句，重道轻荣资。

教以养花法，珍重培春畦。

许为凤雏翙，未许造次飞。

言言切心性，一一镌肝脾。

人生贵知己，相识宁嫌迟？

但恨初相识，一旦忽去兹。

山城遍荆棘，固非鸾凤栖。

如何屑轩冕，欲卧南山陲。公以世路崎岖，自云有归田意。

西湖不久住，但恐长别离。

茫茫弧矢志，闻此泪欲垂。

再拜马前路，送公还自思。

轩车去已远，知我复为谁。

霏霏郇伯雨，裒裒甘棠枝。

感恩兼恋德，千里怀光晖。

和周古侠先生闻笛原韵

名京

昨夜君闻笛，悲歌漏欲沉。

那堪骚客怨，又感恨人心。

哀籁经秋急，柔怀入夜深。

曲高应寡和，未许结吟襟。

山行至莒冈 ①

鸟唤山行早，肩舆破晓痕。

寒泉呼石鳆，险径护松根。

云暗东西岭，花明上下村。莒冈西岭在上村，东岭在下村。

主人怜久别，沽酒话黄昏。

---

① 莒冈，原泰顺莒江旧称，现淹没于珊溪水库。

怀萧山张情斋^①前辈

名衢

年年作字卖东风，漂泊生涯逆旅中。

越女容颜愁更好，杜陵歌泣老逾工。

才因太富天心忌，贱到无名我道穷。

五载相思隔千里，几回咄咄为书空。

斜库^②道中遇雨

肩舆晓破雾中天，处处人家傍野田。

百道春泉飞白霓，一犁好雨吐乌犍。

岭云引我盘旋上，山势随人屈曲前。

日暮不知何处宿用句，隔溪篱落隐炊烟。

感怀与董子囧^③

名瞘，一字紫潊。

笔花憔悴负芳春，忽忽春归百感新。

搦管便来心上事，论交又遇个中人。

---

① 张情斋（1755—1835），名衢，字越西，号情斋，萧山人。诸生，屡试不售。工于书画，善作戏曲。为人狂傲不羁，终生穷困潦倒。与泰顺董正扬、潘鼎、董斿等均为好友。

② 斜库，原名厗库，又作畲库，今泰顺县东溪乡普城村、桥头村。

③ 董子囧（1795—1861），名瞘，字子囧，又作子嫛，号小霞，泰顺罗阳人。董斿长子。道光乙酉（1825）科拔贡生。林则徐任江苏巡抚时，曾入其幕。咸丰十一年（1861）金钱会攻占温州城，遇难。

乾坤着意拘狂客，皮骨何辜役贱身。

欲倒银河万斛水，杨枝遍洒九州尘。

游潘氏石林精舍①

寻诗出东郭，转径入松林。

忽见石重叠，不知山浅深。

闲云淡世味，寒濑清人心。

想见慕庐叟，旷怀无古今。慕庐讳学地，石林奇峰皆翁一人所辟。

哭二弟②

强笑日携手，心知病已危。

三春空劚药，百里更求医。

嘱语含悲记，遗文忍泪披。

可怜醒蝶梦，一笑敛眉时。弟病中日与予讲庄子，属纩时犹含笑说梦蝴蝶事。

终天同抱恨，依倚共悲辛。

一臂从今断，孤留天地身。

哭君怜有我，饮我更何人？

愿到重泉下，相将娱老亲。

----

① 石林精舍，位于泰顺县城罗阳东门外罗峰山上，潘鼎之父潘学地建造的私家园林，今
尚留有石林洞、飞雪二处摩崖题刻。

② 二弟，即林麕，字次羽。

丁丑秋赴杭宿龙斗村望月

去去百余里，孤村夜色阑。

人从茅店坐，月想故园看。

少壮游曾惯，饥寒别最难。

何时曳龟佩，慰尔泪痕干。

舟次咏蝉寄叶虚船

沙堤秋树夕阳沉，树里秋虫绝续吟。

露重能飞依日暖，风多愈响得林深。是役腰缠半出虚船之力。

缠绵别浦江郎笔，呜咽荒村左女砧。

我有山中旧吟伴，如何湖海觅知音。

溪船达江候潮

昨夜滩头雨，乘流放小船。

一溪添白露，双桨拍青天。时白露节中，俗谓雨为白露水。

潮动江风黑，龙归海气鲜。

狂歌无客和，惊起海鸥眠。

雁湖[①]歌

造化小儿何技痒，巨灵夜擘山头响。

---

① 雁湖，乐清市雁荡山顶的湖泊，传说有大雁栖息，故名。

越峤崛起高崔巍，掌撅高峰凹而仰。

石裂泉流汛作湖，湖能养雁不养鱼。

江南八月来徐徐，将母携雏居荻芦。

东瓯名胜濒渤澥，带有瓯江襟有海。

何必深山添此湖，天折地缺令人骇。

雁山之峰百二高，沃县氿穴争悲号。

何必源泉半空贮，沐日浴月翻风涛。

我来作歌赠秋雁，老天为尔开奇玩。

游客山人避俗尘，更羡尔居在霄汉。

君不见，吴山之畔有西湖，

湖有莲子水有鱼，稻粱虽足多猜虞。

何如高高据雁湖，闲写山头人字书。

舟泊石门①登眺

瓯栝群山接，登临挹翠微。

峰头云影坠，洞口玉龙归。

风果敲僧磬，烟萝掩佛扉。

尘心消未尽，愧我布帆飞。

---

① 石门，青田县石门洞。

下河舍舟至却金馆 ①

客意浑未惬，舍舟行路难。

屐声红叶软，剑影白云寒。

病骨劳逾健，离惊醉不宽。

黄昏风雨急，坐听漏漫漫。

过桃花岭 ②

山行不知路，鸟道任周遭。

入雾觉天近，临崖忘树高。

客心孤似佛，人面冶于桃。

览胜沿途去，前村又浊醪。

徐四竹筠许过我，迟有日矣而不至，戏以诗让之

有鸟有鸟来异乡，一枝偶借吴山阳。

江有鹦鹕湖鸳鸯，鸟不肯交交凤凰。

凤笑其痴怜其狂，有约许之相颉颃。

蠲吉定期肯降祥，将集紫霞之箥篒。

鸟闻惊喜鸣且翔，小鸟除道大鸟忙。

引领云端祝且望，一日不来心彷徨。

---

① 却金馆，原名刘山驿站，位于丽水城东北约二十公里的桃花岭上。明朝宣德年间，温州知府何文渊为官清廉，离任之时，温州乡民追至刘山驿站，赠送自发筹集的银两，何文渊坚决拒收，名播于时。刘山驿站因此事改名为却金馆。

② 桃花岭，位于丽水市莲都区与缙云县之间，是括苍古道的冲要之地，是旧时温州、杭州来往官道的必经处。

三日四日张哀吭，紫霞日落秋草黄。

寒竹枯死梧桐僵，凤凰贵人终善忘。

忍令凡鸟无辉光，急吻哀鸣遣雁行。

一言渎听恐不妨，若嫌暮有冻雨朝寒霜，

前日时雨今时旸。若以室远将歌唐棣章，

我来一千四百里路宁不长？

君本多情时怜我心伤，肯令九回百折断其肠？

呜呼，凤凰此责非难偿。

吴山犹有秋时芳，红叶风来如有香。

梧子竹实携盈筐，摩羽接翼同相羊。

我知凤凰好商量，行看玉树依倚兼葭苍！

次协庄夫子韵兼呈吕明府月沧[①]先生

雅集随时兴未阑，吴山越水两同官。

清狂竞买相如酒，高洁争纫屈子兰。

论俗只凭诗胆壮，怜才不厌客衣单。

自惭说项真孤负，日坐春风补坠欢。

黄耐夫监西湖鱼税，因与月沧明府、协庄夫子共造观打鱼。用杜工部《观打鱼歌》韵

我闻壮士索剑延平津，雄龙怒吼浪翻银。

今见西湖打鱼仿佛是，老蛟出斗争潜鳞。

① 吕月沧（1778—1838），名璜，字礼北，号月沧，广西永福人。嘉庆十六年（1811）进士，时任杭州府钱塘县知县。

029

群渔奋勇挺杈入，冯夷骇走惊其神。

须臾举网提鱼出，浪柔风善停沙尘。

主人作鲙笑牛刀，厨娘烹调技亦高。

诗客醉饱吟声合，滥竽之诮吾何逃。

归来穿鲤长尺一，归时各饷一鱼。重过湖头秋瑟瑟。

呜呼此游乐何如？他日相寻莫相失。

除夕闻雁

楼窗尽日对江开，岁暮乡思事事催。

哀雁一声风色急，家山千里梦魂回。

孤衾怕见床前月，春信谁传别后梅。

堂上含饴人白发，明朝寂寞引椒杯。

戊寅元旦供先君子遗照于吴山旅邸

照画先君子弹琴，鹗与亡弟次羽侍。

我生何不辰，弱冠遭阳九[①]。

抱恨蓼莪诗，伤心枌杜偶。

荼毒痛已深，那堪更断肘。

饥寒复相逼，孤子天涯走。

他乡岁云暮，粲粲闻井臼。

检箧捧遗颜，焚香介眉寿。

泠泠弦上音，仿佛听亦有。

---

① 阳九，阳九之厄，指灾难之年或厄运。嘉庆十九年（1814）底，林鹗父母相继去世，打击极大。

穷途少芳洁，颇具果与酒。

长跪斟醇醪，不见杯在手。

菽水缺生前，承欢亦已后。

回首望故乡，寥落四五口。

弱妹发尚垂，重堂人白首。

遗嘱镌心肝，任重弗克负。

画图儿在旁，此乐失已久。

何如我季弟，黄泉事父母。

黄泉永相隔，此图期不朽。

翻羡画中儿，形影长相守。

呼弟呼爷娘，未知闻与否。

起视钱唐江①，浪涌悲风吼。

严陵②幕中怀虚船

富春聊匿影，寒幕近江沱。

流水闲中逝，莺花客里过。

才疏分俸薄，身贱受恩多。

风雨怀人坐，家山奈远何。

---

① 钱唐，秦时设县，名钱唐。后世改为钱塘。

② 严陵，代指严州府，府治在今杭州市建德市梅城镇。

钓台①

当年偶尔客星留，终古溪山压十州。

守拙莫如渔父好，立名须与帝王游。

春陵佳气浮云换，铜柱雄风宿草秋。

只有富春江上水，碧波无恙绕台流。

七夕寄内

存二

吾侪夫妇拙如鸠，莫羡邻家乞巧楼。

但愿白头长守拙，卿能织布我牵牛。

遥怜今夕倚梧桐，惊听愁声一叶中。

珍重添衣莫惆怅，最伤人是早秋风。是日立秋。

钓台重过

严陵七里接滩声，回首峰头石广明。

终古钓台留汉土，至今渔父说先生。

长江急濑杳然去，斜日荒山空复情。

笑我披裘常作客，一帆又借晚风清。

---

① 钓台，即严子陵钓台，在杭州市桐庐县城南的富春山麓。传说东汉高士严子陵拒绝光
武帝刘秀授予官职，隐居此地垂钓。

丙子秋梦得"夕阳闲袅荻芦花"之句，顷自睦州①刺船赴杭，于水光山色中恍然遇之

一湾江水涨平沙，数朵江云接晚霞。

梦醒篷窗看秋色，夕阳闲袅荻芦花。

舟中薄暮得鲈

芦花欲落雁飞初，烟水空濛接太虚。

夜月独携苏子②棹，秋风人卖季鹰③鱼。

游凭剑胆狂澜却，酒入诗肠俗味疏。

醉卧船舷开白眼，茫茫天地一蘧庐。

九日登古建昌殿④月台

他乡当九日，愁客独登台。

木落斜阳澹，江空寒雁哀。

壮游判落帽，乡俗忆传杯。

更忆东篱菊，无人花自开。

---

① 睦州，古地名，清代时为严州，州治在今建德市梅城镇。

② 苏子，苏轼，字子瞻，号东坡居士，世称苏东坡。

③ 季鹰，张翰，字季鹰，西晋文学家。在洛阳做官，见秋风起，因思吴中莼菜羹、鲈鱼脍，叹道："人生贵得适意尔，何能羁宦数千里以要名爵！"于是辞官回乡。季鹰鱼，即鲈鱼。

④ 建昌殿，在清代严州府城西南建昌山上，也叫七郎庙。建昌山，别称建苍山，不高而陡，可俯瞰江流。

登仇池坞 ①

古寺藏云坞，携朋扣竹扃。

池虚僧眼碧，灯暗佛眉青。

塔影分前浦，江流绕画屏。

何当扫尘累，约鹤共听经。

买花谣

吴涑川半刺 ② 买菊花数十盆，戏作此呈之。

好去声。花如好色，春色不如秋。

花多爱不专，情一护乃周。

买花如买妾，晚岁当风流。

美人固暖老，名花亦消愁。

对吟芳沁齿，对酌香入喉。

簪之颜还童，餐之百病瘳。

不见轻薄儿，腰金事侠游。

岂知色非色，真色还清幽。

轻栽莫伤根，根伤叶不稠。

轻移莫弃土，新土性不投。

曲直任自然，不在为矫揉。

物性固难强，顺俗吾所羞。

况彼矜晚节，傲骨谁能柔？

---

① 仇池坞，在严州府城（今建德市梅城镇）内秀山下，山麓有仇池庵。

② 半刺，州判别称。

咏涑川半刺之菊

繁华阅尽素心安，饱酿秋霜放晓寒。

品逸最宜官舍冷，开迟果合老人看。

金犹可种医贫好，傲到无言入世难。

唐徐夤诗：陶公岂是居贫者，种有东篱万朵金。

懒散功曹嫌热客，俸钱沽酒接君欢。

宝剑行

作为建德大令张四箴①。

赤堇凿，若耶涸②，白龙捧炉雷鼓橐。

天精金液当炉跃，一片芙蓉手中落。

长庚佩下赤城云，殷勤持赠英雄人。

时危能夺奸邪魄，无事还防君子身。

薛烛③无传张雷④死，千年埋没尘埃里。

蝮蛇东来鬼母骄，蛰龙怒鬣寒不起。

王公好古空追求，功名甘让毛锥子。

壮士朝下昆仑邱，箧中何来绕指柔？

霜花一泻银河秋，血斑疑是古蚩尤。

张髯咄咤电光发，碧翁惨淡白帝愁。

神物收藏不轻用，羞报人间睚眦仇。

---

① 张四箴，字去非，山西平定州人，举人出身，嘉庆十六年（1811）任建德知县。
② 赤堇，赤堇山；若耶，若耶溪。《越绝书》记载，越王勾践"当造此剑之时，赤堇之山，破而出锡；若耶之溪，涸而出铜"。
③ 薛烛，春秋时薛国人，善相剑，曾经南游越国，在越王勾践面前评论宝剑。
④ 张雷，晋代张华、雷焕的并称。传说两人据天象在江西丰城掘地得龙泉、太阿两柄宝剑。

我思此君久不出，何缘复见惊人物。

虎气腾踔终有时，壮士胡为久郁屈。

当今世运方光昌，山猫野鼠犹跳梁。

余孽屡灭还屡张，清时岂容魑魅藏？

我与壮士居王土，一息尚存当御侮。

此辈何劳王者师，三尺轻提净寰宇。

麟阁功名何足数，男儿志在死君父。

呜呼，男儿志在死君父！

医箴为友人作

大造孕物，唯理与气。

一寓于神，一附于器。

理醇故神不坏，气驳故器必敝。

谁补造物之缺，惟医为贵。

上医医国，其次医人。

医国主德，医人主身。

主德者正胜邪藏，攻邪者邪尽国伤。

主身者身完病去，攻病者病尽人亡。

辨证如伺仇，用药如赴斗。

心细识精，一举灭寇。

犹豫姑息，迟将不救。

亦有渐消，势不可骤。

学术既工，弊在私心，叶思容切①。

---

① 叶思容切，即读音是 song。叶，韵的意思。切，拼读，用前字声母与后字韵母拼读。

一曰诿过，一曰喜功。

诿过者气懦，喜功者乱中。

一命之微，重与国同。

嗛嗛之识，以告我友朋。叶蒲蒙切。

严陵棹歌

郎家城北山，侬泊城南浦。

郎爱七郎祠①，侬爱仇池坞。七郎祠在城南，仇池坞在城北。

南北高峰矗，东西湖水清②。

湖光留塔影，两塔总无情。

休说严子陵，钓台何足羡。

知否钓鱼人，更有神仙眷。

潮落送郎去，潮回侬自归。

只知潮有信，郎心侬未知。

风来客心欢，风歇侬心喜。

黄昏七里滩，留郎七十里。

大姑笛声尖，小姑歌喉嫩。

莫唱杨柳青，触动离人恨！

读《君子行》③

"君子防未然，不处嫌疑间。

---

① 七郎祠，一作建昌殿，祀金元七总管。在建德县城西南建昌山麓。

② 东西湖，严州府城有东湖、西湖二湖。西湖在城外，东湖在城内。

③ 《君子行》，三国时期曹植所作的五言诗。

瓜田不纳履，李下不正冠。

嫂叔不亲授，长幼不比肩 ①"

我诵君子行，涕泗思前贤。

坐顾铭在右，立见参诸前。

流俗移人心，危如陟层巅。

捷径偶失足，遂为终身惉。

君子自立节，非关畏人言。

拟乐府《上邪》篇

上邪，愿与君长相随，

山高水深情不移。

情不移，物所忌。

天帝不喜，天吴 ② 夜起，

吹君入流沙 ③，吹我虞泉 ④ 汜，

虞泉望流沙，三万六千里，

化作水梭花，跳入银河水，

西流至流沙，与君共生死。

生为邻，死相亲，骨埋青海浔。

黄泉有伴，蛟龙不敢侵。

千年发作珊瑚林，枝交叶接犹一心！

---

① 引号内六句为曹植原诗。

② 天吴，古代中国神话传说中的水神。

③ 流沙，古代指中国西北的沙漠地区。《尚书·禹贡》："导弱水至于合黎，余波入于流沙。"

④ 虞泉，也作虞渊，传说为日没处。《淮南子·天文训》："日至于虞渊，是谓黄昏。"

落叶

朔风当暮号，廊瓦坠叶响。

开轩眺平林，落晖透疏敞。

浮云东西驰，空山改万象。

荣枯偶递换，物化自来往。

勉力蓄生意，托根宜深壤。

早寒忆舍妹

严陵夹山水，幽气寒初冬。

吾家结茅茨，亦在寒山中。

妻孥颇顽健，襦破能自缝。

弱妹幼多病，何以敌寒风。

嗟嗟失怙恃，阿兄各西东。

祖母最怜惜，叔母爱亦同。

惟忧性拙讷，有欲难自通。

况是艰难际，心爱迫于穷。

悬思忍冻状，欲归迷寸衷。

客囊愧萧索，敝裘已蒙茸。

裘短道苦长，难将被尔躬。

日暮风更急，取裘心憧憧。

念尔不忍着，坐看寒云重。

痛三妹

穷途苦寒客，作诗怀小妹。

岂料家书来，玉树久已碎。
书语多模糊，未悉病中态。
骨肉频伤心，思之裂五内。
我妹幼且弱，父母所钟爱。
内慧外如拙，循循领教诲。
娱老掌中珠，珍重择良配。
可怜年十一，父母忽见背。
茕茕依阿兄，弱影静相对。
阿兄出门来，叔母慈可戴。
如何遽夭殇，使我折骨悔。
归路千里遥，归心时愦愦。

整策上归途，一月抵山郭。
入门寂无声，相视各泪落。
叔母话悲酸，病态诉节略。
终岁服丹丸，旧疾日以霍，
八月秋风来，急病忽然作。
某某皆良医，床头有余药。
自尔出门去，尔妹颇欢乐。
临危犹呼兄，似忘尔旅泊。
日夜空抱持，不慈负尔托。
叔母莫悲酸，死生数所缚。
哀哉五伦穷，天生我命薄。
且慰祖母心，无使老怀恶。

念我出门时，我妹闻之喜。
嘱买时样花，银簪与瑶珥。

家人来严陵，寄尔物颇美。
团圆明月镜，清光静如水。
谁知作殉物，照尔黄泉里。
黄泉路相隔，欲见长已矣。
从前手足情，思之痛入髓。
束装复远行，此行亦千里。
忍泪回头看，送我有妻子。

题游侠图

系马当垆坐，西风野店秋。
无言看宝剑，不必为恩仇。

秋蝉

官阁有秋蝉，凄凄鸣不已。
能使孤客愁，难教贵人喜。

临海烈女王淑姑题辞
并序

乾隆初，象山弁李某，金陵人，善姑父博士昌熙，因为其仲子聘姑。问名后，李弟书来，亦为侄聘金陵吉氏女。李因以书达两家，婉示以退一娶一。两家相持不下。李无已，为两娶之说，不分正簉，以姊妹行。议将成矣，而姑母以二女同居，恐不相能，愿返聘。姑大骇，隐乞季母诸姊白意，母执不从，遂还李家聘物，内失金约指二。盖事急，姑匿之，众不知也。后将议婚他氏，见其饮食日减，频吟诗书窗壁间，始防视之。姑佯为解颜。适有侏儒戏者过门，绐家人出观，遂赴井死。拯视两手，指间金灿灿然，则以李家物殉也。同里旌妇洪氏，尝为姑师，教之吟。至是来吊姑，见壁间诗，以闻于外。无何，李氏子来，以亲迎礼奉姑小像与木主归。天台齐次风[①]侍郎诗题其像，诸名人题者亦夥。后无锡秦观察[②]始为立传焉。己卯，余过杭，遇临海周君以姑状来乞诗，将付梓，且示姑诗云："我生不怨妾薄命，我生不合赋至性。"余叹曰："呜呼，匹妇之谅，激于一日。临歧或易之，情也，非性也。惟秉至性者，能从容就义，扶名教，为薄俗风。如姑所为，以证姑诗，非其人也耶。"余以题姑者，固不若姑自题也。因以姑诗意作长句付周君，并记其颠末如此。

　　君不见，井边石，坚骨嶙峋霜气白，

　　君不见，井中冰，寒光凛冽霜华凝。

　　石色冰光照千古，下有贞魂王氏女。

　　生不羡珠楼与朱户，但愿抱石饱饮澄清泉，

　　长占乾坤一抔干净土。

　　金陵裘马李家儿，女萝当年结兔丝。

　　宝珥金弮聘佳妇，千金一诺山不移。

　　岂料李郎牵丝更射雀，六州铁铸无心错。

　　东床两坦郎有辞，母天硬破三生约。

　　妾命虽薄妾性殊，如何母言人尽夫。

　　终古昭昭义从一，一死完我千金躯。

　　海南五月风涛立，鲛人泪落枯鱼泣。

　　井泉寒浸女儿花，井树啾啾鬼于邑。

　　生前小影贞魂集，身后亲迎见郎揖。

　　此身无恙还夫家，可怜两指金弮湿。

---

① 齐次风（1703—1768），名召南，字次风，浙江天台人。清雍乾间著名学者，曾掌教杭州敷文书院。官至内阁学士、礼部侍郎。

② 秦观察，秦瀛（1743—1821），字凌沧，一字小岘，号遂庵，江苏无锡人。乾隆五十八年，任温处兵备道，有惠政。嘉庆三年任浙江杭嘉湖道，嘉庆十年升浙江布政使。观察，对道员的尊称。

呜呼，五伦大节责男儿，生死当前情每移。

多少丈夫髯如戟，愧此深闺一画眉。

可知人生至性最难易，我读姑诗长太息。

黄泉骨朽性长存，千秋临海留贞迹。

君不见，井中冰，井边石。

读李韦庐^①先生诗，呈吴涑川半刺，即以志别

樽酒论文两不疑，吾侪心事古人知。

衙斋小住真无愧，录得韦庐百首诗。

寻常浅语写真情，味到浓时气更清。

我欲携诗江上读，寒蛩无语月孤横。

纷纷尘俗厌高寒，争把胭脂画牡丹。

谁抱君诗吟不辍，严州屈宋老衙官。

追欢十日又言别，风雨江头百感生。

莫诵韦庐诗送我，杨枝一曲不胜愁。指《折杨柳》二章。

遣怀

闲愁须遣梦花毫，壮志还看紫艾刀。

青史功名才鬼大，燕台风雪将星高。

---

① 李韦庐，李秉礼（1748—1830），字敬之，号韦庐，广西桂林人。清代诗人。官刑部
江苏司郎中。著有《韦庐诗》内集、外集。

肥硗已任争三虱，得失何妨守六鳌。

自古穷途多白眼，莫将心事首频搔。

由杭赴嘉禾^①舟中作

北关断岸隔鸳湖，陆地牵舟得壮夫。

知道前途风水顺，艰难初步倩人扶。

夜雨濛濛拨舻迟，布帆百衲飏轻飔。

篷窗忽听滩声急，薄底吴舲过籪时。

嘉禾一月到何迟，又过梅黄麦熟时。

百里平堤桑叶尽，石门湾上卖新丝。

百雉嵯峨一水回，雄图终古委荒莱。

相传醉里留遗迹，常有诗人载酒来。

槜李城，《越绝书》作就李，又云吴王尝醉西施于此，号醉里。

烟雨楼

城南楼阁水之湄，越客登临薄醉时。

百里莺花销霸迹，一帘烟雨护尧碑。

鸳鸯湖静平于掌，吴楚山遥翠似眉。

名士美人寥落尽，穷途何处问鸱夷。

楼前有高庙^②诗碑。

---

① 嘉禾，嘉兴的别称。

② 高庙，乾隆庙号清高宗，此处以高庙代指乾隆。

东塔寺观朱翁子^①墓

汉家太守朱翁子，残碣犹留古会稽。

一策遭逢惊薄俗，半生迟蹇误荆妻。

寺门日落樵歌起，松径人归鸠妇啼。

我亦风尘贫贱子，几时怀绶慰寒闺。

拟杨白花

杨白花，飘飘泊泊去。

上苑夕阳斜，但见白杨树。

杨树白，杨花轻，安得杨花化白萍。

白萍有散还有聚，杨花一去归尘土。

拟古出塞

十年养良马，衔辔增精神。

马蹄须碾冰，马革期裹身。

上马掉头去，言观塞外春。

春踏燕支花，秋猎青海尘。

生无父母养，死国犹事亲。

---

① 朱翁子，名买臣，字翁子，西汉大臣。会稽郡吴县人。朱买臣家贫好学，靠卖柴生活。
经同乡严助推荐，拜中大夫。向汉武帝进献平定东越的计策，获得信任，出任会稽太守。
平定东越叛乱有功，授主爵都尉，位列九卿。

拟折杨柳三章

行人折杨柳，折丝莫折枝。

丝断春还发，枝断长别离。

折柳当鞭丝，人逐春风去。

盼得人归来，青春留不住。

风送杨花轻，露湿柳条短。

飞花归不归，垂条泪常满。

悲歌

我生能读几卷书，短檠风雨空愁余。

我生能着几两屐，五岳烟云漫相忆。

井蛙眼界蜉蝣身，造化与我谁主宾。

劫灰茫茫日月走，古来不朽凡几人。

君不见，九原白骨堆黄土，转眼今人化为古。

身前身后两茫然，击剑悲歌泪如雨！

奴子季坤去

补录戊寅

千里共寒暑，艰难见汝贤。

无能甘耐苦，脱俗不言钱。

欲去神先沮，回头泪尚涟。

秀才惭未贵，为尔割青毡。

晚眺有感

戊寅

空林黄叶落，斜日暮鸦飞。

云外家何处，秋深人未归。

风尘青眼少，骨肉寸心违。

寒信吾乡早，谁谋卒岁衣。

书寄周古侠诗卷后

戊寅

自别周夫子，相思十二时。

欲传心里事，为寄客中诗。

肥瘦觉非昔，媸妍待问谁。

修眉郎惯画，新样报侬知。

鸳湖竹枝词

存三

赤脚吴娘挽双丫，柔舻轻轻手自挝。

昨夜鸳鸯湖里宿，满船载出白杨花。

名楼烟雨傍南城，酒舫游人夹岸行。

湖里灯光湖外月，一年两度斗歌声。

阿侬家住婆娑阴，朝朝树下捣秋砧。

婆娑开花见郎面，婆娑落叶见侬心。

效少陵同谷县歌

罗山狂客太冲子，历尽风霜寒不死。
居无茅屋耕无田，日拥破书慊然喜。
有时耳热心事来，抛书拔剑狂言起。
呜呼一歌兮歌乎天，云驰日走徒怆然。

有弟有弟同根树，南枝北枝影相顾。
生年二十贫未婚，黄泉惨随父母去。
池塘梦断魂不来，茕茕孤苦凭谁助。
呜呼二歌兮歌已重，哀哀独雁啼秋风。

有妹十一无爷娘，阿兄阿嫂相扶将。
嫂氏归宁兄远出，单衣布裙徒自伤。
野鸟入室鸣空堂，亭亭十六溘然殇。
呜呼三歌兮歌三阕，悲风萧萧流泉咽。

尖头笔公我良友，三百六十日在手。
十年作赋干诸侯，贱士点头贵人否。
疲驴破帽空驰驱，闺中愁杀啼饥妇。
呜呼四歌兮歌四按，风尘满眼行云断。

迷阳迷阳满荒衢，彳亍彳亍伤我趺。
归欤归欤山之隅，山鬼唧唧笑我愚。
心灰形木吾忘吾，低头敢与群贤俱。
呜呼五歌兮歌凄怆，妻孥为我色沮丧。

南山冉冉孤生竹，老根深固轻筠绿。

凤凰不来实已熟，野鸟啾啾不敢啄。

我愁山鼠伤君根，露冷风寒抱君宿。

呜呼六歌兮歌未休，暮雨昏灯相对愁。

我闻长安花树枝枝鲜，诸公采撷皆少年。

鸡声嘹嘹夜起舞，仆痛马瘏行不前。

文章百轴不值钱，狂呼掷笔泪潸然。

呜呼七歌兮歌且歇，好抱长贫炼坚骨。

自题画兰

风波懒上五湖舟，抱石空山独卧秋。

香草美人余旧恨，湘烟澧雨写新愁。

十年笔冢看花发，五夜诗魂化蝶游。

自画孤芳还自赏，离骚一卷伴清幽。

立春日折梅

辛巳元日

初晴山意暖，梅绽雪痕新。

万事居人后，探花得早春。

梦醒香在榻，酒熟月邀人。

谁识林和靖，平生结契真。

九日和粤东黄卓亭韵

痴雁一声天欲霜，赤岩山净紫花水名长。

独携九节仙人杖，拄倒三生石佛岭名旁。

村店帘风喧晚市，平畦镰影乱斜阳。

年来我亦耽游兴，孤负东篱菊已黄。

筱涧^① 村寄古侠先生代柬

南山有田，禾黍芃芃。

播之获之，用祀我先公。

恶草未去妨农功。

南山南山有猛虎，卞庄^② 不归付周处^③。

---

① 筱涧，今泰顺县雅阳镇秀涧村。

② 卞庄，卞庄子，春秋时鲁国著名的勇士，能够独力与虎格斗。

③ 周处，字子隐，义兴阳羡（今江苏宜兴）人，西晋时人，曾刺杀猛虎。

望山草堂诗钞卷之二
见南山轩集稿

游云林寺①

湖光不到处，步步入清凉。
探石沦灵性，听泉平热肠。
云随山自在，僧与佛相忘。
客醉发吟兴，归程红夕阳。

题旅壁

苦雨殊未已，檐声无那何。

---

① 云林寺，杭州灵隐寺。

江干惊雁早，孤馆得秋多。

债重压狂骨，愁深长睡魔。

归来留故我，壮志惜蹉跎。

冒雨山行宿故人家

布谷声中雨浃旬，篮舆如舫渡天津。

云隈虎卧近知石，磴道蛇盘曲遇人。

万叠深山村俗厚，廿年久别主情新。

自怜永夜狂谈剧，仍是当时朱买臣。

九日登白云 [①] 最高顶

西风飘飒鬓毛秋，剑气轩腾决壮游。

瓯栝雄关临绝顶，东南海国见源头。

云生足下群峰涌，日近天心万象收。

我把新诗叩琼阙，乖龙痴虎不胜愁。

示潘生福海

鄂渚春浓不可留，椴帏空抱越人羞。

驱魔佩倚蒲三尺，铸错炉倾铁六州。

雪海尘清回塞马，银河波淼老牵牛。

他年凤沼同舒翼，争似闲情订白鸥。

---

① 白云，即白云山，位于现泰顺县南浦溪镇库村北侧。

新晴登白云山白岩

晴日好山招健游，石龛千仞洗清秋。

举头绝顶与天语，跼足岩阿替鸟愁。

谏议①故居荒坞在，乡贤遗墨逝波流。

文章科第等闲事，都付白云任去留。

从筱村早行归南山②

行人戴星出，言返望山堂。

秋晓见春色，日高闻草香。

薄田旱逾稔，门巷僻常荒。

杯酒聊以慰，幽窗自羲皇。

周生道冠藏石界尺一枚，质黑而坚，温润如玉，天然平直，背微圆，约长七寸许，扣之声如古磬，音中商。侧面声特高一徽，云偶得之沙滩者，实文房珍玩也。余见之，摩挲叹赏不已，生即赠余，喜作此诗报生，以为许田之易③。时甲午五月二十八日也

名士好奇石，可玩不适用。

时世宝金玉，富贵非清供。

造物付偏长，彼此难兼统。

---

① 谏议，库村吴宅始迁祖吴畦，唐末官谏议大夫。

② 南山，指泰顺东南方向的山，指代南院。

③ 许田之易，春秋时郑国以泰山附近的祊地与鲁国在许地的土地交换。

周生抱慧质，佼佼桐花凤。
家居环江村，慕学解殊众。
偶行碧水畔，获此青州贡。
鬼斧斫云根，天巧绳墨中。
金声而玉德，润泽胜磨砻。
泗滨浮石磬，乃作文房弄。
渭水得玉衡，而无鱼腹痛。
奇珍不自惜，愿与天下共。
今日持赠余，聊拟束修送。
喜此美人贻，恍同交甫梦。
寒士拥皋比，忽获千金俸。
子孙永保享，彝鼎同珍重。
报以界尺篇，好作木瓜诵。

离家

离家如出世，小隐坐书林。
雨夜虫声涩，虚堂秋气深。
看云平侠念，拜石长禅心。
怕听鸡虫事，闭关防足音。

寿董霞樵先生

太霞山古高峰矗，下有诗人结诗屋。
调高曲古世不知，生年五十尚雌伏。
一灯一卷注虫鱼，有子乃能读父书。
设宴征诗介眉寿，高歌侑饮为公娱。

却嫌贵客辞多诿，乃遣贱子一言参滥竽，

我闻古人上寿百二十，其下百岁曾不及。

统计上下十万八千年，老彭之寿已嫌短景急。

又闻汉晋唐宋以来儒，道德文艺无时无。

长编短册寿姓字，至今读之犹觉光寰区。

征辟不行科目假，近来岩穴传者寡。

公名未列千佛经，我道传人闻者惊。

岂知山川磅礴郁塞久未发，

必有人焉纵横腾达留厥名。

文学如彼行如此，吾泰有公无乃是。

公卿下榻尊师儒，声蜚吴楚巴蜀几千里。

扶摇羊角势莫留，须臾翱翔遍八州。

愿公勤学励行老益奋，祝公之寿金铭石勒绵千秋。

题达摩渡江图

侧闻我佛诞降西牛贺洲极乐国，

栽成千树贫婆①叶五色。

又闻初祖朅来震旦东土开宗风，

贫婆千树叶叶都向东。

贫婆斫舟渡苦海，波罗蜜多苦仍在。

何如一苇示禅关，四大空时波不骇。

薪传六叶留瓣香，心印授受无参商。

明镜空悬台不设，菩提花见树茫茫。

---

① 贫婆，梵语，又作频婆，意为相思树。

七叶传灯灯乍歇，孽海澜翻停宝筏。

勉将衣钵付庸僧，贝叶迷咻空矻矻。

至今儒墨争纷纶，岂无佛子无圣人。

魔王姹女夺前席，如来为假妖为真。

劫灰可平终返古，聊染香云塑初祖。

愿借芦花作宝航，渡尽三千大千世界无冤苦。

题水墨洛神画卷

建安才子桃花骨，万斛春花傍春发。

清闲富贵无等伦，买履分香住仙窟。

仙姬作伴无疑猜，鹦鹉不语桃花开。

春去花飞剩遗枕，千言赋就魏王才。

魏王归藩过宛洛，洛水无情烟漠漠。

渌波红影泛芙蕖，仿佛佳人倚春阁。

含毫写景兼写心，春花浓艳春波深。

屈魂贾魄招不得，茫茫千古谁知音。

客邸无聊春意倦，淡烟描画春风面。

须臾仙子踏波来，八斗才华霎时见。

题《熙春韵事》寄家纫秋 ① 司马

林生抱闷坐迂谷，旧感新愁秋瑟肃。

---

① 林纫秋（1778—1833），名滋秀，字兰友，号纫秋，福建福鼎人，举人。曾主讲泰顺罗阳书院。

桐冈^①才子旧宗盟，寄我熙春春万斛。

熙春有女可怜蟉，旧是清虚榜上人。

醉奉玉壶娇坠地，玉皇怒谴落风尘。

尘飞紫陌春如许，蛱蝶猖狂花不语。

团扇吟成月在床，玄霜九熟迟裴杵。

月冷霜寒夜夜心，纷纷纨绔谁知音。

明珠一斛锦千匹，不敌陈郎五字吟。

陈郎陈郎谪仙才，旧时相见在瑶台。

八月槎回潮有信，五年空忆陇头梅。

谁教重入熙春道，豆蔻花开春未老。

午夜同心结不成，花枝含笑撩侬恼。

红叶诗来字字谐，名花忍教溷中埋。

梅峰月白照人冷陈号梅峰，清光可掬难入怀。

荷囊一剪情丝断，玉玦太寒囊不暖。

妾心如水郎如石，三叠回波石难转。

从此熙春春事非，香尘红雨逐风飞。

门前斫断相思树，空惹诗人赋宓妃。

吁嗟乎，从来尤物天心忌，佳士佳人同一例。

蜀峡哀吟怨女魂，湘江呜咽才臣涕。

烂铜牛铎焦尾琴，千金难买人知音。

中年我亦悲零落，题罢还倾泪满襟。

---

① 桐冈，福鼎县城桐山，借指福鼎。

题家纫秋司马摇岳凌沧图

天皇造乾坤，神勇擘为两。

劫灰静不飞，团作大地象。

洪波三面阔，中华五岳长。

惟有黄土胚，絪缊结精爽。

造成贤哲人，万模同一壤。

上者应世运，八荒在指掌，

下者应文运，亦作如是想。

不见古文人，胸怀必莽苍，

气焰所吞吐，山海为震荡。

岂徒夸美谈，意到事亦傥。

腐儒惊我言，舌吐泚盈颡。

不知古英雄，早已挟此往。

吾宗老子羽①，椽笔长十丈。

墨吸南海干，手撼天柱响。

风雨腾鲸蛟，妖魔走夔魍。

谪仙下蓬莱，把臂为忻赏。

谁为作此图，偶尔一标榜。

遂使尘世人，低首不敢仰。

勿与外人道，疑我党其党。

且疑小子狂，奋笔技亦痒。

---

① 林子羽，名鸿，福建福清人。明初受荐任将乐县训导，官至礼部员外郎。禀性洒脱，不善做官，未到四十就辞官回家。为闽中十才子之首。此处借指林滋秀。

稚竹示无咎 [①]

老竹护雏笋，渐看长比肩。

凌云他日事，立节此时先。

箨自迎风解，筠须得雨坚。

阿蒙增长易，拭目待参天。

典书

先人重义侠，薄产散如雾。

底有千卷书，遗我清白素。

相守二十年，拥箧深爱护。

自恨时命乖，朽木不堪树。

谋生无他长，恃此作孤注。

奈何风力微，阻我扶摇路。

中年淫土木，私意拟庐墓。

知小以谋大，囊尽财神怒。

群鸠入我巢，呼我脱布绔。

磬如四壁空，重劳诸君顾。

肯负失信责，宁舍青云具。

书卖我何忍，暂质长生库。

譬如抱孤儿，偶托邻妇哺。

书去黯然伤，书留瞿然惧。

回头视两儿，似我驽劣步。

我生不能读，我死将谁付。

殷勤属老妻，一误勿再误。

他年故物归，满篋为我裀。

道光四年，由县城移家南山。途中吟唐王右丞送别诗，用句续成四律，即柬周大丈京

但去莫复问，风尘压敝裘。

儒冠惊末俗，花样失残秋。

薄命随风絮，浮家不系舟。

南山亲陇近，痛哭傍林邱。

但去莫复问，南山田未芜。

家风老桑苎，食指下农夫。

夜织劳中妇，春耕课园奴。

无能成老大，藜藿称顽躯。

但去莫复问，闲身一叶轻。

龙潜姑勿用，指屈合无名。

客燕迎新主，邻鸥续旧盟。

安排春酒熟，一醉慰劳生。

但去莫复问，劳生舌尚存。

我才如有用，无貌亦承恩。

丙舍①三间迥，书城百雉尊。

文章期报国，不敢望侯门。

病中感怀

闻道群英尽出山，杜陵病客愧囊悭。

黄河水急金貂贵，青海尘收宝剑闲。

贾策谁教忧汉鼎，阴符未许叩秦关。

近来药圃添春色，远志苗新不忍删。

留须

留得须眉在，男儿气象还。

教随春草长，肯共泛交删？

丑称山妻色，威添壮士颜。

中年无个事，一捻对青山。

钓

掉首谢人事，鱼竿入手轻。

春晴潭水暖，晓色岸花明。

久坐有禅意，无心忘物情。

太平闲亦得，不羡洛阳生。

---

① 丙舍，指在墓地的房屋。

村居寄友人

笑倚青山不计年，嘲泉拜石米公颠。

妻孥未饱忧天下，将相能忘恋一编。

海内群才谁称意，隆中上策是高眠。

为余寄语瀛洲客，知否人间有散仙[①]。

书次儿无眚[②]字引

三迁敢慕古人风，山水清幽惬素衷。

稼穑艰难同仆隶，诗书甘苦付儿童。

持家健有牵牛妇，阅世明输失马翁。

破砚薄田先泽在，尔曹耕读莫言穷。

同叶二龙斗放舟

旧雨滩头至，相将一棹飞。

溪烟沉客梦，山色冷征衣。

村酒醉人薄，银鱼饷我肥。

劳生争一息，益信利名非。

---

① 散仙，道教里指天界中未被授予官爵的神仙。

② 无眚（1822—1883），林鹗为亡弟林次羽收养的儿子，原为里光林氏良房宗亲林大谋之第五子。

舟中漫兴

覆瓦篷儿仰瓦船，一篙寒水半篙烟。

才窥野屋黄芦里，又过栖雅红叶边。

山势奔腾来海县，江流日夜长桑田。

心怜故里哀鸿急，喜听邻舟说有年。

古意和无咎

改名用霖。

古松千年在，不畏霜雪侵。

君子固有穷，不改岁寒心。

伯牙隐湖海，流水调鸣琴。

调古俗耳聋，钟期知其音。

但患行不成，不患世不钦。

呼儿相劝勉，读书寒夜深。

岁除家宴，即席寿内子夏

殷勤今夕醮醇醪，犹似当时共食牢。

四十头颅偕我老，廿年门户倚卿劳。

藁砧气象新春换，婺女星辰昨夜高。

长愿两心坚比石，庞眉青眼看儿曹。

人日

四十星霜七尺身，年年人旧日常新。

难留昨日到今日，空使今人望古人。

忙杀双丸朝复夜，浑然一气屈还伸。

中间几个成人去，我共蜉蝣泪染巾。

舟中

江落桐墩九折湾，瑞安塔露笋头斑。

烟笼蕉石洲边树，知是前年住处山。

壬辰三月廿九日，余四十生日也。诸友酿金置酒，张灯召歌者，为余寿。自愧庸庸无闻，局促辕下，两鬓欲白，一衿犹青，无一足当称祝。以诸生厚谊，情不忍却。欢饮既醉，狂态复萌，俯仰慨慷，歌以自侑

坠落尘埃四十年，桑弧蓬矢总徒然。

输人几许休言命，生我何为欲问天。

尝胆未能忘世味，噬脐不忍说从前。

零编断简如堪用，愿共诸生一着鞭。

行宿金山

峭壁青摩天，高冈辟稻田。

云生深树杪，人踏乱山巅。

石佛说前古，桐花开旧年。

黄昏栖宿处，绝顶起炊烟。

鹫峰庵读书

在大峃司①宝屏山下。

读书最爱入山深，偶借禅房辟翰林。

鹫岭月明僧问字，讲堂花落佛传针。

丁年剑气消魔障，午夜吟腔接梵音。

听罢晨钟应了悟，何须把握紫阳心②。

读离骚

壬辰

比干有苗裔，零落居林邱。

耿介秉余气，隔世追前修。

诞降值世季，天步迷九馗。

流风日以薄，胥溺不可救。

人道随顺危，恶氛腾斗牛。

日星叠灾变，帝怒嫌腥臊。

地维动摧折，陵谷纷杂揉。

洪涛肆苛虐，江汉逆西流。

东南财赋地，鱼鳖劳噢咻。

妖魔肆攘夺，啸聚难虔刘。

疥癣不足治，症结成瘿瘤。

世事已殆而，凤兮来何求。

嗟余觏阳九，常怀五伦忧。

---

① 大峃司，即大峃巡检司，清代属瑞安，现为文成县城。

② 紫阳，朱熹的号，借指程朱理学。

茕茕日在疚，违俗丛愆尤。
妻孥冻以饿，交谪烦嘲啁。
惘惘出门去，聊为升斗谋。
自媒炫众长，百艺无一售。
释剑理书策，借枝随拙鸠。
贫责积以重，薄俸疗不瘳。
六月下寒雨，深林来鸣蜩。
螳蛄咒不已，万象回清秋。
白云蔽乡路，霭霭生暮愁。
检书觌正则，长跪询灵修。
贞魂伫恍惚，兰珮芳以柔。
翩翩芙蓉裳，长剑垂纯钩。
桂旂导荷盖，飞廉驱玉虬。
望舒絷苍龙，副车绿琼辀。
牵衣袭遗泽，谓余从之游。
天路浩漫漫，帝阙轩层楼。
群仙揖以让，阍吏不敢訧。
华阁上飞陛，遍历洞房幽。
羽衣云霓裳，扬袂舞以遒。
瑶竽白玉节，众妙连清讴。
怡神涤凡秽，荡志还自收。
人天隔九万，禁地不可留。
回轩下玉京，遍览穷九州。
朝发扶桑涘，夕税虞泉陬。
回车过云梦，秽氛腾有臭。
灵均顾神从，为我驱寇雠。
兰旌一麾拂，顷刻无戈矛。

七泽还众芳，三湘扫群莸。

从容理桂楫，挽臂登荷舟。

吴榜纵击汰，回波随夷犹。

横搴薜荔帷，遍览杜若洲。

招我由药房，芳卉何纷稠。

二姚与佚女，倩盼垂青眸。

欲语无鸩媒，恐贻美人羞。

艰难亦何极，娱乐未敢偷。

湘灵感同调，绮思聊倡酬。

谣诼谓善淫，尘足何所投。

为余广兰室，逝将从此休。

壬辰八月一日携同学诸子游白云庵分韵得一字

在瑞安五十一都大峃司云峰山。

平生爱探幽，历险殊不恤。

山灵知我来，扫雾见红日。

缘岭入枫林，山门抱深密。

绝壁耸天半，嗒然路已毕。

老樵笑语予，此才十之一。

前途阻且长，力尽奇始出。

攀藤试瞻瞩，奋气一呼叱。

五丁持斧来，魍魉倏奔逸。

割然石腹开，屹嶻容蹢躅。

盘屈蚁曲穿，空冥鸟飞趀。

俯瞷青濛濛，咋舌为股栗。

渐闻钟磬声，仰视益崒嵂。

云广覆僧寮，清梵出閟室。

天风空际来，悬瀑声转疾。

竹树围青苍，众籁动萧瑟。

磴道通云根，石压心骇怵。

石梁接银河，石床驻仙跰。

石龙守书屋，万古秘清谧。

我欲从仙人，参同访戒律。

永作汗漫游，长生或可必。

耳热诗兴浓，拂壁试走笔。

群贤解和予，韵牌抽甲乙。

让余老气横，羡尔奇葩苗。

读书贵游山，心源辟屯窒。

不见太史公，奇文乃无匹。

今日快哉行，何如竹林七。

归路慎勿嬲，狙公力能帅。

云峰山十二咏

旧题

曲磴梯云

选胜真轻七尺躯，攀援难似上云衢。

须臾步入清凉界，回首名场是畏途。

云中罗汉

力捥松枝山虎愁，云衣卧抱毒龙柔。

自从悟竭无生谛，面壁千年不点头。

悬岩瀑雨<small>下有石池养赤鲤。</small>

云叶迎风坠碧虚，曼陀花雨护僧庐。

懒龙未管苍生事，先养池中赤鲤鱼。

锡梦仙关

尘俗昏昏觉已迟，难将大梦报人知。

我来不借华胥枕，知是黄粱未熟时。

仙人石榻

一榻横陈古洞前，荒烟冷月伴高眠。

谁教浪跨青城鹤，孤负山林合几年。

水月龙池

千寻飞瀑一池吞，空鉴惟留水月痕。

我把诗肠频洗涤，消除烦热剩香温。

石洞藏风

无风虚籁也萧萧，常送云航入九霄。

六月有人羁健翮，愿从老佛借扶摇。

线天古洞

造化小儿竞巧思，凿开混沌强安眉。

莫嫌洞里乾坤狭，不见人间白日驰。

云岩凝翠

是石是云认未真，苔斑霞彩一齐皴。

四时不改烟光翠，幻作仙家今古春。

石龙听法

大龙喷雨小龙听，鳞鬣森森石发青。
听到语言无着处，不须三藏演真经。

石梁渡云

一桥高接两崖开，时有闲云自往来。
何日为霖功行满，定教飞渡到蓬莱。

石室藏书

荒唐石室吕仙居，曾检丹台宝笈书。
草没云封人不见，白猿哀啸月明初。

秋霁晚眺

十日霆霖增客忧，雨余独立寺门幽。
东流万壑归瓯海，西望千山接栝州。
老树直如名士傲，秋花娇似美人愁。
遥怜天末云深处，鸿雁不来频倚楼。

寄内

欲报归期未有期，客贫翻怕到家时。
中年尝胆卿尤勇，别后牵肠我更痴。
也愿填平愁似海，最难修到酒如池。
加餐莫道炊无米，一笑还须食肉糜。
是时岁荒米贵。

怀老友王星阶却寄

名治平，永嘉人。

兀坐寒灯青，开门秋月白。

东望海山低，中有同心客。

我客亦何有，一砚饱六口。

能为梁父吟，惯贳临邛酒。

挥尽买春钱，一巾仍岸然。

炉锤五十年，炼成贫骨坚。

岂无裘马儿，倾襟接畸士。

真知平生心，深山惟贱子。

身远心日亲，迹疏情愈真。

廿年如一日，似君能几人。

从前药石言，回味意何远。

自恨闻道迟，投杖拜已晚。

海角云欲沉，陇头云更深。

唯有秋时月，照见两人心。

秋尽春复来，彼此各珍重。

百年甘苦情，愿与美人共。

续"满城风雨近重阳"① 五首

满城风雨近重阳，万斛秋怀邈故乡。

鸿雁南来数行字，云江西上几回肠。

---

① 北宋诗人潘大临留下的一断句，后世常有诗人为之续成律诗。

谁从三径存松菊，生怕霆霖坏稻粱。

欲寄新词慰佳节，题糕诗胆怯刘郎①。

绝壑松声生夜凉，满城风雨近重阳。

窥藩有虎灯花绿，送酒无螯豆子黄。

贫士求官甘俸薄，中年作客觉更长。

何当归去来今日，也向东篱学傲霜。

葛巾漉酒菊花香，野寺寻诗秋兴长。

半坞蛮烟羁剑铗，满城风雨近重阳。

此间腐鼠逢鸱吓，何处高梧待凤翔。

赢得看山长短句，无人商榷付奚囊。

鬼派诗②成问象王③，终年书剑冷僧房。

降龙颇证菩提果，灭火羞争魑魅光。

五夜钟鱼惊断梦，满城风雨近重阳。

青毡未了前生业，拼把新愁付坐忘。

巾箱另贮疗愁方，斑管毫生作作芒。

昨夜文心飞白凤，从前厄闰付黄杨。

钱神论④续疏千字，穷鬼文⑤添注几行。

租吏不来秋亦好，满城风雨近重阳。

---

① 题糕，刘郎题糕，传说唐代刘禹锡重阳节写诗，想用糕字，因为五经中没有糕字，不敢写。

② 鬼派诗，李贺风格的诗。唐代诗人李贺被称为诗鬼。

③ 象王，佛教语，喻佛或菩萨。

④ 钱神论，是西晋隐士鲁褒创作的一篇赋。

⑤ 穷鬼文，指韩愈《送穷文》。

九日登赤岩观瀑

村居意殊惬，山屏列嵷嵘。

初闻赤岩奇，游兴搔欲痒。

九秋豁翳障，群峰竞鲜爽。

主人挈杯来，童冠挟我往。

石径错谽谺，彳亍披筱簜。

渐入路欲迷，再进力已羘。

攀藤窥石罅，忽见石门敞。

方知奇境来，艰难得心赏。

抠衣各踊跃，猿臂争抢攘。

长绠木末垂，危磴踏云上。

度险怯无声，渐闻水声响。

鬼斧斫山骨，割然劈而两。

石厂覆悬崖，山腹露平壤。

峰头斗駃驼，閟室呼魍魉。

蹲狮睨欲吼，飞鸟愁扼吭。

俯瞷何瞑濛，安坐亦惝恍。

玉龙挟雨飞，直下一千丈。

绝壁束青天，白光界圆盎。

特石当盘涡，湍洄珠在掌。

落叶和萧瑟，石笋触潢漾。

天台胜恐难，雁山逊亦傥。

探此造化奇，豪气一时长。

肴核陈莓苔，列坐杂榛莽。

欢呼多酒徒，高歌慨以慷。

管弦戛流泉，万籁动相荡。

就中狂生狂，醉后酒怀荡。

长啸天风来，云气隔尘泷。

猿鹤相招呼，乾坤一俯仰。

恍然悟前身，五百年来曩。

曩从安期班，谪入青莲党。

笑傲天机流，还我清虚象。

快哉汗漫游，落日照莽苍。

归来思渺然，犹费十日想。

　　赤岩，在泰顺之第六都筱涧之阴，去村三里许。缘涧入，穿石缝，行百武，见累石中洞如门，高丈许，下可坐十人。度门入，峭壁百丈，无路可上。游者攀崖扪壁，至山腰，见石洞如覆夏屋，门方正如楣，高约二寻，内平如堂中，左正方壁如削，右视幽暗石缝，见洞后光，隔清水一池，人不得入。乃由洞门出，有阶级天然。行至水际，见圆石大如车轮者二，踏石入洞后，登大石，可三丈许，圆如珠，一潭碧色，绕石如环。趺坐石巅，仰视石壁束天，如桶脱盖，如蛙在井，正中悬瀑倒挂入潭，声窸窣如蟹鸣。群山围拱皆石，如怪兽腾掷者，不可胜纪。两洞外，余地可作亭榭回廊者甚夥，惜地僻无好事者为之耳。

　　初，其村人无知赤岩者，相传昔有避难者梯而入，得石室居之。故后人竞传其奇，然皆未之见也。余性喜探幽，初游，扪壁险绝。因与同学醵金作石磴如半塔，附壁若梯，复垂修绠于木，始得直达其境。九月九日，偕周芝石明经，周定九、枫丹、铭丹文学，暨同学诸生二十余人，担羊酒，携管弦，快游竟日，狂歌畅饮，乐不可支，与诸子共得诗十余首。今十余年，东西奔驰，此乐不可复得，每至事不称意，心未尝不在赤岩水石间也。迂谷跋。

记石林书寄潘别驾彝长师 [1]

今人重文章，知行歧而二。

四子衍谈天，五经祝扫地。

吾师秉慧业，独抱经济器。

排解尘俗场，举足判义利。

辨如孟子舆，学宗端木赐。

后生林施鹗，古之狂也肆。

抱瑟升堂歌，吾道私相誓。

箪瓢苦不足，常有四方志。

但恐离索居，重远中道弃。

回头望石林，泰岱蟊嵬岊。

愿抱石心坚，磨砻任百试。

愿戴石山行，守死无敢坠。

欲罢而不能，涕泗书此志。

鹿城遇汪大霁峰

仁和人。

相逢招手上江船，三日须臾翰墨缘。

孤屿听潮连客枕，石门看瀑并吟肩。

---

[1] 彝长，潘鼎（1775—1835），字彝长，号小崑，泰顺罗阳人。嘉庆十六年（1810）副贡生。书画家。曾两度掌教罗阳书院。别驾，州判别称。

寒云山里藏徐履①，瘴雨楼头锁仲宣②。

同是闻鸡眠不得，此行愿逐祖生鞭。

舟中即事

密篔筜叶青到地，水杨柳条红向天。

记得去年泊船处，恰是今年种麦田。

书大司马陶云汀③先生诗集

千古辞宗仰楚臣，江山磅礴又斯人。

直将浩气空辞障，能把文章饰性真。

湖海骚坛谁执耳，东南大雅望扶轮。

鲰生未是龙门客，也祝黄花晚节新。

---

① 徐履（1121—1198），字子云，号少初，瑞安义翔乡木棉村（今泰顺县司前畲族镇状元村）人，南宋绍兴十八年（1148）会试第一，权相秦桧欲妻以女，徐履佯狂，廷试不答一字，被置榜末。

② 仲宣，王粲（177—217），字仲宣。东汉末年文学家。少有才名，为学者蔡邕所赏识。司徒想征辟他为黄门侍郎，因长安局势混乱，没有赴任，选择南下依附荆州牧刘表，但未受到刘表重用。曾作《登楼赋》。

③ 陶云汀（1779—1839），名澍，字子霖，号云汀，湖南安化人。嘉庆七年（1802）进士。官至两江总督。与林鹗舅父董正扬同科且友善，董正扬诗集《味义根斋诗集》多首诗作有陶澍的点评。

东瓯观潮行

天吴唤风海波立，千樯乱向揖峰亭名揖。

江流欲落海倒行，簸弄篛帆轻于笠。

涛声怒吼蛟龙骄，摇撼山根山欲摇。

扶桑浴日阴精逃，金蛇袅那逐飞艎。

须臾两岸拓千尺，孤屿不动双塔高。

忆昔观潮曲江头，银山壁立光迎眸。

海门龛赭束之字，遂使潮势左挠右屈行不休。

造物好奇换新样，西越奇绝还东瓯。

东瓯山水辟未久，胜地得人乃不朽。

龙湫雁荡西子湖，彼此不容上下手。

我闻乾坤浩气海生潮，无异黄河东流影西走。

子胥在前种在后，英雄气焰莫须有。

我问东瓯弄潮儿，都道乾坤浩气长在兹。

呜呼浩气长在兹！君不见文文山庙卓公祠①。

春日溪行口号

秧针浅绿淡宜晓，枫叶嫩红娇胜秋。

如此韶华春未老，波光飞白上人头。

---

① 文文山，南宋丞相文天祥。卓公，明初瑞安人户部右侍郎卓敬。温州江心屿上建有文
信国公祠、卓公祠。

大岢晓行

嫩日窥林人影斜，溪头野彴渡平沙。
霜裁红叶女儿袄，风簇冰纹蝴蝶花。
麦子放青田雀静，柏油脱白碓轮哗。
乡园春熟不归去，却向荒村问酒家。

五日和古亭先生见赠原韵

梅雨霏霏禾叶青，端阳客感一时生。
也知蒲酒家乡味，无那榴花旅邸明。
燕市佯狂聊击筑，草庐归去且躬耕。
但教晚福追前辈，画虎何如刻鹄成。

丁年孤负杖藜青，中岁曾无一事成。
圯上偶来张孺子，洛阳谁问贾书生？
文如玉璞原难售，砚是良田且自耕。
珍重赠言储药裹，阴符说术几时明。

五月五日自题画兰

五日菖蒲浸酒尊，湘江谁吊屈生魂。
含情为写离骚谱，怨雨愁烟滞墨痕。

次韵和朱蔗湖咏史

名孔浚。

英风叱咤万人休，百战空争土一邱。
烈炬已平骚客恨，歌声又惹美人愁。
兵戈运合终秦楚，成败人徒论项刘。
愤气千年销不尽，至今呜咽大江流。

半生失水困泥蟠，肤寸风云起大观。
炎井中兴延汉鼎，益州王气接长安。
一时豪杰牢笼易，自古英雄继美难。
底事儒生争正统，出师大义等闲看。

即事

晓坐书楼静似僧，鸟声初动一窗凭。
白云出岫迟不竞，分得远山三四层。

深林

深林生晚烟，斜阳在高树。
蓬户阒无人，独立与蝉语。

壬午病中杂感

万事不如意，匆匆春又更。
好花瞒病落，乱草逐愁生。

薄俗浮云幻，艰难蜀道行。

男儿怀壮略，三十已无名。

苜蓿平生愿，青毡未了因。

鸡谈推作长，雁字学为人。

恶竹删全净，奇花护亦频。

昨宵得家报，范甑已生尘。

乞米浑无计，十年空学书。

贫怜中妇健，傲觉故人疏。

辛苦拈毫里，恩仇按剑余。

雄心怯儿女，低首赋闲居。

邻翁邀客去，坝岸踏苔纹。

到眼余红雨，伤心有白云。

村童喧冷节，山鬼泣荒坟。

入夜乡思发，啼鹃不可闻。

送送春将去，含情折柳条。

怜莺迁不定，与燕说无聊。

节护孤生竹，心抽半死蕉。

那堪穷谷里，白日坐能消。

书《三藩纪事本末》后

一局残棋付党人，更将兵柄授降臣。

貔貅四镇劳和解，孤负英雄史道邻 ①。

千里荆湘寄托虚，何公一柱与衡孤。

中州元气摧残尽，神井犹生五色鱼。

与家荐珊论事有感，诗以自警

太仪陶万类，一能分一职。

有短必有长，豺虎具嘉德。

灵者能在心，蠢者能在力。

善暴职相成，刚柔职相克。

在人虽至愚，未必无一得。

自惭得天薄，浑沌七窍塞。

入世多龃龉，所病在狂直。

狂直何所长，天良存一息。

区区平生心，之死矢靡忒。

否遇遭艰屯，俗累日驱逼。

中岁百无成，枯朽不可植。

长以方寸心，分饷百指食。

岂无窃脂智，润我枯肠殖？

顾此耿耿在，举念先悚恧。

丈夫可饿死，不能强作贼。

日昨闻规箴，自问增惶惑。

莫是赤心赤，可化墨者墨。

---

① 道邻，史可法（1602—1645），字宪之，号道邻。明末抗清名将、民族英雄。

岂其白羽白，涅之黑则黑。
否则尚意气，取仁本以色。
深惭不自立，撑支屡颠踣。
火井无寒冰，热血冻不熄。
愤俗攻人恶，何如自修慝。
人心危峡舟，死生争一刻。
毕力持铁篙，瞬息防险仄。
负累非所忧，顶踵期报国。
且学隽不疑，负罪自韬默。
昂首望云霄，何时生羽翼。
愿洌良友言，保身奉明则。

山居怀李明府协庄师

寒雾压炊烟，蜗庐隐墓田。
怀人当雪夜，拥絮卧冰天。
知己人千里，山居我十年。
冥鸿飞不到，梦立绛帷边。

泗溪祖祠赏雪与儿无咎联句

雪粉如尘着地无，天花云影白模糊。
西山故里梅千树，迂谷
南宋家风玉一壶。炼字未成雏凤羽，无咎
敲诗频坠老蚶珠。岁寒莫负前人约，迂谷
会看长林荫绿芜。无咎

望山草堂诗钞卷之三
见南山轩集稿

咏宋林霁山[①]景熙**郑初心**[②]朴翁

赵宋病积弱，偏安保南渡。

与元结同仇，伴虎逢其怒。

内腐外揭藩，艰难失天步。

佛者豺狼性，屠毒到陵墓。

---

① 林霁山（1242—1310），名景熙，字德旸，号霁山，平阳人。咸淳七年（1271）由上舍生释褐成进士。授泉州教官，历礼部架阁，转从政郎。宋亡，隐居于平阳县城白石巷。元世祖二十二年（1285），江南释教总管杨琏真迦挖掘绍兴南宋帝陵，激于爱国义愤，约同乡人郑朴翁等前往收拾帝后骸骨，葬于兰亭附近，移植冬青树作为标志。

② 郑初心（1240—1302），名朴翁，字宗仁，号初心。平阳人，咸淳十年（1274）由上舍生释褐成进士。授福州府教授，调常州府主簿，国子监学正，转从政郎。宋亡，隐居平阳荪山蕉下，教授弟子直至去世。

白骨抛荆榛，行人不忍顾。

吾宗霁山父，弃官隐儒素。

向与郑初心，共学同志趣。

睹此痛入髓，舍死拼一赴。

一为丐者状，褴褛曳芒履。

一托采药行，杖笠披朝露。

吞声拾龙蜕，敢读黍离句。

铁网捞珊瑚，泪泉洗泥污。

埋之白石函，识之冬青树。

即今越山头，忠魂长守护。

当年有唐珏，仗义一臂助。

忠孝本天性，夫谁改此度？

到今数百年，闻者共倾慕。

欲歌旋欲泣，不自解其故。

祖籍隶昆阳，家乘详记注。

每读霁山传，执卷不忍去。

游雁荡山

家住千山万山里，卧抱白云呼不起。

一双不借一枝筇，但见峰峦色先喜。

踏遍永嘉好山水，欲见雁荡迷尺咫。

筍舆遥指海西头，芙蓉斤竹从逦迤。

度岭越溪几信宿，昨非今是寻常尔。

忽闻巨灵擘石声如纸，鬼斧凿山抉山髓。

浑沌七日凿不死，崛起百二奇峰向天指。

天公夜决银河东，六龙吸之向空酾。

大龙吾吾小龙应，倒落千丈万丈流未已。

造化小儿运余技，雕镂人物辄神似。

或作古佛拜，或为玉女倚。

跌者罗汉如，立者将军拟。

野叟听诗长侧耳，老僧前行后童子。

秀者笔锋卓，雄者天标峙。

骖鸾鸾欲飞，展旗旗末靡。

谁把并州快剪刀，剪碎烟霞坠空紫。

游戏不顾见者惊，矫揉万状穷谲诡。

游山之乐乐至此，我如闻韶叹观止。

忆昔一行画山作两戒，南尽雁荡此即是。

何事郦生注水经，遗却奇观无补纪。

谢客当年称好游，神子溪行而已矣。

惟有杜张吕赵子朱子①，曾向峰前曳游屣。

摩崖大字各题名，至今劫火不敢毁。

我道读书贵游山，千秋解人汉太史。

乾坤奇气供取携，腕底烟云足驱使。

雕虫小技镂风月，余子琐琐彼哉彼。

我愿蜡屐时一来，常把诗肠快湔洗。

列仙峰头拍手招，云车汗漫随风驶。

逝矣双丸激于矢，何年踏遍十万八千里。

雁荡之游非偶然，五岳逍遥从此始。

---

① 杜张吕赵子朱子，历史上曾游览雁荡山的名人。杜，杜审言；张，张又新；吕，吕夷简；赵，赵宗汉，宋太宗曾孙，作《雁山叙别图》；子朱子，朱熹。

芙蓉村

斤竹连东涧，名村接短筇。
诗才无谢监，初日见芙蓉。
春老千家雨，奇先百二峰。
明朝探玉女，花外认仙踪。

石梁寺

客心生白云，翩然谢尘鞅。
入山境不迷，杖策且孤往。
云穿石腹来，人从石梁上。
绝境见招提，安妥据平壤。
松关浸藤月，云房辟幽敞。
足音僧梦回，苔晕佛跌长。
静观息物虑，清虚罗万象。
意与人世违，盛增猿鹤党。
劳生感物化，此见殊未广。
离境得天游，泉石资驯养。
薄醉天机来，身世此俯仰。
恍遇安期生，超然结遥想。

大龙湫瀑布歌

白龙卷海入荒谷，三千年来作雌伏。
五丁擘石探龙颔，怒鬣翻腾透山腹。
喷云吸雨斗不休，倒落万丈东海龙湫瀑。

山灵欲閟云不开，峰峦重叠关锁谁能摧。

诗仙赤脚空际来，天风飒飒清氛埃。

露出海山一条白，至今为云为雨群疑猜。

我闻洞天三十六，大地东南几名瀑。

沐日浴月争奇观，天精地髓流不干。

诗豪胜士各标榜，孰是雄龙雌龙辩亦难。

东瓯奇观辟未久，石门在左天台右。

浙东三瀑各有名，雁荡之奇未曾有。

我来挹瀑倾诗瓢，误踏龙首龙愈骄。

阴霾不开春寒虐，千里苦雨连昏朝。

我欲叩龙与龙言，鸿雁嗷嗷殊可怜。

何不敛蓄霖雨姿，旱干之岁灌溉高原田。

香林寺^① 示石觉上人

十里五里逍遥游，一湾两湾溪水流。

太古山随心月静，偶来人共慧云留。

吟成非法佛微笑，说到无生石点头。

自分劳身少清福，得闲还是傍僧偷。

忆赤岩示儿无咎

改名用霖。

少日豪情捷胜狮，攀崖穿瀑洗游衫。

---

① 香林寺，在泰顺峰门，南明文渊阁大学士瑞安人林增志避居泰顺时所建。

廿年愁海无青鬓，几度穷庐忆赤岩。

帝阙遥教天汉隔，山门深付暮云缄。

鼎钟泉石都无分，一念沾尘别圣凡。

忆西湖书落卷① 后

外湖碧浪里湖烟，犹记湖堤屐印圆。

衰柳断桥沽酒处，草花夹路卖饧天。

低头愧我从归棹，得意凭人泊画船。

他日相逢西子笑，秋风渴想已三年。

潘上舍② 振凡家水仙特佳，赏之以诗

潘名圣铎。

西堂晓霁日窥筵，欲放仍含怯可怜。

瓷钵沙融春有雪，湘帘波细影疑烟。

瑰姿艳摘黄初赋，翠被香分绿鄂船。

隔水盈盈时一见，未须遐想藐姑仙。

---

① 落卷，未被录取的试卷。明清时代科举考试，未被录取的卷子，于考试结果公布后发还本人。

② 上舍，宋代太学设外舍、内舍、上舍三级。清代府县生员分三级，即附生、增生、廪生。后世以上舍雅称廪生。

朱小珊^①先生诗册书后

枯肠禅子笑贫婆，饱腹侏儒恼睡魔。

谁似先生织锦字，能教帝女停金梭。

洞天宝笈诗仙品，文苑青编博士科。

曾司训永嘉，葺吟秋馆，啸吟其中，地有太玉洞天旧迹。

更羡传家又江鲍^②，秋风旧馆快吟哦。

今令子彦山^③学博亦秉铎永嘉，重葺其馆。彦山名美镠，亦能诗。

连环体书怀柬家怀风明经

柬并录

愚弟鹣顿首南园大哥大人阁下：

　　暑中患病，顾景无聊，兼负俗累，益增怅触。自维抵鹊以玉，壮志日非，

五夜回肠，浩然有敝庐之想。因念我佳人未遑聚首，心同境别，实命不犹。

爰拈韵制连环诗，藉抒鄙怀，兼绘连环合璧图奉寄，匪惟俚戏，实寓深心，

所谓非我佳人，莫之能解也。倘怜孤响，定驰和章，引玉情殷，无任翘企。

酷暑，珍重，珍重！己亥六月五日，鹣谨上。

中年落魄困寒毡，碎玉圆磨不似钱。

---

① 朱小珊（1763—1822），原名孙垣，改名文珮，字婴玉，号小珊，晚号迟农，浙江海盐人。
嘉庆三年（1798）举人，嘉庆十三年任永嘉县学教谕。工兰竹及山水小幅，善隶书。工诗，
有《春华秋实斋集》。

② 江鲍，南朝梁文学家江淹和南朝宋文学家鲍照的并称。

③ 朱彦山（1792—1857），名美镠，字彦山，又作念珊，浙江海盐人。廪贡生。道光
十二年（1832）任永嘉县学训导。升任云南蒙化厅经历。丁忧，服阕升任知县。咸丰
七年（1857）任福建邵武府泰宁县知县，卒于任上。

慧海淘泥培苦李，火坑灭焰种青莲。

劳身忘病夸顽福，梦境无愁算睡仙。

何日南山还净业，岭头亲掬洗心泉。

　

银瓮金穴有廉泉，酷羡君身是地仙。

高唱字敲云母磬，清谈沫溅水精莲，

醉人锦帐留宾酒，助我萱堂供馔钱。

何日南山开茗社，联吟分踞献之毡。

示同学毛浚[①]秀才

书城镇日拥皋比，攻木撞钟困始知。

鹄卵似君非伏易，骊珠愧我已探迟。

直须邹鲁寻衣钵，莫与江黄斗虎貔。

松柏未妨生培塿，定教霄汉矗高枝。

竟成书塾[②]酌醇酒读《楚辞》，书示毛伯深浚、家玉生瑛[③]

中年挟策悔亡羊，扑尽尘氛得古香。

识字早谙骚客味，读书今傍酒人乡。

窥门山色留青久，入座兰言引兴长。

如此韶华莫孤负，相量次第撷群芳。

① 毛浚，字伯深，今泰顺县南浦溪镇箬阳村人。成丰年间恩贡生。
② 竟成书塾，在泰顺县筱村镇东垟村，乾隆年间乡绅林凤鸣建造。
③ 林瑛，字玉生，号汉村，别号鹿山，筱村镇东垟村人。廪生。

代柬玉生秀才

校人捕鲤欲烹之，曰馈先生我跪辞。

不是老饕甘割爱，为君留得化龙姿。

牡丹和家玉生同学二十六韵

三月韶光驻，春风到讲堂。

一株留晚艳，独步冠群芳。

种或来瑶岛，名曾擅洛阳。

肯将青琐质，移植白云乡。

信喜连番近，开劳几度望。

香苞初蓓蕾，嫩瓣渐分张。

不电惊宵影，非霞绽晓光。

浓宜含宿露，暖合趁朝阳。

楮叶玟璇刻，珠盘玛瑙镶。

风情传色相，官样仿文章。

妃子怀前汉，宫人说盛唐。

舞时轻比燕，浴罢宠归杨。

姹女金钱树，红儿玉笋行。

拥桡思翠被，窥月见霓裳。

富贵形原幻，繁华日正长。

何如书带瑞，差胜笔花祥。

益启蘼芜径，英储芍药房。

晨葩辉泮壁，夜气逼文昌。

掩映微之丽，沉酣白也狂。

课题翻蠹简，楹帖灿螭墙。

锦自量江腹，材还拾李囊。

诗魂蝴蝶化，酒债鹧鸪偿。

绣让谁称虎，牢教我补羊。

折逢青鸟使，探共绿衣郎。

酝酿天心苦，栽培物力忙。

韶年须爱惜，相与护花王。

咏牡丹花

红霓裳系绿琼珂，斜压栏干醉魇酡。

三月烟花春梦艳，九衢芳草宦情多。

繁华肯让唐天宝，风日偏宜晋永和。

如此韶光人未老，鹧鸪贳酒莫轻过。

由林岙^①山行谒舅氏文竿夫子寓斋^{讳正揄②}口号即呈

相去未为远，能来肯暂停。

云从林岙白，山到箬阳青。

竹影前村见，书声隔岸听。

论文尊酒热，甥舅共忘形。

---

① 林岙，今泰顺县包垟乡林岙村。

② 董正揄（1777—1836），字叔引，号文华，廪生，著有《能不言斋诗文稿》。林鹗的三舅父。

独夜

时癸未七月二十夜，在峰门。

读罢阴符唤奈何，中年心事剑频摩。

撩愁坠叶惊秋早，搅梦寒蛩入夜多。

虎气欲交山月大，鹘声初起冷风过。

无才未碍居穷谷，鬼派诗成独自哦。

寿家节母叶孺人，并致贤嗣凤翔明经、凤苞文学 [①]

凤翔即怀风，苞字苞九。

龙星西入大梁曲，东望海门丽春旭。

天姥连天女几横，丹台初启长生箓。

青鸟衔来双桂林，桂林草长春晖深。

高堂张帷灿华烛，启读锦轴长十寻。

飞琼高捧双成说，说与当年画荻人。

当年妖蟆惨蚀月，梅花未落漫天雪。

让泉冰结柏舟牢，十指撑持五指血。

剔眉忍痛呼孤儿，汝曹立志须及时。

家有遗书先业在，与汝负笈从名师。

孤儿长跪向阿母，儿幼母孤别难久。

牵裾恋恋不忍离，可怜十步一回首。

去日门前柳展眉，柳枯腊底人未归。

---

① 林凤翔（1791—1856），字怀风，号南园，泰顺县戬洲下武洋村人。附贡生。林凤苞（1798—
1855），字苞九，号丹岑。林凤翔胞弟。县学生员。叶孺人（1768—1843），泰顺西
旸镇叶瑞旸叶阿兴之女。

倚闾拈丝缝春袄，又是明年游子衣。

两儿感母泣还读，晷短檠长苦不足。

千卷撑胸各十年，联翩袖底芹英馥。

登堂拜母慰清寥，泪眼相看恨渐消。

长愿相将伴阿母，白头兄弟作儿娇。

从此娇儿重启宇，爱日舒长足莱舞。

书田秋熟阡陌开，雪霁春回化甘雨。

甘雨回春遍里门，力教凶岁成丰亨。

孝泉沃处生仁粟，粒粒无非慈母恩。

慈母即今年七十，绛雪玄霜炼仙质。

坐享人间极乐春，二孩嬉戏不离膝。

芳辰设帨张琼筵，登筵珠履盈三千。

中有宗盟亦孤子，新声能续唐山篇。

歌罢揃裳语令子，孝恐人知无乃尔。

与君同学同宗盟，廿年不识茅季伟。

两大父母陶一模，君何贤孝我何愚。

我母当年亦有志，尔有母养我独无。

廿年遗属犹在耳，兀兀埋头心不死。

旧恨新愁白发生，曹沫何年雪前耻，

四海兄弟终未亲，从今白首期如新，

平生磊落一腔血，甘拜筵前戏彩人。

节母武阳林氏，支分仕洋，与余同祖唐内史公，由闽迁归仕洋。仲子析武阳，生伯仲二子。仲即母所天，早卒。母年三十二，两孤幼，伯氏代治外，给未均。母恬不会计，即遣二孤赢粮戚家学，龆稚恋恋辄严责。孤行，暗泣，倚闾望，馈粮襦无缺。伴返，详问疾疢乃安，无知其苦心远虑者。姑老病瘫，食息需人，母独肩其任，昼抱披喂噢，夜数起视，十余年忘倦。逮两孤长，皆隶庠，始与言家事，旧产既复，加以内助，遂盈数巨万。二子感激孝养，孺慕不离，躬亲婵妪之役，涕唾微恙，即移榻侍寝不去。事必请命，母仁好与，蔑不从。岁凶，恩常遍里间，惠逮远者，洵贤母也、孝子也。余初与其长孤同释奠，交疏弗之知，迨母寿征诗，其戚欧秀才朝旸详述其母子之难，余始感励作此，登堂以族子礼请见，亦始与其孤订心交焉。太冲自志。

盆松示无咎

缅彼樗柳姿，舒枝在林麓。

得土滋根株，逢时竟秾绿。

而此坚卓材，乃作蟠螭伏。

主人殊爱惜，蜷局徒瑟缩。

春风劳嘘拂，土膏苦不足。

常惧攀折频，敢谢尘网辱。

贞心老不死，阳枝诉朝旭。

侧望赏奇人，拔置丹霞谷。

伫看枝干舒，千亩荫兰族。

和董大 ① 别驾见赠原韵

丱角联吟感昔游，廿年约伴趁槐秋。

君歌宵雅声逾壮，我读阴符舌仅留。

霄汉千寻迟凤羽，深山五月冷羊裘。

前程利钝浑难定，且办青尊对绿畴。

---

① 董大，即董汸长子董曙，详见《感怀与董子团》注。

归途口占

病起如新月，纤腰瘦一湾。

精光终不灭，死魄复生还。

归路添芳草，烟村认旧山。

家乡明日到，八口对欢颜。

呈妇翁夏晓岩文学

名日炳

松粮鹤食了无储，乞米终朝向比闾。

云拥木棉三架屋，风梳败叶半床书。

肥硗何计平争虿，神化曾闻说蠹鱼。

可奈先生贫澈骨，女儿夫婿又寒儒。

山行戏成

一二三点红叶雨，四五六枝乌桕霜。

七甲山头风八面，九秋天气十分凉。

七甲山在瑞安五十二都，高冈俯视万山。

半千行

杜陵中酒歌八仙，迂谷敬老会半千。

坐中七人皆黄发，举杯相醻各论年。

就中张叟齿最长，健如古柏飘苍髯。

茂才郑子乡硕彦，新年八十犹矍然。

白叟昆季童颜鲜，三寿作朋相随肩。

余翁朴野古葛天，太学柳君鹤蹁跹。

统计五百六十有一岁，迂谷小子亦参焉。

揎拳捋战无老态，豪情轩举何飘翾。

君不见，人世枯荣皆幻景，箕畴五福寿为先。

从来富贵场中客，风尘剥损精难全。

南院高踞深山巅，民风淳闷肌骨坚。

以故女子多男男多寿，此理有据古所传。

小子总卯即射策，少时妄志冕与轩。

即今裘敝游已倦，卜邻结屋将高眠。

千秋钟鼎之寿既无分，愿与荒村野老啸傲凌云烟。

不费诸公杖头钱①，一年一会苜蓿筵②。

醉中举酒相祝颂，遮莫小子之寿齐群贤。

但愿碧翁老子各与寿百年，不羡耆英九老之会③传青编。

云江候潮断句

海月初生红似日，江潮欲上动疑风。

飞云一样东流去，每度归来景不同。

---

① 杖头钱，典出《晋书·阮修传》"常步行，以百钱挂杖头，至酒店，便独酣畅"。后
  世以杖头钱称买酒钱。

② 苜蓿筵，典出苜蓿盘。唐时薛令之居冷官生活清淡，吃的菜盘中只有苜蓿，饥寒难忍。
  后世诗人常以苜蓿盘形容小官、塾师生活清苦。

③ 九老之会，即香山九老之会，为白居易在洛阳宅里宴饮聚会。指年高有德者的集会。

三峰寺①观牡丹

庚子

闲步涉招提，翛然脱尘鞚。
儵惊色相浓，疑把优昙种。
结龛高齐檐，主意殊珍重。
南枝向日丽，北枝露叶封。
小者琥珀杯，大者醍醐瓮。
红云五十朵，朵朵佛仁幪。
岂虑色界迷，合作诸天供。
幽赏意未释，感旧动离衷。
忆昔方少年，佛阁横经诵。
春花爱护同，禅榻清修共。
别此事远游，尘鞯几倥偬。
忽忽廿五年，颠倒华胥梦。
不见富贵花，徒把青春送。
今来花无恙，对花我惶恐。
头衔增白发，老根易嫩藑。
花开赏未迟，我才竟谁用？
莫参空色偈，空色犹虚哄。
努力护韶华，一语觉大众。

① 三峰寺，位于泰顺县城内太平桥东，建于后晋天福年间。

九日偕同人夜集吴竺云^①书斋赏菊

吴子耕石田，此外亦何有？
学种东篱菊，期与逸者偶。
秋老山寺晴，是日也重九。
堆满黄金盘，笑破先生口。
同人挈杯来，壶中各有酒。
列坐月当头，醺花香在手。
狂谈纵欢洽，清风生座右。
仰视参已横，南山对户牖。
有客意未畅，坐困青毡久。
终觉今夕欢，输彼栗里叟。
酌酒语向客，我意殊否否。
未必寂寞花，专为贫者寿。
韩公慎晚节，厥志乃不朽。
出处道或殊，穷达共此守。
秋色逗春光，否终即泰首。
行乐须及时，无使柳生肘。
他年倘得志，腰金大如斗。
肯忘今夕欢，永结青云友。

---

① 吴竺云，名贯，泰顺罗阳人，嘉庆十七年（1812）岁考与林鹗同科中秀才。

柏梁体 为别驾彝长师征诗倡即呈

夫子峨峨济川材，生非其地山之隈。

大匠屡顾还徘徊，留为深林荫条枚。

大麓风烈闻疾雷，铁干矫拔不可摧。

八千岁春寿初哉，信否造物栽者培。

清泉净土滋根荄，泰山高不让微埃。

孙枝旁苗承化裁，果实若熟凤凰来。

夫子闻之笑口开，为狂者言引一杯。

皮陆体 为林节母长子凤翔五十初度作

天地邈何极，回游衍愈长。

胚胎同大铸，根蒂系中央。

参赞功非幻，彝伦叙有常。

其心怀顺正，所遇协休祥。

妙谛论疑创，玄机证始彰。

伊谁符寿相，彼美见金相。

梅鹤宗盟远，人鸾雅誉扬。

储才矗彛器，匿影让廉乡。

曷逞孤情往，先求子职偿。

棣华偕哲弟，苞栩恋谖堂。

---

① 柏梁体，又称柏梁台体。据说汉武帝筑柏梁台，与群臣联句赋诗，句句用韵，所以这种诗称为柏梁体。一般古体诗只要求双句押韵，近体诗则多是首句入韵，隔句押韵，这种诗每句七言，都押平声韵，全篇不换韵。

② 皮陆体，皮日休、陆龟蒙二人唱和酬答形成的诗体，拼凑对偶，以多为贵。

前事遥堪忆，深衷诉欲怆。

肇兴由祖德，持守仗嫙媚。

胥宇抛闽峤，乔基辟仕洋。

为怜丁字水，析住午桥庄。

春露滋槐荫，秋风断雁行。

簁歛摧嶰谷，埙响咽幽篁。

治外劳山甫，调中赖敬姜。

七襄操杼柚，百忍护萧墙。

遗恨儿思父，吞声团别娘。

十龄亲负笈，卅里自舂粮。

幼慧欺刘李，柔翰仿陆张。

童蒙腾藻曜，弱冠撷芹香。

边氏饶经笥，曹曾贮石仓。

五精熔作剑，万镒琢成璋。

从此营蔬粒，呼奴课稻粱。

钱标投紫帜，田券压朱箱。

蔗本甘逾嚼，莲苗苦独尝。

熙台晖丽旭，鸳脊退严霜。

能散鸱夷侠，如虚卜式藏。

借霈郇牧雨，略寓召侯棠。

养志遵慈训，施恩托母将。

丰凶均义粟，闾巷遍仁浆。

感瑞征驯雀，摛文刺彩鸯。

买欢窥色笑，偷暇属辞章。

麟鳄披韩锦，乾坤廓杜囊。

贾郊清故瘦，籍湜走宜僵。

读史源推汉，敲诗律应唐。

101

谈锋歼典午，卧味傲羲皇。

南郭羞糊口，西江惯浣肠。

偶然摹帖括，宛若对赓飏。

谢监毫原健，阿连笔亦强。

火攻分壁垒，草梦会池塘。

玉友开黉学，金昆贡上庠。

强联鸽翅好，更觉马眉良。

剖砚夸予季，趋庭又乃郎。

家驹撑骏骨，塞驿待龙骧。

角艺君称霸，封贫我是王。

奠会陪菜碧，倚遂任葭苍。

鲍叔知齐虏，宣尼恕楚狂。

秦输雍达绛，郑馈筥连筐。

招宴沉车辖，衔杯解鹔鹴。

余波苏涸鲋，歧路指亡羊。

圭玷频磨错，夔吟或和蝗。

缔交钦巽吉，久敬挹谦光。

纪岁庚居子，占寅建盛阳。

升恒绵永算，亿兆贺归昌。

巧值臣初度，偏沾国寿康。

舍官聊曰艾，乘运总无疆。

爰启于公宅，兼横装晋床。

珊瑚围燕几，玳瑁拂雕梁。

犀箸供餍饫，晶盘喷臭芬。

酒浮渑泛泛，烛炳斗煌煌。

羯末排兰榭，邹枚集药廊。

议歌八仙曲，共侑九霞觞。

硬轴冰笺拓，鸿篇宝墨装。

平原千缕绣，太傅一屏障。

君揖向诸客，昇言小子翔。

慕才援孺比，祝岂敢翁当？

戴笠朋尤恋，邮筒婉与商。

窍难书混沌，籁莫阻蛔蟧。

侬效鸡摇膊，差殊鹜引吭。

贞徒谀竹柏，高耻媚陵冈。

拟驾昆仑橇，旋帆渤澥航。

道音通贝阙，玄旨橄银潢。

宏景离蓬岛，茅盈降芝房。

老耽耄跨犊，星姊俏骑凰。

姥圣朝来越，妃灵夜渡湘。

斑凫飞羽舄，彩茧织绡裆。

笙截缑峰筱，箫编汉渚篁。

娇讴翻赤凤，广袖转霓裳。

队队红云褋，莹莹明月珰。

拍肩衣化蝶，搔背爪生芒。

饥献安期果，寒缫帝女桑。

蟠桃浓沁脾，雪藕滑凝脂。

怡性胡麻饭，延年豆蔻汤。

餐须加薤白，酌勿吝松黄。

藜杖追夸父，螭舆戏大荒。

搴裙登阆苑，趯足濯沧浪。

肯借修膺箓，宁愁闰厄杨。

炉倾铅漾汞，身炼铁成钢。

洞悉箕畴秘，因轻服饵方。

但看神祚孝，端信善承庆。

二气周还逸，双梭掷漫忙。

穹庐遮漠漠，海屋数茫茫。

迂诞伧仍诧，咙喧听不妨。

添寿伸鄙愿，增福匪过望。

颇著真儒范，姑存薄俗坊。

雅涂拼费纸，楮刻定留芳。

拈韵多嫌靡，抽思祷未遑。

期颐敦晚节，记取两毋忘。

怀端木舍人 ① 即用过林氏山庄原韵

犹记寻山共酒尊，诗情萧洒话田园。

我营云水三间屋，难引清风一到门。

得地珂声鸣禁省 ②，怀人雪意冷荒村。

年来颇悟龟书秘，何日衔杯与重论？

雪夜写竹即题

山深雪霁竹欲醒，冻云欺月月痕冷。

楼头泼墨人未眠，扫取寒梢半窗影。

---

① 端木舍人，即端木国瑚（1773—1837），字子彝，号鹤田。道光十三年（1833）进士。曾任内阁中书，故称（中书）舍人。与泰顺董正扬同科举人，与董正扬、潘鼎、董斿等友善。嘉庆年间来泰顺，住石林精舍，与潘鼎等人纵游泰顺山水，林鹗曾随行。

② 得地，指端木国瑚为道光皇帝选定陵址。

九日偕同学登望海崬大雪尖

在邑四都筱村。

雪影云容太古留，风痕日色冷荒邱。

直从鸟绝猿愁处，望到天连地尽头。

四面螺青千叠拥，一声虎啸万山秋。

遥知帝座通呼吸，还拟同攀五凤楼。

庚子九秋病目送沈咏楼① 学博致仕归里

名燮。

乍闻归棹系烟浔，代钱聊将扣枕吟。

千里秋风张翰路，十年清宦郑虔② 心。

离情远怅衢关迥，交谊回看瓯海深。

铎教他时容附骥，定当载酒一相寻。

永嘉学博朱念珊③ 诗稿题辞

晶莹温润玉精神，抽出毫端一缕春。

遣事凭谁才力大，立言推此性情真。

永嘉山水供词客，檇李风骚忆美人。谓竹垞先生④。

---

① 沈咏楼，名燮，浙江衢州人，廪贡生，道光六年（1826）出任泰顺县学训导。

② 郑虔（691—759），字趋庭，郑州人。在安史之乱中，郑虔被叛军任为兵部郎中和国子司业。安史之乱平定后，因陷伪贬台州。任上，以台州文教为己任，大力发展文教。

③ 朱念珊，名美镠（1792—1857），字彦山，又作念珊，海盐人，廪贡生，道光十二年（1832）任永嘉训导。

④ 竹垞先生，朱彝尊（1629—1709），字锡鬯，号竹垞，嘉兴人。清朝词人、学者、藏书家。

一姓心丹传正法，洪炉珍重勤添薪。

古龙渠书院示毛大，时丁酉三月八日

平生负意气，迈往直无对。

拔剑出门去，一夫当一队。

斗急风雨来，天地为阴晦。

岂谓时不利，左右军先溃。

遂使李北平，输与匈奴辈。

张眷誓同袍，偶却不可退。

秋高战马肥，与君歌出塞。

有志事竟成，此事古所载。

奇哉项家儿，彼可取而代。

逐鹿纵未得，一炬扫秦秽。

快哉韩张良，博浪矢慷慨。

一击虽不中，祖龙胆已碎。

直壮曲为老，大夫有明诲。

时事未可知，尚留三尺喙。

乙酉寓宝商寺 ① 生日感怀

年华虚度日西驰，又遇悬弧系矢时。

文字功名愧伦父，艰难身世泣孤儿。

买山支遁盟心早，投笔班生决计迟。

---

① 宝商寺，在今瑞安市云周街道屿头，明代屿头宝香山上有宝香寺。卓敬幼时在寺中读书。

此去蓬莱潮有信，临风频望曲江湄。

卓忠贞公[①]读书处

碑在宝商寺右厢。

为访招提境，危碑石未磷。

磨看前代迹，不见读书人。

旧主缁衣杳，藩王白帽新。

沧桑存直节，生死见孤臣。

诗笔千山在，爱书一字伸。

红羊悲劫运，白马认潮神。

社祭来多士，流风起荐绅。

招魂输宋玉，空吊曲江滨。

前题

遗碑作伴日频摩，凭吊从人唤奈何。

深虑早知王有帽，孤忠遑问手无柯。

江山已破锅难补，日月常明镜可磨。

下策能教名教重，至今潮汐愤声多。

---

① 卓忠贞公，卓敬（1348—1402），字惟恭，瑞安人。明洪武二十一年（1388）榜眼及第，官至户部右侍郎。曾密疏建文帝朱允炆，徙封燕王朱棣于南昌，未被采纳。靖难之役后遇难。明万历三十六年（1608）为缅怀卓敬高风亮节，于寺侧建宝香书院，题"明卓忠贞公读书处"。

即席口占语内子

紫茄青菜白胡卢，弟妹慈亲老祖姑。

占尽家常茶饭味，愧侬岁岁落江湖。

寄题舅氏董大庾[①]《味义根斋诗集》

吾乡风味最幽清，崇实轻文太古情。

三百年来天破格，深山鸣凤起中声。

浓艳清华绝代才，庙堂端不羡蓬莱。

天公若为添香骨，教领高寒大庾梅。

先人骨肉旧交深，裘马推情古者心。

今日两家都落寞，各存残稿竟清吟。

魏舒[②]弱冠学公诗，犹记论文见赏时。

卅载无名成老大，一回披读一回思。

自从云路坠修翰，遗墨飘零槎骨寒。

令子多能应记取，新诗先付万人看。

---

① 董大庚，董正扬（1768—1816），字眉伯，号昙柯。嘉庆七年（1802）进士，官江西大庾知县。善诗文，著有《味义根斋诗稿》。

② 魏舒（209—290），字阳元，山东任城樊县人。魏晋时期名臣。早年丧父母，依靠外祖家生活。西晋建立后，官至司徒。林鹍青年丧父母，境况与魏舒相似，借以自喻。

三母舅文竿夫子卧病，新正造谒，作此以慰

天关耸西陲，灵脉转南向。

蕴蓄三百年，遂为文人藏。

豢龙聚族居，甲第连闾阎。

倡者进士公，慧业千秋偿。

夫子起和之，欬簌声浏亮。

六经充积储，百家纷馈饷。

诗文运曲思，构造初无样。

淡疑元白为，艳忽温李抗。

或如季真狂，或如放翁放。

郊祁拟颉颃，云龙合破浪。

无如数独奇，怀书空十上。

诗律穷始工，天怀老方畅。

周髀回甲运，辛盘满春酿。

乃以疥癣故，过为撝谦让。

彩衣列阶前，慵出梅花帐。

小子何无忌，憨直素见谅。

作歌晋寿觞，质言或非妄。

忆昔为儿时，朽木劳良匠。

赵李各全盛，魏舒志宅相。

卅年叹变迁，彼此增惆怅。

譬诸水东流，狂澜孰为障。

譬诸屋有梁，榱桷群相傍。

我辈纵贫老，此志当益壮。

遗泽傥未央，晚福正难量。

世路随坎坷，先生固无恙。

强起尽一觥，无使刘伶谤。

寒消淑景来，春光浩骀荡。

乔松势干霄，弱草有余望。

为家茂才筱川先生征诗倡

名学泗，筱村人。

君不见，扶桑若木长竟天，劫灰万古沦荒烟。

又不见，珊瑚锦障夸崇恺，转眼桑田变沧海。

男儿不屑铸黄金，丹炉百炼惟此心。

有时心到力不到，云山肤寸藏甘霖。

筱川老人由也果，生平有我乃无我。

吾道立达人己平，遂觉事事与俗左。

人巧刊尽存性天，不问千钧万钧承一肩。

招徕精卫填苦海，指麾揭谛耕福田。

福田果熟生善宝，健骨嵚崎更忘老。

或言公仁或笑愚，佛心无奇只是好。

我生浑沌存天真，少年志与公等伦。

愿倒银河万斛水，杨枝遍洒九州尘。丙子旧句。

万事无成发早白，囊锥空作平原客。

杜陵广厦白傅裘，何如眼前一舟麦。

今日登堂奉巨罗，挥毫为倡百年歌。

长愿此心百年莫改易，相与填尽天下无坎坷。

惊闻鹤田先生凶信已确

妖蜃才闻阻水滨，旋惊飞语恐难真。

深山风信迟三月，湖海清流少一人。

六十巍科空巷遇，千秋文苑毕吟身。

江东大雅悲沦落，珍重余芳接近邻。谓霞樵父执。

世事次董又霞①见示原韵，时同赴试省垣

儒生论世事，慷慨一长叹。

我辈手无斧，空教发指冠。

立名今日易，挽俗古人难。

且击中流楫，长风压逆澜。

望天关山②感赋

雄关孤耸一方宗，衡霍③西来此附庸。

赤县分疆开下邑，青天虚左让高峰。

荒城谁守先民业，落日犹留太古容。

一代清风人不见，南山回望白云封。南渡徐少初④隐此山下。

---

① 董又霞（1802—1860），名暲，字籽获，号又霞。董斿次子。廪贡生。咸丰十年（1860）
太平军攻占杭州，遇难。

② 天关山，在泰顺县城西北侧。《分疆录》记载："天关山，在县城西北十里，高耸入云，
为邑主山，绵亘二十余里，各乡之山多由是分支，云蒸即雨。山上有龙湫，遇旱祷雨辄应。
南渡时徐少初隐此山，后明季徐柏龄节之亦隐此。"

③ 衡霍，南岳衡山别称。

④ 徐少初，即徐履。见《书大司马陶云汀先生诗集》注。

望山草堂诗钞卷之四
见南山轩集稿

题辞

七询诗草先刊于西粤，题辞录存卷首。

古盐朱葵之

未梅

搔首茫茫感百端，古今无限大疑团。
由来议论关经济，莫作雕虫小技看。

喜见山榴照眼明，长吟短诵更闲评。
灵均天问韩泷吏，总为人心写不平。

诗情七体两相参，乙乙丝抽未尽蚕。

惜我不逢林子羽，空留谢屐印天南。

自翻旧什自沉吟，珠玉留题见苦心。

尚有谰言询诗老，骚坛谁是指南针？

先是彦山学博寄予朱未梅先生诗稿，予题诗于卷首寄归，故有是言。

新化曾毓芳

香海

铸鼎穷神奸，然犀烛幽怪。

沉冥无遁形，睒睗鬼䫏龄。

先生笔有锋，挥斥并刀快。

膏肓起七发，诙诡逾五噫。

吾窥大造意，平等无憎爱，

蓼虫不知辛，羌郎不知秽。

悠悠夷与跖，古今同一慨。

谁能使之齐，不碍天地大。

曲突识先几，漆室发长喟。

其声千载闻，几人启聋瞶？

毕竟言无罪，愿为闻者戒。

七询诗

韵文有七，昉于《楚辞·七谏》。淮阴枚叔始为创体，问答凡七，志发蒙也。厥后傅毅①《七激》，崔骃②《七依》，陈思③《七启》，张协④《七命》，继起十余家言，蝉联成章，格与赋近，命意各殊，问答则一，顾文人沿袭既远，变体必兴。至唐杜拾遗，遂因为诗歌，到今和者亦黟。长夏遣怀，拟为问答七章。分题别义，离者仍合，于歌为变，与七为近。因以七询名篇。感今怀古，七未可穷，知必有夺席者，兹盖为嚆矢云。

询文昌

圣世求俊彦，持衡存大公。

凡以备官材，畅我太平风。

玩文觇学识，别裁知奸忠。

胡为仕进途，文行殊不同。

有客语余故，有神为之蒙。

文昌司禄命，棘院⑤施神通。

余乃谒文昌，恸哭且跪诉。

正神本无私，愚敢请其故。

国家求贞士，爵禄岂虚驭。

取言识已浅，奈何取命数。

尝读阴骘文⑥，有德神乃助。

何以甲科人，鄙薄满云路？

文昌笑语余，于神乎何关？

---

① 傅毅，东汉辞赋家，仿《七发》作《七激》。以文学为兰台令史，拜郎中，与班固、贾逵共典校书。

② 崔骃，东汉辞赋家，与班固、傅毅齐名，曾任窦宪车骑将军掾属。

③ 陈思，曹操儿子曹植，生前封陈王，死后谥号为思。

④ 张协，西晋文学家，与兄张载、弟张亢合称三张。

⑤ 棘院，科举时代的试院，也称贡院。古代试士，用棘围试院，以防止弊端，故称。

⑥ 阴骘文，全称《文昌帝君阴骘文》，道书。以文昌帝君降笔的名义编纂而成。

历朝设诸科，初制皆不刊。

法缘流弊改，初意无复存。

三代储人才，良法重学校。

流品重以养，行谊重以教。

书升举优行，郊遂简不肖。

甄别清其源，士庶有贞操。

教职今已虚，无功曷言效？

唐宋制甲科，本为学校设。

贡举拔其尤，收罗先有节。

学员满二十，需次升梯阶。

学使遍搜阅，何患有遗才。

一试盈万人，樗栎蒙梓材。

何从窥柢蕴，无暇别真裁。

大匠目且眩，鬼神何权哉？

有司阅乡社，抡选易为试。

奈何杂秕糠，统以委学使。

学使既受裁，更无嫌疑避。

奈何杂稊稗，又以委宰吏。

群宰阅万卷，糊名可弗疑。

奈何复易书，胥蠹百弊滋。

万卷纷陆离，目力先不支。

珍珠黯无色，鱼目光怪奇。

纵有照乘宝①，主司从何知？

岂无命世才，复操命中技。

---

① 照乘宝，又称照乘珠。指光明能照亮车辆的宝珠，比喻极名贵之物。

赝者盈千百，真者始一二。
岂无淳朴士，献拙曾获济。
譬诸刘菅蒯，偶遇幽兰契。
菅蒯多获售，举国趋若狂。
揣摩心术坏，简练经业荒。
一旦厕仕途，世故热中肠。
理道为粪壤，臭秽为芳香。
以此罗贤才，无徒咎文昌。

询财神

大地不爱宝，本曰福善人。
善人廉不取，储以还斯民。
奈何叔季世，逆施失其伦。
在野福屠侩，在朝福金壬。
余不解厥故，俗谓有财神。
余闻益愤邑，乃向财神询。
福泽操诸天，人人所自有。
所由知命者，不屑为虏守。
尔神胡窃权，阴为上下手？
造物不汝怪，任汝窃其藏。
宜并辅以德，使彼长无殃。
何或以财兴，或又以财亡？
财神笑且嘻，汝愚安知之？
得失皆自取，我神何能为？
汝居静无哗，一一教汝知。
生人有两途，阴阳各偏毗。

毗阴性好纳，毗阳性好施。

好纳必忘身，好施亦过义。

灵虫喜吐丝，不尽吐不止。

棕木喜薙剥，不剥木转死。

鍮石好吸铁，得铁鍮不肥。

琥珀好拾芥，既拾珀不知。

何以恕侈恣，而独咎贪儿？

嗜好既不侔，清浊久分界。

好名汝则誉，好利汝则怪。

是许凤啄竹，不许且甘带。

士为知己死，女为悦己容。

物为爱者聚，财为好者丛。

鄙夫既好财，瘠壤无不丰。

廉让道不讲，相习遂成风。

有钱始作人，古今同此俗。

矧今物力劳，逐逐苦不足。

士夫有贩行，恬然不为辱。

不暇言礼义，不复顾骨肉。

矧今仕途杂，彼贩且居官。

奉檄为金券，握印为宝盘。

本为此物来，官箴非所论。

衣冠且言利，彼民何足计？

小人患不富，此言最可味。

大人不能贫，乃为天下累。

上游为之倡，下司始循例。

不见西夷估，海舶金银山。

大臣亦再嫁，为虏蒙至尊。

117

否终数必倾，物聚无不散。
封庄与卓坞，覆没踵不旋。
恶人富为殃，漏脯彼自恋。
物理固若斯，汝毋财神怨。

询库神

秦皇县天下，金币归官储。
橛神守六府，史吏不敢渔。
汉兴仍厥旧，神职无或渝。
文景夸阜成，但闻诏蠲租。
中叶神失守，耗鬼群揶揄。
遂使千县库，一旦成空虚。
野人问库吏，今库有神否？
吏云神一耳，汉唐世职守。
野人揖向吏，妄言君勿瞋。
敢烦今库吏，一询古库神。
西汉初凋敝，后儒咎孝武。
西南辟五郡，孝武亦英主。
岂其开边境，皆为不毛土。
且既得桑孔，兴利非一途。
一曰造皮币，一曰算商车。
一曰告缗钱，一曰置均输。
入财得补郎，且有株送徒。
何为百货集，尔库曾无余。
即云有縻耗，所耗若未多。
一凿昆明池，再塞瓠子河。

边陲几命将，禅畤几经过。

岂其岁所入，不足盈诸科？

或云裕中原，夷夏宜隔绝。

何以唐太宗，一家合胡越。

但闻国日丰，不闻库财竭。

或谓孝文俭，边衅故不开。

何以赵宋祖，为天下守财。

欲以封桩库，易彼幽燕回。

子孙弃幽并，治内不争外。

何从纳岁币，转因患贫败。

尔神阅世久，利弊应周知。

得无盈亏故，实尔神所为。

库神谓库吏，为我语彼愚。

论古不知时，无乃徒读书。

自昔废封建，万里一方夏。

九边距雄关，华夷接踵踝。

天下奉一人，一人卫天下。

但为画疆守，衣粮费原寡。

处贫思俭约，既富心易奢。

守成得英主，事事为虚夸。

孝武骛远略，实始通月氏。

张骞希厥旨，为彼陈西陲。

身毒① 不可得，复事西南夷。

耗财易五郡，地广心愈驰。

---

① 身毒，古代对印度的称呼。

什一受贡赋，百万充赏赍。
何异刺心血，以之涂四肢。
何异削肝肺，以之敷面皮。
中原有限财，岁费何以支？
桑孔朱严辈，殖货穷琐屑。
岂知民脂膏，仍是中华血。
古今言利臣，无非耗国贼。
唐宗制突厥，唯曰降其心。
岂以财赁地，岁岁縻饷金？
宋祖图幽燕，本为关内土。
岂欲县契丹，辟地夸神武？
太宗一虚击，不复出雁门。
从此距河守，弃险聊自存。
因之增岁币，以祸贻子孙。
汉武病示强，赵宋病示弱。
示强者中干，示弱者外削。
如何两般病，一例论医药？
汉武贪其地，唐宗来其人。
得地为穷大，得人为睦邻。
如何两般事，一例相比伦？
大要裕中原，只宜慎藩障。
西北控长城，东南扼绝壤。
草野安耕桑，朝廷讲俭让。
休养三十年，金粟盈库藏。
覆车前足监，补牢后可望。
万世无患贫，不劳我神相。

询狱神

图圄有专祀，明禋亦千秋。

稽古奉皋陶，今祀萧酇侯①。

释冤制奸宄，庶狱赖以修。

历朝刑法事，唯神知其由。

我蓄万古疑，难起古人问。

冰凝不能释，无已向神讯。

唐虞熙雍世，弼教始明刑。

尧舜仁如天，何忍戕民生？

眚灾有肆赦，民风肃以清。

后世数举赦，胡不致太平？

周制详八辟，敬慎持三尺。

西京多圣人，肉刑胡弗革？

后世无肉刑，民奸何转剧？

维侯始定律，除暴民以苏。

后世百条例，准侯之律乎？

何以资猾黠，民气仍莫舒？

推古造律意，厥旨与经一。

取士既以经，治民何用律？

蓄此种种疑，敢向古神质。

狱神闻吁嘻，书生尔何知？

师古非古意，曷疑古人为？

圣人天斯民，愿民无夭札。

---

① 酇侯，汉高祖刘邦赐给萧何的诸侯封号。

锄梗以安良，莳苗莠必拔。

惟圣故能生，唯仁始能杀。

原情为宥赦，轻重慎以察。

独有疑惟轻，非辜宁失罚。

后世以恩赦，此义出沙门。

朝廷遇喜庆，慈悲度黎元。

凶人脱法网，万鬼沉烦冤。

奸民始轻法，杀人以邀恩。

本非尧舜意，何可同日论？

周书戒慎罚，劓刵曾分数。

可知三代来，肉刑为最古？

大辟至朴教，重轻如累黍。

小仁除肉刑，中间反失序。

今法死刑三，刑异死则均。

流徒虽古意，古今亦殊伦。

古者安中土，民心畏边疆。

今或居瘠壤，转徙安乐乡。

士夫惜名节，流徙耻众弃。

今以处细民，既流或转肆。

视若远服贾，远近究何异？

三代无礼经，矧肯播刑书？

郑侨^①以救弊，申商^②以惊愚。

入关约三章，初以革秦暴。

厥后定律令，略为俗吏导。

---

① 郑侨，春秋时期郑国执政大臣子产，姬姓，公孙氏，名侨，字子产。

② 申商，战国时法家申不害与商鞅的并称。

后世增浩繁，细注加比照。

不知诪张幻，岂能穷其奥？

徒使止奸法，转为奸民盗。

迂儒不解事，经生多虚夸。

任人滋聚讼，任法静不哗。

遂有无学徒，托身刑名家。

官厨饱肥食，散布州县衙。

比例或避例，构造空中花。

失出以为仁，弥缝以为嘉。

大事削其迹，小事增其华。

不为民伸屈，专为官掩瑕。

遂使千谳牍，海市空腾挐。

州县既巧蒙，大府亦讳病。

司胥与部吏，从中窃其柄。

纵有真循良，无从施善政。

滔滔皆若斯，我神且退听。

狂生局外人，无徒口舌竞。

使汝为士师，岂遽能革正？

询河伯

黄河来自天，元气一条贯。

曲直从所为，奔突无定岸。

神禹不复生，万古为国患。

我闻有河伯，神力奇勇悍。

职守制狂澜，尝为禹襄赞。

殷勤呼河神，此事关生民。

123

我为天下虑，因为万世询。

传言禹所治，水患盖有五。

河沇淮江汉，已遍九州土。

我稽帝尧前，天下为安宇。

何以一时灾，浸溺广如许？

得无泛滥害，难治惟浊河？

沇漯淮汝汉，争斗兴巨波。

疏河必分道，大势始协和。

禹功八年耳，或云三十载。

东至榑木津，南极沸水汇。

西行过三危，北行穷夏海。

劳民事四荒，厥故殊难解。

先儒说攸叙，拘拘论五行。

始冀终西雍，五气顺相生。

九畴今见在，河患何难平？

或云大禹功，神助始有济。

河精授河图，六子授玉匮。

临洮得黑书，浊水得绿字。

委宛黄帝遗，覆䟖五符秘。

玉简出八卦，开山又图记。

水怪无支祈，以此不敢肆。

今日诸图箓，十九犹未亡。

后儒多博洽，治河无神方。

得无黄老徒，附和为荒唐？

后人议治河，所谋各异状。

或云复故道，或云任所向。

贾让①筹三策，欧阳②章再上。

齐人有延年③，厥议尤奇创。

历朝皆未行，得无有一当？

河伯曰唯唯，经传汝所知。

古今各异势，略举释汝疑。

大地如人身，支体配全局。

昆仑为元首，五岳脏在腹。

江河同发源，阴阳分清浊。

两道出三岔，前后忌参错。

浊河为大肠，水四而土六。

只许顺而导，不容相迫促。

所由神禹智，疏下不堤陆。

理势本自然，岂俟征图箓？

河平百川奠，何暇劳远瞩？

浊者久必淤，既淤当继疏。

淤此必决彼，既决宜改途。

殷人得中策，让地五迁都。

周人出下策，堤防争膏腴。

后人竞私智，愈智乃愈愚。

遂使东北流，积渐东南趋。

及今言治河，大与古河异。

古惟纾其害，今乃资其利。

漕运东南来，淮黄必兼备。

---

① 贾让，西汉时期筹划治理黄河的代表人物。因提出治理黄河的上、中、下三策而著名。

② 欧阳，欧阳修，对治理黄河，持反对复河东流的意见。

③ 延年，汉武帝时齐地人，对治理黄河建议使用勘测技术。

既为河设官，复为漕署吏。

百年既无患，岁岁且劳费。

谁知清浊淆，四渎早失位。

地脉遭截乱，隐伤中原气。

有明胡世宁，议兴卫水工。

是使河复旧，又使漕可通。

河走天析木，神京势复雄。

此亦济时策，犹患淮水洪。

何如别淮黄，走陆接其冲。

大约禹畴理，后人多未考。

冀雍旋相生，盲说见何小？

西河趋东北，此机乃天造。

山泽通消息，阴阳交灵兆。

但使复北流，不必拘故道。

此即贾上策，可为禹功绍。

延年说虽壮，天机殊未晓。

询海若 ①

风云起天末，扬帆出南海。

万里空濛濛，青霞抹遥彩。

蜃楼结须臾，百怪恣腾骇。

盛气一呼叱，海若今何在？

我有未明事，劳汝为余解。

---

① 海若，海神。

大地一团泥，一海所包容。

北极出地上，南极入地中。

人言大地势，南卑而北崇。

何以天津岸，乃与南海同？

何以出海使，曾见南极翁？

得无海不平，依地相始终？

以故有陷水，常为过涉凶。

太平不扬波，万灵感奇遇。

今亦圣明世，鲸蛟宜依附。

环海拱神京，东南输财赋。

若有海道行，捷比陈仓度。

尔何作风涛，使人望而惧？

坐令民脂膏，难致而易腐。

五行一曰水，润下皆作咸。

宜乎水晶盐，亦可产在山。

胡为专此利，沿海竞作奸？

国帑既虚耗，徒使民食艰。

吾闻穷岛外，海邦且盈万。

天朝绝壤守，不劳远贡献。

胡使产奇珍，海艘竞商贩。

遂致奸夷来，毒药增民困。

既耗中国财，妖氛更滋蔓。

种种不平事，能无海若怨？

海若前致词，先生勿余瞋。

波臣恋中土，今请贡所闻。

水乃积阴气，发蒙不盈指。

汇海注尾闾，循环盖无已。

气止水始平，岂其常如砥？

不见平田中，潮汐随月起。

望洋大无际，风鼓生惊波。

循岛仍有路，千里一刹那。

运粟达帝都，厥利三倍河。

百中偶一失，河岂无坎坷？

不见航海估，终日相经过。

不习多所怪，乃徒唤奈何。

鱼盐乃利薮，万夫日相逐。

矧为海疆地，恃盐为生育？

纵有斧钺威，安能禁其欲？

何如公天下，听民自煮鬻？

海邦敛盐税，海富山亦足。

海外有万国，何国无海商？

有无互相易，两利无相妨。

中原画海守，大臣镇边疆。

只宜官互市，无许民输将。

只宜物易物，无许金钱偿。

如古茶马市，都护为关防。

奈何使登岸，利市纷开张？

奸夷渐以肆，奸物渐以尝。

积弊岂易挽，祸心久包藏。

一旦促之急，能保无猖獗？

边衅今已开，厥辜无可宥。

彼操利器来，毋与穴中斗。

胡不大用兵，帆海出其后。

群聚而歼旃，边郡增严守。

海市永禁绝，中华且日富。
傥从波臣言，万世无边寇。

询帝宰

万事皆由天，阴骘无或爽。
厥理如列星，昭昭不待访。
独有万古劫，却似天无权。
又若不得已，又若任自然。
蓄疑久未悟，盍向帝宰诉。
侧闻天好生，万物命所托。
一夫死无辜，天意若不乐。
胡为亦任运，元气从惨剥？
又闻天聪明，福善而祸淫。
报施或隐显，彰瘅无弗清。
何以丁劫运，玉石一齐倾？
礼乐与兵戎，递嬗若相望。
前事后事师，宜使预惩创。
何以变乱生，前后总殊状？
先儒推运会，十有二万年。
寅卯如昼兴，戌亥如夜眠。
何为事物始，久秘待羲轩？
至今大过运，日月犹中天。
何为运未远，事事不如前？
或云羲轩前，年已数百万。
凿凿言之长，谁闻又谁见？
且谓亥子交，世界重开辟。

辟或仍此天，抑天亦变易？

帝宰俯而听，谆谆如语余。

为汝一发蒙，告彼下民愚。

无极而太极，两仪分浊清。

二气互根蒂，一气旋相生。

气化还无气，形化还无形。

不消何以息，才息消已萌。

人见有有质，不见无无情。

积微始呼吸，呼吸而昏旦。

昏旦而冬春，元运递推算。

劫火所炽熄，阴阳为炉炭。

是必无造化，庶能无治乱。

一籥嘘人物，一炉倾沙金。

未分善恶部，乌有彰瘅心。

有情自造作，感召分阳阴。

譬诸音和惨，何关太古琴？

恶者心先亡，善者心不死。

天无祸福心，人有施报理。

漫天共冰雪，草木自枯荑。

蜉蝣知旦暮，未足与语此。

一代圣人兴，岂无久长计？

有备使无患，患乃出所备。

况当奠安日，长策各挟持？

法存而人去，世变难预知。

防饥者死饱，善药者死医。

不见圣人法，流弊招谤讥？

矧彼愚人计，成见蒙先几。

万古纷浩劫，劫消开世界。

往复平复陂，方知天地大。

天根对月窟，乾坤分否泰。

纵横八八卦，器毁根不坏。

图籍起中古，读书见先隘。

侏儒饱无事，无稽说珍怪。

妄拟羲轩前，理数两矇昧。

但保来复心，无职思其外。

辛丑元旦试笔寿内子五十，即用庚寅除夕诗韵

漫嫌磁钵倒春醪，瓦砾粗材贱转牢。

从我无成余老健，为卿却病仗辛劳。

蔗根瓜蒂甘偏缓，椎髻荆钗忍便高。

夫婿金龟无分矣，相期双卫入仙曹。

南游桐山 ① 赠敖苹野上舍即以留别
名嘉宾。

名山不可到，初拟游太姥，未霁不果行。

邂逅见佳人。

为我东道主，藉探南海春。

虚怀时有得，诗境欲无伦。

大雅今谁属，千秋珍此身。

---

① 桐山，福建省福鼎县县城。

二月十八日从武阳步归南山

似雨非雨郁不开，欲晴未晴杜宇催。

归从乱石堆中路，步到白云坞里来。

生与巢由同盛世，天将犬马试粗材。

海氛未静空嗟咄，又对南山闷举杯。

墓庐病况

三间丙舍局于舟，五月凭栏怯拥裘。

云落平田常作雨，人居天半易为秋。

壮游安冀千程远，病骨翻疑百炼柔。

自笑蹒跚同老骥，只应伏枥羡群驹。

苦雨三章

南政逢水运，厥征易为雨。

况躔星纪区，司权者水土。

小满后六旬，沴气客攘主。

遂使寒水威，愈激愈跋扈。

当暑为湿蒸，稻粱十伤五。

为虫为疠疟，弥重三农苦。

三农方鞠愍，盗贼已歌舞。

此际非丰年，恐良诱为宄。

流民倘扰骚，何暇御外侮？

我闻古圣王，积诚与天语。

气数原可回，譬诸子干蛊。

日雨各有神，六经胪可数。

有司职典祀，相时宜一举。

下为民禳灾，上为国笃祐。

贤侯劳催科，民瘼若无睹。

乃令山泽臞，殷忧对苍宇。

摄提指大火，黑气长竟天。

自乾注东震，青兖当其前。

是日也庚申，日昳如蒙烟。

六甲伏不动，生气不得宣。

识者忧疫疠，我患洪水愆。

黄河南走海，故道成桑田。

久久势当革，堤堰防决穿。

东南敛财赋，销耗肥九边。

南戍迫军需，何暇治东偏。

我闻黄银山，丹矸生其巅。

上有慈石者，下有铜金然。

急为呼六丁，遍视求丹铅。

利斧破层薮，为制黄金钱。

倘邀神力助，庶免良民捐。

嗟余处穷谷，荒凉对邱墓。

野庐浸中田，虚檐接寒雾。

上漏下湿蒸，病如涸鱼呴。

因念南征雁，水陆伤暴露。

粤天瘴疠多，况乃夏雨雨。

湿暑合以淫，疾病药难豫。

出有锋镝忧，守亦死亡惧。

劳卒日单弱，奸民待招募。

荩臣嗟置闲，良将苦无驭。

天耳遥不闻，谁实为调护。

危险未可知，岂惟费财赋。

我抱杞人忧，愧鲜济时具。

徒矢忠孝情，思以理胜数。

仰视白云横，午霁疑朝曙。

何当扫秽氛，侧耳听露布。

孙亢宗生，抱语无咎

乾坤一孤儿，艰辛我无二。

弱岁丁家难，祖遗悉屏弃。

勉力营墓庐，三迁尚如寄。

两世一线系，得人乃为瑞。

忆昨梦瓶梅，花魁兆吉利。

复得陶生赋，题为虞集制。

是日陶生祖翌①遣力呈《杏花春雨江南赋》，阅毕评许，场中必获售，适厨娘报生男。

报道先生归，江南杏花媚。

阅毕书吉辞，此儿适坠地。

杏为及第花，乃符梦中义。

吾家守儒素，久矣无甲第。

世世隶胶庠，一衿赖汝继。

---

① 陶祖翌（1821—1876），名祖翼，又作祖翌，字子诒，泰顺下洪人。道光二十一年（1841）入县学，次年补廪生。受业于林鹗。同治三年（1864）出任杭州仁和县学训导。

自汝溯漳州，诗书十四世。

十三世祖廷骏公由邑庠入胄监，成化时佐漳州府。

海宁嗣厥徽，仕亦明经策。

九世祖宜宇公由明经出身，万历时为海宁县教谕。

近惟湖州公，群称五福备。

先高祖恕亭公由岁贡为湖州府学训导。

故汝祖与余，咸有振兴志。

怀策各十上，云路嗟屡踬。

安知汝此儿，不为亢宗器。

祖荫虽已遥，傥是新阡庇。

不见弥厥月，头角渐岊岊。

眉目精神闲，颇与常儿异。

抱儿感余怀，喜极转慨喟。

我生不见祖，汝生祖先背。

此儿生稍迟，重慈亦溘逝。

不使生前欢，徒为九泉慰。

搴帷我於邑，望陇我坠泪。

念我何德能，乃望子孙贵。

转念宁馨儿，天为先人赐。

我虽悲喜并，终是嘉祥事。

殷勤属家人，细意为乳字。

不寐

辗转破衾生夜寒，诗怀不遣梦魂安。

闲愁局外忧天大，长睡中年证佛难。

小丑声憎蛙子闹，其濛雨共老妻叹。

谁知清冷山头卧，短至凉宵也浩漫。

病里

病里多枨触，抛书又倚楼。

置身非百尺，幻想到千秋。

岁月陶公甓，乾坤杜甫愁。

丈夫无寸柄，越甲代谁羞。

咏蚕

生死酬吾主，灵虫得性奇。

受恩惟一叶，华国有千丝。

劳念承筐妇，寒怜逐弹儿。

文章非本色，难遣贵人知。

失笑

失笑中肠热未除，头颅偏与雪相如。

穷愁易疗频赊酒，孤愤难消日著书。

病恐人知佯作健，责随月积闰为余。

侧身天地长如许，矧敢论年老自居。

西窗

小窗无格向园开，磨墨摊书日几回。

孺子起予儿亦友，古人相对我犹孩。

桑烟杏雨当檐落，竹韵兰芬入坐来。

漫想天涯问知己，眼前芳草为谁栽。

南阡

飞凤山围百亩田，买山结屋拟高眠。

躬挑净土三千畚，高筑亲茔二十年。

栗坞百株初抱子，松冈万树欲参天。

如何乞米长为客，一别南阡一涕涟。

见南山轩

幽轩长几汉书横，坐对南山万虑清。

邈矣高贤怀赵壹①，悠然天趣遇渊明。

云窥檐牖低无迹，风拂松篁近有声。

何日焚黄毕初志，莺花诗酒自怡情。

陟望楼

西山返照斜在楼，日日凭栏一放眸。

---

① 赵壹（122—196），字元叔，汉阳郡西县（今甘肃省陇南礼县人），东汉辞赋家，代表作有《穷鸟赋》《刺世疾邪赋》。

青草高低分陇亩，白云深浅护松楸。

泷冈未表迟余望，世路多艰生远愁。

拟到上林分宿露，不教稚牧慢荒邱。

孤臣 ①

孤臣未许斩楼兰，圣主深仁将将宽。

六月出师旁午急，三年伐鬼武丁难。

金钱填海山精饱，劫火烧烟地髓干。

万姓焚香拜天阙，伏波何日据归鞍。

未逐天狼 ② 强息戈，长庚 ③ 吐焰又兴魔。

无奇男子敢言战，非小朝廷漫议和。

阃外 ④ 岂真君命重，海疆其奈估人多。

谁知绝塞孤臣泪，仍洒东南万顷波。

哭父执明经董霞樵先生

秋雷震耳不堪闻，天关山摇熣几分。

容易衣冠存古道，却教叔季丧斯文。

---

① 孤臣，孤立无助或不受重用的远臣。本篇指林则徐。

② 天狼，天狼星，古人以之喻侵扰，指指异族入侵。

③ 长庚，即金星，出现在西方，古人认为长庚主杀伐征战，意味战争、灾难。

④ 阃外，指京城或朝廷以外，亦指外任将吏驻守管辖的地域，与朝中、朝廷相对。

今天下士无徐履，于宋诸生有庆云[①]。

红叶诗材更谁属，嗣君还望引遗芬。

知交再世两情真，白首追欢老更亲。

几度侧身侍夫子，因之回首念先人。

乍惊鹤梦沉湖渚，父执鹤田先生卒葬茗溪。

又见霞光陨比邻。

恸哭行行觅芳杜，凄烟愁雨怨迷津。

《海国闻见录》书后，时道光癸卯春

万点星罗据海隈，裸虫种种各胚胎。

中朝边域鲛人市，夷估经营黠鬼才。

谋国何如斩蛟去，请缨岂为采珠来。

书生袖手空嗟咄，谁挽狂澜靖八垓。

西山[②]怀古

西山横锁四溪泉，四十二峰倒影连。

竹里初来唐逸士，芎岩曾住宋名贤。

乔林南北余茶灶，荒冢高低生野烟。

欲觅吾宗访遗事，几回和泪拾残编。

---

① 庆云，林逢龙，字庆云，泰顺泗溪人，太学生。南宋末年隐居于秀涧赤岩洞，著有《古论》十卷、《草堂集》二十八卷。德祐二年（1276）元兵入温，元将久闻其名，令军校直追赤岩山洞，强迫逢龙兄弟至温，以重用诱降，逢龙攘臂怒骂："我乃宋朝的太学生，岂可为元所用。"元兵举刀威胁，逢龙以腹触刃而亡。

② 西山，泰顺泗溪西边群山。

赤岩怀古

罗溪东望宝岩撑，地僻天荒晦旧名。

新邑早分明景泰，故居谁吊宋诸生。

才披断简收遗迹，重访龙湫把圣清。

廿世宗风都落寞，高山独仰不胜情。

四溪山，旧名罗溪，里人谓之西山，四十二峰绵亘十里。印山兰若在焉，有宋赵汝回诗，古胜迹也。宝岩在东南陈阳尖狮岩之麓，岩色赤，里人谓之赤岩山。宋太学家庆云公削籍后居宝岩中，其地为古昆阳归仁乡。平阳邑志载四溪山道里，误从鸟道，遂致失考；载赤岩山在邑西七十里，上有龙湫，不著宝岩旧名，而古迹志载林逢龙故宅在宝岩山，亦不言其处，故后人无过问者。道光壬午，余读书筱涧，村在山之阳，凤耳龙湫之胜，悬崖绝壁，非健儿猱捷者不能登。余扪壁达其境，归途援木而下，后于岩畔附石磴，始与同人快游赏焉。然亦未知为庆云公故居也。又二十年辛丑，修四溪族谱，得古册，四溪盖有五岩：北芗岩，金紫故居，见许横塘先生墓文；东白岩，谓之玉岩，提刑墓在焉；南梅岩，庆云公曾祖梅岩居士故居，桐川太守墓在焉；东南赤岩，谓之宝岩，庆云、雷发二公避兵处，始知赤岩即古宝岩也。重登感慨，故作此诗。

家曜之杖侨居瓯城，四十乞诗，书以勖之

拟把黄金竖客台，胸夸瓯海渺如杯。

十年马齿惭兄事，千里牛车让弟才。

案上牢盆须紧握，阶前玉树待深培。

莫嫌犊鼻相如贱，无使倾城怨雄媒。 时方娶于瓯。

客馆有怀儿无咎、毛生浚富春道

连宵聊坐月，今雨更无眠。

荔馆人欹枕，兰江客放船。

波涛红叶岸，风信桂花天。

应有平安字，南飞及雁前。

不寐，偶忆袁简斋[①]咏钱诗，戏作四首

圆轮方孔寄人间，能使光辉生面颜。

百族群来争白水，几文将去买青山。

神行不胫兄才大，鬼铸无炉我命悭。

安得金沙三万里，为填鳌海塞危关。

曾闻九九数青蚨，来往循环与数符。

底事爱渠如性命，有时为汝博头颅。

救贫策岂筹三币，好古人犹说五铢。

贤圣神仙都藉手，莫将逐臭笑凡夫。

谁是呼卢百万豪，注愚注智总徒劳。

好名偶碎琴千贯，为我难分腋一毛。

记取双戈撑铁室，好将四字换金貂。

诗人广厦营无力，倒却羞囊贮楚骚。

---

① 袁简斋，清代诗人袁枚。

冷性铮铮极费猜，离何怨恨合何媒。

倘来野马挥难尽，退去江潮挽不回。

圆相岂因迁士设，铜山空为饿人开。

平生与汝缘原薄，未必全输姹女才。

追憾

归鸿期不定，夜夜浙江行。

怜尔青云滞，教余白发生。

同心秋二老，絮语月三更。

追憾为儿日，高堂共此情。

深夜

深夜寒风搅独眠，万般枨触意孤悬。

逍遥路阻鹏图老，折阪车迟马足穿。

五党恩仇天有命，千秋姓字鬼无权。

平生空负闻鸡志，满地荆榛碍着鞭。

乙酉仲冬，失意归里，途中遇雨，迷道入山，是夜至李溪，题旅壁

补录

一雨芒鞋路几盘，天风吹雨逐人寒。

亡羊早觉歧途杂，失马偏逢蜀道难。

再刖卞和还抱璞，三逃曹沫看登坛。

劳生拼作沾泥絮，旅况应输倦鸟安。

过排岭族先舜耕大夫 [①] 御倭处感赋

白日荒凉起大风，黄霞缥缈落遥空。

乱山缺处分闽越，大壑源头俯混濛。

此地岩疆无武备，当年血战有文雄。

感今吊古两朝事，旧恨新愁一念中。

尤家池

舍舆向山路，言访尤家池叶堤，四溪土音。

问道入茅舍，犬嗥惊乳鸡。

指余陇头上，竹径盘东西。

高田纳涧水，短瀑下层梯。

骤暖群畬忙，未耕秧已齐。

四山束荒坞，孤屋蓬户低。

野老向余道，名旧迹已迷。

山林三易主，沈氏颜氏张氏。池淤无古堤。池久为田。

惟耕北涧田，木根大没泥。

惟垦南原土，古磁杂珠笄。

邈矣赵宋世，予祖曾此栖。

遗泽幸未泯，故址不可稽。

怃然禾黍意，久坐未忍暌。

归遥苦急雨，草木增清凄。

---

① 舜耕大夫，林田（1542—1559），字舜耕，庠生，明代泰顺泗溪人。嘉靖三十八年（1559），倭寇从福鼎桐山登陆，直逼泰顺，林田率乡兵守雅阳排岭，防御倭寇，战死。朝廷追赠勇略大夫，官同知。

南院村居

丙舍无墙四望赊，田塍尽处好山遮。
分牌编甲二三里，同社迎神八九家。
巷雨燕归冲麦浪，檐风蛛动捉松花。
村居僻壤静如许，何处蜂房闹午衙。

画史诗人殊未来，消闲事事任心裁。
部分药品周官法，区画蔬畦禹贡才。
竹脚添泥培凤子，池头疏水醒鱼胎。
有时无事庭前立，指点楹书逗小孩。

玉版金针杂芥薤，蕨菹瓜脯列东西。
养贤小补犒难大，享客多仪物未齐。
余少贫家食，专赖先学博公①养贤田。
顺子提壶每儿谏，痴孙捧饭惯娇啼。
年年底事呼庚癸，愚直偏逢或乞醯。

四野春深绿正肥，轩窗恰似翠屏围。
秧苗缺处虾蟆坐，菜荚长时雏雉飞。
斸笋呼儿肩锸去，采茶偕妇挈箩归。
清时岂有逃秦意，也觉心情与世违。

逃愁避谤谢浮名，十亩闲闲亦化城。

---

① 先学博公，指林鹗高祖父湖州府学训导林绍昌。

读史愤教双鬓白，看山静觉两眸清。
参禅近悟诗无字，引睡今知酒有情。
一念关心如可了，便须啸傲足平生。

赠故人

夏子冬声老画师，传神颇类虎头痴。
无钱绘我三朝像，好事图予七夕诗。
潦草粗疏看似易，经营惨淡得恒迟。
秃毫相戒莫轻卖，翰墨年来少确知。

即事

拓窗凭几日初长，渐觉胸中生白光。
三复阴符机转静，百回秋水辩俱忘。
购书少欲逢人借，闻道迟应得寿偿。
羡杀群英跻翰苑，石渠万卷日千行。

生日漫与

吾生逢晦日，无用负明时。
春事回头尽，秋花望眼迟。
病多偏忌酒，才小仅宜诗。
五十不行乐，百年空尔期。

读族先君灵[①]秀才《忠义录》[②]诗感赋

二百年前国步难，书生只手斗狂澜。
至今一卷英雄泪，留作山城汗简看。
忠孝家声关剥复，东南元气惜摧残。
读诗怕听夷氛恶，不为宗人抚剑叹。

修筱村墓，寄居宗人立长家，即祖宅故址

祖宅寻东岙，吾宗偶寄栖。
一家谁主客，五代此山溪。始祖长史公后唐同光三年迁此。
马鬣封仍旧，龙须迹未迷。宅在龙须岩下。
输君长守望，日日白云低。

藤枕

一枕倩藤编，清风生榻前。
倚凉看薜月，遣梦入萝烟。
素压盈头雪，疏通洗耳泉。
邯郸多热客，未许借渠眠。

① 君灵，林宗椿，字君灵，泰顺筱村坳头人，明末秀才。崇祯十二年（1639）九月，率乡兵于泰顺仙居村抗击流寇战斗而死。

② 忠义录，明末泰顺知县朱盛祥、训导顾孝弘编订的泰顺士大夫悼念林宗椿的诗文集。

竹席

未种千竿竹，先收一簟功。

此君无热性，何处不清风。

纹映筠帘细，光腾纸帐融。

北窗高卧日，梦厕七贤中。

棕鞋

一雨称荷襟，行行水竹浔。

避炎高士躅，斗巧美人心。

步月凉无迹，踆云软不禁。

转嫌谢公屐，繁响闹空林。

蕉扇

不借蒲葵力，怀中凉自生。

绿天忽在手，红日不能争。

读画禅机畅，谈诗唾雨清。

秋风任抛却，墙角有余情。

慈姑行

山慈姑，水慈姑，慈姑不知妇何愚。

妇何愚，燕有雌雄巢有雏，堂上阿姑胡为乎。

阿姑不愤向翁诉，彼雄我雏忘我哺。一解

阿翁老昏，谓姑包容，不哑不聋，不作家公。

颇闻后福多容容，但愿新妇长命而愚蒙。二解

新年家家响爆竹，壶有美酒庖有肉。

诸雏嗷嗷争不足，慈姑哺雏声粥粥。

春风育物和气多，多年稊米成嘉禾，

慈姑不乐将奈何。三解

题景宁学博朱先生诗草

名葵之，号未梅。

墓庐半世枉栖迟，海内骚坛见者谁。

偶读新诗翻自慰，此中甘苦有人知。

近贤时艺累诗篇，谁复宫商细究研。

吟到新题诸乐府，正声忽自铎车传。

有时脱口便清纯，百炼偏难字字新。

知否先生信心处，偶然芳草遇骚人。

瓯西山势入苍冥，接壤峰峦一样青。

何日高山流水外，携琴弹与子期听。

题永嘉金节母董孺人诗

共工夜撞天柱折，碧宇西倾黄轴缺。

女娲铸石不成色，赤手欲擎擎不得。

此际艰难肩者谁，阿母所遇颇类兹。

躬为孝妇为贤母，正倾补缺无织遗。

艰难忆从结缡始，抛却鹿车奉尊篚。

高堂父老姑在床，尝药调羹异甘旨。

抑搔扶掖空依依，辛苦三年未解衣。

参术无灵祷不应，虚堂野鹏频夜飞。

藁砧羸毁不胜苦，可怜相继归黄土。

内外诸孤仰阿谁，剔眉强起撑门户。

朝筹薪水夜缝裳，孤檠冻雨十指僵。

渐看诸雏露头角，扶床小姑如我长。

为姑嫁女罄巾箱，为夫养甥谋衣粮。

孤甥依母如依舅，小姑别嫂如别娘。

至今六十母已老，廿年苦志谁能晓。

冠昏葬祭事事毕，诲子劬勤心未了。

贤哉母乎今所稀，大节大义过男儿。

宜乎有子能表德，征歌竞献晨葩诗。

我为阿母语令子，古来报孝各殊轨。

伫看养志光门闾，蔗境回甘从此始。

书海盐朱氏望烟楼额，跋以诗

有明别宗，姓甲嘉禾。钟隐德士，著字龙沙。

遭时猛政，散财惠民。作庞公隐，丽农食贫。

辛苦积粟，匪私自养。济荒周急，仍推族党。

恩或未遍，公若歉焉。登楼旁瞩，阴验炊烟。

亮彼原介，饱彼黔贤。天鉴盛德，锡之繁祉。

十世蝉联，儒绅鹊起。昔望烟楼，偶沦浩劫。

人心有楼，不随烟灭。楼名未泯，楼可重新。

登楼望烟，如见古人。我为书颜，遗厥孙子。

念祖聿修，百世其似。

九日徐生仲芷、夏生节之、陶生永之、家梦与同登天关最高顶

天关拔地几千尺，倒影山城万瓦碧。

万民仰望卜雨晴，终年不见游人迹。

问途二十里而遥，十里峻岭攀层霄。

拍髀鼓勇思一试，四五少年欣相邀。

九日茱囊盛婆饼，酒经肴杯随诗瓢。

行行出郭西复北，两三村景各殊色。

野田或割或未割，或歉或丰视所植。

或担或荷相摩肩，入城输租不敢匿。

岭半长亭接短亭，逢人憩坐聊问程。

绕行山足山转隐，疑遣云将閟其精。

余乃屏息通山灵，驱策冯夷呼五丁。

真宰上诉山鬼惊，须臾云豁霭亦停。

仰视天际峰峰明，搴裳踊跃忘颇平。

折枝披露循径上，一曲一峰一平壤。

一平一崴峰愈高，腰足欲罢继以杖。

立足已据最高峰，峰外有峰入云中。

乃知所见最高处，远望则然非其宗。

譬诸为学无止境，道超象外不可穷。

登峰造极始彻悟，圣不自圣非虚恭。

回视艰难入山处，历历指点思前功。

千百高峰都在下，无与天关齐肩者。

高下千村裹一城，水田黄白人烟青。

俯瞰目极境不极，碧宇四围一团黑。

黑中间白白转多，白云顷刻遮青螺。

横风曳帛蒙下界，渐渐上岭将奈何。

风急雨来不可止，高呼快哉吾归矣。

下憩古庵据前楹，呼酒大嚼兴未已。

童冠杂坐多酒豪，中有樵者随吾曹。

彼此忘形恣嘲谑，但输我辈能题糕。

忆昔生长城西偏，楼窗日对此峰巅。

好山在望不能到，孤负山灵凡几年。

自从匿影南山雾，蜗寄一庐守邱墓。

中年有志游五岳，恋恋一邱未能去。

咫尺名胜如不来，空使他年怨迟暮。

今日相将汗漫游，酒酣耳热忘白头。

诸君竿头期远到，我生无用如赘疣。

但愿远游自此始，男儿弧矢何所求。

行矣诸君慎勿休，五岳视此犹一邱。

徐忠训郎^①墓

在邑城北灯花阳大猫湾水月庵后，庵圮今为田。

怪石阴森吼大猫，鬼雄邱垄禁刍荛。

千山匝沓云常护，万社英灵气未消。

桐岭功名寻旧碣，荒庵水月见新苗。

谁知草蔓榛芜后，尚有儿孙辅圣朝。

钱唐徐氏本朝两世达官^②即公后人，昆山相国兄弟^③皆同派，更有蔓衍他省者。

叠石层峰甲骑屯，萧萧草木怅黄昏。

灯花兆合埋忠骨，水月痕空吊古魂。

南宋乡贤遗迹杳，东瓯社庙几人存。

独留高垄斜阳外，常作山城保障论。

无咎恭和。

---

① 徐忠训郎，徐震（1064—1121），瑞安县义翔乡（今泰顺县罗阳镇）仙居村人，北宋宣和三年（1121）在温州吹台小岭（今瓯海区潘桥街道陈岙村）率乡兵抵御方腊起义军，战死。宋帝追封其为忠训郎。忠训郎为低级武官，宋代武官分53阶，忠训郎为47阶，正九品。

② 钱塘徐氏两世达官，指徐潮、徐本父子。徐潮（1647—1715），康熙十二年（1673）进士，官至吏部尚书；徐本（？—1747），康熙五十七年（1718）进士，官至东阁大学士，军机大臣。《瓯海逸闻》记载，林鹗曾对孙衣言说，林鹗求学杭州时，与徐本四世孙徐暲同学，徐暲自述钱塘徐氏是忠训郎徐震后人。

③ 昆山相国兄弟，指徐元文、徐乾学、徐秉义兄弟三人，徐元文（1634—1691），顺治十六年（1659）状元，官至文华殿大学士；徐乾学（1631—1694），康熙九年（1670）探花，官至刑部尚书；徐秉义（1633—1711），康熙十二年（1673）探花，官至吏部侍郎。

大观亭 ^① 晚眺

脱帽倚危亭，舒眸极杳冥。

吞城千水白，环岛一天青。

风物东陲郡，江山斗口星。

容成不可见，落日下前汀。

---

① 大观亭，位于温州城华盖山顶，原名江山一览亭，相传最早为谢灵运任永嘉太守时所建。

望山草堂诗钞卷之五
见南山轩集稿

舆行口号

百步岭

仰瞩上少天，侧睨下无地。

舆夫自在行，舆中肃屏气。

黄湖

插天一枝笔，人家倚峰半。

牧竖戏寒流，阿姥天上唤。

大冈岭

征夫逐鸟行，鸟决斜阳去。

割然金石声，阴崖落冰箸。

杨阮头

险绝杨阮汛，当关一老兵。

太平二百年，更无击柝声。

萧条

尽山辟作田，水通尾闾窦。

播谷候潮平，谷熟防龙斗。

里庄

村口晴亦昏，一溪两山影。

入树穿危亭，山容豁然醒。

《杨柳枝》三章送朱学博念珊[①]改官蒙化经历

南枝向暖北枝寒，莫把长条系马鞍。

从他经历云南道，尝些人间行路难。

欲折未折费商量，露条攀尽侬心伤。

官人万里前程远，安得柳梢尔许长。

杨柳青风送白驹，热官从此胜为儒。

图南知道扶摇便，莫忘清风是故吾。

---

① 朱念珊，详见卷三《朱小珊先生诗册书后》注。

过上地金氏山庄呈子彦尊从

峻岭千弓曲，平桥一涧纡。

地高宜夏日，山近喜楼居。

雨足三庚后，秋生卓午余。明日立秋出伏。

儒风吹不到，疑有葛天书。

景宁道中

忠溪

平田浅水与云齐，村市荒凉日正西。

旧戚凋零家弟死，山车腹痛过忠溪。

罗山排

雨送筤舆迅似船，迷漫云水白连天。

忽惊坐下滩声吼，百丈悬崖泻瀑泉。

桃源

水出桃源花瓣香，东流百里是家乡。

行行欲寄平安信，没个渔人识阮郎。

北溪

叠嶂重峰争献奇，荒亭有佛人烟稀。

村翁坐说兴衰事，耿氏孤恩换劫时。

汤坑

敕木山头云模糊，荒唐轶事说汤姑。

神仙灵迹惟忠孝，说与凡人信也无。

景宁县赠学师朱未梅先生

度岭一相寻，千山抱县深。

清溪玄鹤影，儒宦白云心。

梅冷有同味，风高让独吟。

此邦浑太古，若为倡元音。

题蒋蔼卿《花天月地吟稿》

万斛春心幻作秋，江花有恨笔情柔。

偏教南渡西湖月，逗起天山雪海愁。

鹤为伴梅香骨炼，鱼贪食字化身修。

西风怕问芳兰讯，我读离骚早白头。

乌雅船

黑背乌雅大如盎，手挟短桡足打桨。

乘潮飞过钱唐江，笑指涛头高十丈。

年年送客去西泠，吴山越山相向青。

范蠡失计江湖老，不爱家山爱远行。

兰溪步

江入兰溪市泊长，终年碧浪拥千樯。

征歌战酒寒宵热，洗粉抛花秋水香。

鹦鹆学言随客闹，山僧驮佛趁船忙。
蒙庄冷眼人间世，濯足滩头卧月凉。

永康道中杂感

从欲如下水，积善如上滩。
下流去不返，上达功殊难。
瞠目呼邪许，尺寸摧心肝。
邻舟相休助，长纤齐牵攀。
坐客愧无力，望眼劳旁观。
勖哉勿可退，步步境渐宽。
滩头有长潭，恣汝游泳闲。

一日行一程，一程近一步。
去时火西流，归来秋已暮。
舍舟又行陆，晚宿知何处。
照水两鬓霜，挥汗一头雨。
人生无百年，能行几程路。
国子谬作贡，帝乡目未睹。
荐拔老无望，孤怀有馀慕。
抚心策时艰，寸长思展布。
男儿当有为，何事作儒腐？
不能斡乾坤，万卷未为富。

今岁久不雨，良苗枯于蓬。
东西十一郡，八郡齐歉凶。
有司不以告，虽告天岂通。

万几困筹策，百政张奓空。

譬诸慈母病，欲哺乳已穷。

但愿亲民吏，调剂加苦衷。

岂必人人饱，小补犹有功。

我行十四县，十病九不同。

或宜疏其内，或宜塞其冲。

或远防来年，或近筹今冬。

审症投药饵，良方非一宗。

涕泗呼国医，慎无养成痈。

南山一片竹，不如白石古。

胡为显宦坊，行路唾常吐。

先世作达官，后人竞扬诩。

何以二百年，遂同墓无主。

始知名义尊，富贵不足数。

非畏白石言，乃畏青史语。

貂珰有宠儿，子孙无嫡祖。

何如剑池边，五人一抔土。

金华晚眺偶感

婺州雄郡枕江隈，过客行舟一溯洄。

十里梅花城堞壮，万株烟树野塘开。

渡头小艇分粮去，桥背行人散市来。

荐士胡公今不再，浙东名宿半尘埃。

永康归途偶成

底事看山又展眉，芒鞋踏叶晚秋宜。

偶因公义争棋劫，肯为前禽失射仪。

济物有心贫亦得，救时无策贵何为。

归来检点黄花节，莫效衰翁哭世诗。

缙云放簰

骏马下滩来，迎头白浪开。

一篙穿石过，两岸看山回。

草率冯河胆，从容济险才。

蛟鲸休战斗，昨夜剑鸣哀。

簰户歌

足踏竹，手搦竹，上滩下滩穿石腹。

两月不雨滩水干，卖竹坐食苦不足。

初秋风雨滩头来，拖簰上岸不敢开。

待看稍减二尺水，东西客货都上簰。

白浪打头不足惧，心里无波任簰去。

滩头庙祀鲤鱼公，年年赛神托神护。

簰头抵步心事宽，人货无恙竹平安。

竹价工金凡几百，百钱买米凡几餐。

凶年米贵不得饱，白首辛勤何日了。

山村傍水耕无田，生儿又道撑簰好。

行矣簰户撑簰好，胜如行客江湖老。

青田晚泊感怀端木舍人

寒宵城足系溪船，船里怀人十九年。

小别吴山成浩劫，大还元气返先天。

戊子秋在吴山与先生日论先天之学。

千秋姓字青田鹤，一代文章姑射仙。

沧海冥冥荒岛寂，人间何处觅成连。

飞云江候潮晚眺，喜遇故人同舟

膏腴万井米餐香，南北征鸿趁稻粱。

出海云帆通百粤，隔江山势衍平阳。

千三百里过邻县，七十二滩归故乡。

最喜潮来逢旧雨，秋风一艇送清凉。

舟中晓雨渐晴，书慰曾三丈 ①

名璇源。

疏雨霏微山气浓，残云杳霭曙光融。

放将日影来深谷，并作轻烟上太空。

秋水好官清故冷，晚枫佳士老逾红。

榜人也解归心急，长啸声声唤顺风。

---

① 曾三丈，名璇源，曾镛第三子。

笋鞋

乞得苍龙蜕，冲泥一两行。

不知秋水涨，自觉野凉生。

花市搴裳洁，云山举足轻。

倘逢箨冠子，应许把余清。

西湖感兴

存六首。

婆留①城上晓霞红，影落湖堤作断虹。

香径人归春缓缓②，陌头花放马匆匆。

云迷石镜③金汤在，潮打钱塘铁券空。

剩有如椽苏子笔，贞珉不朽与王同。

怪石横陈穴晕圆，祖龙④曾此系楼船。

当时白浪摇山足，今日青苔上佛⑤肩。

万古沧桑开胜境，几番台榭换荒烟。

繁华才说宸游地，花柳凋残不记年。

南渡兴龙事可羞，东窗缚虎更谁尤。

从来蒙耻偷安日，都作排贤媚虏谋。

---

① 婆留，五代吴越国王钱镠的小名。镠初生，父将弃于井，祖母（一说邻媪）强留之，故名。

② 钱镠王妃归临安，王思念，以书遗妃曰："陌上花开，可缓缓归矣。"

③ 石镜，临安石镜山，传说山上有石如镜。

④ 祖龙，秦始皇。

⑤ 佛，指杭州宝石山大佛寺石佛头雕像。

忠孝两坟齐岱岳，是非千载在春秋。

六陵①何处冬青树，独对栖霞生远愁。

王气徒传在凤凰，江山一旦付平章。

半闲堂②圮闻秋蟀，多宝楼空问夕阳。

红蓼萧疏渔子艇，白茅飘飒冢人庄。

清风吾爱林君复③，犹有梅花隔世香。

九里松环旧虎林，梵宫长自倚云岑。

飞来神石开禅悟，流出寒泉冷客心。

葛坞仙人去不返，翠微亭子一相寻。

倘逢携酒骑驴者，好借莺花证古今。

湖浔香草接于坟④，望帝声声不可闻。

公辅城隍存社稷，人要旧主作新君。

至今大地无明土，尚觉低空有断云。

川岳钟灵谁继起，不教边境肆妖氛。

访家怀风明经夜话有感

闭户坐谈天下，儒生强作解人。

追数历朝将相，那堪涕泗沾巾。

---

① 六陵，南宋六位皇帝的陵墓，在绍兴。

② 半闲堂，南宋权相贾似道的别墅，在西湖葛岭。

③ 林君复，林逋（967—1028），字君复，宋仁宗赐谥和靖。隐居孤山，梅妻鹤子。

④ 于坟，西湖三台山于谦墓。

圣主不遗葑菲，贞臣磨砺弥坚。

鸱鸮无窥我室，犹有一木擎天。

腊月十九日立春雪霁

黍谷①回羲驭，青阳转帝车。

晴光将积雪，下上斗清华。

寒尽山农历，春先处士家。

南枝迟酝酿，待补及时花。

自题瓦钵兰

乱草芟不尽，孤芳独立难。

买将新瓦钵，移置案头看。

为潘宸侯题画

赤壁千寻太古颜，江流不尽境常闲。

英雄寥落诗人老，空向斋头认旧山。

山雨沉沉万鸟藏，畸人兀自梦羲皇。

泉声风响谁能辩，并作楼头一味凉。

---

① 黍谷，山谷名。《太平御览》卷八四二引汉刘向《别录》："传言邹衍在燕，有谷地美而寒，不生五谷。邹子居之，吹律而温至生黍，到今名黍谷焉。"

江南秋入草犹青，谁写云山助性灵。

记得西湖放游屐，小诗题上冷泉亭。

松色苍凉石气寒，白云深处卧袁安。

廿年不接瀛洲客，剩有山民结古欢。

景宁陈节妇家有孤燕，无巢寄居，感赋

乌衣旧侣几时抛，旅寄孤栖不待巢。

三月凄烟迷巷路，五更寒雨守堂坳。

羽毛微命此清节，天地空梁一系匏。

只合山居伴孀嫠，年年来结岁寒交。

留别未梅老师，即用其过从志喜韵

相逢两沙鸥，泛泛鹤溪流。

结交在世外，沐鹤追前修。

盟心鹤羽洁，羞为雁嘴谋。

中流忽以别，顾影无良俦。

行矣莫惆怅，天地分虚舟。

苦雨偶感

老注奇书墨未干，穷檐兀坐雨声酸。

五行木死农先病，六气阴淫夏亦寒。

生叶为炊怜妇健，凶年告籴觉儿难。

何能吹籥回阳律，鼓腹谈天愧素餐。

抒痛

人生忧患中，我忧独殊众。

隐憾伤此心，幽思内自讼。

梦如丝纠缠，突如蹇失控。

欲言舌已僵，欲哭喉先封。

郁极惨一呼，血泪一齐送。

墓庐雾四塞，视天太梦梦。

耿耿平生心，孝义或过重。

力罣智每穷，热血未曾冻。

如何敦厚情，转生骨肉痛。

恩爱化为仇，廿年心力空。

已矣自怨艾，深心更何用。

五伦道有穷，椎胸不胜恸。

晓望

听雨寒宵尽，开轩田水流。

云低山露足，冰重竹垂头。

乍毕向平愿，偏增卒岁忧。

劳儿行未息，怅望岭东楼。

翊日又书

行役更无定，曰嗟增远忧。

求谁将伯助，解我赧王羞。

铸错黄金尽，弹冠白发秋。

何时决江水，一洗涸鱼愁。

寄梅丈松卿即祝其寿

名福林。

天关蠢西陲，层冈降松阜。

下有梅氏居，白溪带环右。

梅氏吾世好，缔交累叶久。

累叶产英才，吾丈继其后。

忆丈昔少孤，幼弟同依母。

恂恂若无能，兢兢守元有。

分镳上下庠，舞彩慰慈敦。

末俗竞鱼肉，污吏有功狗。

孤弱谓可欺，老饕听其喉。

群狼为爪牙，入门作虎吼。

母泣谓孤儿，薄产终难守。

背城拼借一，无徒遭毒手。

儿泣奋袂起，执牒胆如斗。

奸贪俯首降，城狐牛马走。

敛威反求成，一战退群丑。

予闻肃起敬，精神为抖擞。

从此订深交，略分为良友。

共为游侠行，猛力各赳赳。
转眼三十年，不觉予白首。
若丈尤少壮，今亦四十九。
大衍数已符，祝者来某某。
或捧西池桃，或晋甘泉酒。
我贫无一物，作歌当秬鬯。
秀才纸半张，且持介遐寿。

腊月二十六日雪

雪窗皎于日，观书眼如炷。
室有千载人，隔世闻其语。
相与谢世缘，阒焉辞岁序。

补靴

我少好腾掷，布履轻如梭。
丱角从父学，顽劣时谴诃。
背人习技勇，兼学猱升柯。
垣檐狸狌走，巨石蝼蚁驮。
负重日百里，绝壁缘能过。
二十补秀才，始着吉莫靴。
千金结客尽，靴破平亦颇。
十年游侯门，名利两蹉跎。
归来守邱墓，裹足居岩阿。
贫病易为老，流光叹逝波。
欲谋升斗禄，奇服捐芰荷。

出靴试习步，蹒跚殊未和。

皮穿底破绽，补缀亲捼抄。

停针转自笑，足弱靴则那。

长安五千里，道远将奈何。

群才竞奔逐，捷足能者多。

驽老纵裹铁，岂能及健骡。

抚髀忆少壮，太息伤坎轲。

呈家孚村先生 [①]，即以志别

吾宗有彦士，缔交在中年。

相寻讲性道，余论包禅玄。

清修自克励，制行在知先。

庭闱树本实，襟带纫兰荃。

案头积语录，屏障书格言。

大学诲子弟，小学贻诸孙。

施惠周戚族，教化及里闬。

偃室未尝至，有孚豚鱼安。

异哉薄俗薄，同族来戈鋋。

葛藟庇本厚，鼠牙啮墉穿。

抚心负夙愿，遂觉忧难谖。

今岁寿七十，谢客坐不欢。

锦瑟怨弦柱，斧斨惜本根。

予亦志翁志，达观殊不然。

---

① 孚村先生，林一诚，字孚村，泰顺仕阳人。国学生。好读书，多善举。《分疆录》卷八《义行》有传。

登堂献其说，劝翁且开颜。

不见周元公，忠厚植基坚。

亲亲笃同姓，而有东山篇。

不见堪舆大，一毯万古员。

天柱折西北，地维陷东偏。

天地且不满，人事岂有全。

所以圣贤志，但求心无怂。

俯仰释愧怍，乐道完其天。

遇境任常变，顺应随经权。

匪同漆园叟，匪情歌鼓盆。

大年齐彭殇，大化从鼠肝。

五福君已备，毋使忧怀煎。

吾道有乐境，相与绵余年。

天伦无声乐，家话无字编。

东风认红紫，幻态从云烟。

静动导生气，动静悟秘诠。

尽性以至命，是为孔门仙。

我贫未忘仕，白发趋幽燕。

握别在须臾，珍重语万千。

愿君乐且健，伫我南辕旋。

相见各无恙，老学重钻研。

五弟季迁 ① 郡试首解，旋入县学，诗以志喜，即书其箑

昨听归鸿报喜声，居然小试冠群英。

层楼势恃初基壮，高手棋先一着赢。

立品今看分士庶，读书原不薄科名。

人生早达真佳话，慎勿需迟似乃兄。

家世诗书十四传，阿兄辛苦守青毡。

六龙美幸联群季，五凤高应让后贤。

莫谓秀才名易副，须知文行誉难全。

相期清白承先德，双桂吟成续旧编。

为金五特夫 ② 题兰竹扇

吾犹及见松台布衣果园叟 ③，书城画舫骄公侯。

古香吐兰逸写竹，素心劲节凌清秋。

近日后生竞摹拟，人不可能画其似。

有客昨来携素纨，皓月清风落窗几。

客亦松台一布衣，购书觅画兼爱诗。

到手金钱结客尽，张颠米癖长相随。

北堂有母清且淑，性好滋兰与莳竹。

培芳养节不知疲，比似佳儿劳鞠育。

愿儿如竹还如兰，坚筠劲叶能耐寒。

---

① 季迁，林澄清，字季迁，林鹗三叔林対之子。同治年间岁贡生。

② 金特夫，温州城区人，与林鹗友善。

③ 果园叟，项维仁（1760—1827），字寿春，号果园。工诗书画，温州乾嘉年间画家。

循南陔兮拾芳草，依依膝下承母欢。

今之扇头绘清影，得无此志长不刊。

我亦栽兰种竹者，风雪一庐老墓下。

尔有母遗我独无，回首墓门不能舍。

淇澳有斐惭清修，沅湘纫佩不胜愁。

人生逐逐不称志，何如布衣骄公侯。

题曾秋嵋良箴^①梅花扇子

是谁一枝笔，造化成孤芳。

坠影觉在水，度风疑有香。

冰棱出瘦骨，玉楮生寒光。

自此君怀袖，霏霏六月凉。

同王茂才星阶、金布衣特夫雨憩谢公池上

昏朝变清和，阴晴儵无定。

偕往近向山，佳游每未竟。

雨憩从所遭，云根折左径。

溯堤湍屡回，面池桥已迎。

尘浊隔咫尺，澄波止可镜。

客梦寻匪遥，春草老逾劲。

倚栏坐山足，微籁入清听。

游兴始若违，天随各无竞。

---

① 曾秋嵋，名良箴，曾贤之子，家住温州松台山下曾家怡园。

但觉远世情，复我皇初静。

古感胥以捐，昔人早吾赠。

附 无咎和诗

东山俯清池，谢公曾此憩。

楼圮池未殊，春草足生意。

客心亦已静，山屦偶一至。

同怀得三人，高兴忽古契。

雨气先云根，湿见摩崖字。

崖下通回湍，恍遇中川媚。

桥行度池角，山影落苍翠。

翛然脱尘累，风纹动禅谛。

青苔上石栏，岩花时坠地。

坐久共忘形，古怀发新思。

归示池上篇，匪梦诗或类。

忆昔古龙渠，浴沂曾侧侍。

步月向西堂，天游澹忘虑。

十年事屡迁，春晖幸无异。

愿持寸草心，滋培答慈志。

题曾明经竹史^①《惬素图》

名贤

素心先生写心稿，芰衣蓉裳拾芳草。

空山无人春蓬蓬，独与幽兰契永好。

不着朝冠不隐沦，不禅不仙尔何人。

三十年来守故步，一卷离骚老吾素。

何所独无芳草兮，尔胡不改夫此度。

先生欲辩言已忘，拈花独立闻心香。

桃李漫山开复落，春来春去看人忙。

吹台行和曾竹史生圹自题

蜃江之流流未已，吹台之山兀然峙。

不见仙人王子乔，但见云光日光气常紫。

我闻堪舆十二万年一终始，今人逐古后人起。

生处华屋归山丘，惟有达观者名未尝毁。

而不见夫阮孚一两屐，刘伶一枝锸，

太白酒人楼，表圣亭三休，

其人其地常在人间咫尺耳。

吹笙人去荒台圮，佳城郁郁三千年，不见白日谁能指。

买得青山托主人，从此吹台一抔付竹史。

神仙长生不可得，得个名山长不死。

----

① 曾竹史（1795—1865），名贤，字希堂，号竹史，温州城怡园曾家人。道光二十三年（1843）
在吹台山筑生圹，作《吹台生圹图题词》，梁章钜为之作《记》，孙锵鸣为之作《序》，
众多名流写诗相和或题词以赠。

与星阶、秋嵋小憩怡园，却寄主人曾小石 ①

昨日小西湖，虚廊偶坐吾。

洞天分太玉，丘壑见方壶。

春老物机盛，地偏风景殊。

主人池草句，肯让谢公无？

星阶老友属题小照

异哉斯人，生也不辰。

以五千卷，撑六尺身。

而终老且屯，不绝物而清，

不玩世而贞，不禅学而佛，

不理学而纯，不谈忠孝而敦伦，

不能察察而不屑于浑。

有则指囷，无则乞邻，

博施肫肫而自忘其贫。

或以为愚或曰仁，

吾则以为非夷非惠、非玄非墨，而独有此君。

人恶乎知之？知之者神！

是必待其子若孙，代有达者，而后显其真。

尔貌且不扬，谁能传尔心所存？

惟吾披图而确见吾斯人！

---

① 曾小石（1817—1868），名谐，字载赓，号小石，温州怡园曾佩云之子。著有《小石诗钞》
等。

过鹤巢山庄赠主人曾翁拱辰 [①]

名奎象。

平生重义侠，望气求干镆。

吴越纷交游，几曾见朱郭。

岂知旧鹤巢，新栖有鸾鷟。

携朋出郊坰，偶尔停云屩。

一见心以降，恍有三生约。

翁本闽海豪，意气凌沧岳。

翁于嘉庆乙亥自同安挈家居此。

弱冠为经生，旁骛百家博。

欲穷天地秘，九流兼七略。

具此匡时能，高隐入岩壑。

辟田教稼穑，服贾兼耕凿，

荒村四民兴，一家百艺作。

治家如治兵，举纲百目拓。

公极私亦融，法行恩始渥。

百口同雍和，妇孺无嘻嗃。

但觉指臂从，转忘五伦乐。

俨如一军雄，万邪不敢角。

翁曰吾岂能，小试惭管乐。

匪恃季心勇，但慕季布诺。

自翁来山县，知交颇落落。

我憾相识迟，深语忘惭怍。

---

① 曾拱辰，名奎象，泰顺县罗阳镇上交阳村曾姓始迁祖曾肇作之长子，《望山草堂诗钞》编辑者曾璧揩的父亲。

时事日变更，蹢躅肆剽略。

毋为一家谋，敢以长城托。

和潘梦鸥 [①] 学博水仙花原韵

名庭栴。

其一

客馆花常家，春情无那何。

忽闻水仙操，暗渡鞠尘波。

香草知音少，骚人楚调多。

只应供斋壁，长为护蝉罗。

其二

怪道黄初客，凌波句欲仙。

梦难从枕觅，神早借花传。

月魄分天半，冰胎孕雪前。

漫教桃叶妒，潘有宠姬。我见或犹怜。

其三

因忆群芳席，严陵从钓公。

卷帘春旖旎，对座影蒙眬。

翠被寒犹拥，灵犀怯未通。

十年隔秋水，错认太冬烘。

---

① 潘梦鸥，名庭栴，廪贡生，潘自强、潘其祝兄弟进士的父亲，曾任浦江训导、永康教谕。

其四

醉眼前宵见，脂香冷尚凝。

玉壶春酿海，宝瑟夜弹冰。

苜蓿分盘贮，兰荪一气蒸。

为君添宦味，领略我何曾。

梦鸥招饮文无酒，柬谢

君家秘制文无酒，兴到常倾三百杯。

只防赤龙吸将去，岂是鹁鹅换得来。

昨夜东溟仙使集，当春北海清尊开。

醉归误入华胥道，诗魂至今招未回。

拟梦游天姥吟

记得大罗天上骖玉虬，仙班杂逐随旌斿。

回看东海一杯水，中有仙山缥缈琼玉楼。

小谪人间五百岁，流连诗酒供游戏。

天涯散发弄扁舟，逢人懒说从前事。

醉倒梅花帐里眠，丹炉火灭寒无烟。

诗魂花魄各萧洒，飞到玉京阆苑紫府青峰边。

忽遇希夷生，云中一招手。

言从西池来，曾结烟霞友。

云车遥指东海头，与君共为天姥游。

仰天大笑拍龙驭，回辕且从天姥去。

雨师兮清道，天吴气吹雾，

冯夷兮前驱，海若兮后护。

河潺潺兮暗流，山叠叠以潜度。

税驾不到扶桑东，瞢腾彳亍荒山中。

云关初开霞彩红，转眼瑶花琪树迷芳丛。

紫篁夹道砌白石，石阶滑泽不留舃。

金敔屈戌门洞开，青城旁启仙人宅。

芙蓉帐暖芍药房，轩窗雾縠生容光。

主人徐下白玉床，千年契阔言之长。

鲜擘麟脯筵初张，葡萄秘酿腾清香。

云璈琅琅奏清角，舞女按节回霓裳。

一曲才终客未醉，清平三叠赢十觞。

十洲道友各停酌，相邀共采长生药。

芝岩苓麓恣攀跻，胡卢压损青田鹤。

持施江湖饥渴人，者番同庆离尘乐。

平生爱作汗漫行，雪海天山分外清。

夜半东溟吐朝日，振羽戛戛天鸡鸣。

行矣龙驭不可停，群真挽臂留余情。

梵宇晨钟意喧哄，路返华胥天宇空。

何当重遇谪仙人，天姥峰头寻旧梦。

望山草堂诗钞卷之六
北游草

留别王星阶茂才

白头老友太多情，每到临歧涕欲倾。

浦树留云望不极，江潮送客气难平。

为怜玉璞人身贱，不上金台马骨轻。

且尽壶中莫惆怅，夕阳红处听莺声。

听陈道士弹琴

名普灵，蜀人。

萍梗偶相寻，欣聆太古琴。

仙山自高调，浊世谁知音。

但觉凡情静，难窥道味深。

明朝挂帆去，无限白云心。

舟中拨闷

巨舟溯急流，功半力已倍。

任重行益迟，心迫力逾怠。

篙者首拄舷，牵者尻接颏。

后者退匪谦，前者却如待。

呼风雨忽来，山失溪成海。

暴涨滩欲平，群舟聚沦汇。

榜人龟缩坐，笑语杂鄙猥。

客眉同一颦，壮气若为馁。

雨止舟不行，云散山仍在。

平情语舟子，奋力姑厉乃。

风雨助惊涛，天时岂人罪。

云水亦戏场，吾汝皆傀儡。

顺逆与迟速，化工默为宰。

我生五十年，滞程阻已每。

白首始出山，行迟我何悔。

船头望云水，遥见石门山。

两崖竞葱翠，余云舒以闲。

洞天秘玄鹤，高远不可攀。

忆昔屡经过，幽境恣窥观。

银河泻白气，佛顶飞惊湍。

僧茶吞晴雪，胸腹有余寒。

自兹发禅慧，毫端生层澜。

至今笔老秃，清气若未刊。

如何舍兹去，混迹居人间。

偶来一洗发，舍去仍尘颜。

初洗发如漆，屡洗鬓已斑。

此行益惝怳，风雨迷仙关。

回首空怅望，恐是前缘悭。

我闻刘诚意①，此中长盘桓。

晚出为名世，鹤驭羁不还。

神仙与富贵，两境孰为安。

再续桃花洞题壁韵

地维东注岭西横，四望天低一指撑。

莲座留云三夏冷，桃花飞雨六尘清。

山无旷土都宜谷，邑枕雄关不用城。

莫笑路旁名利客，舆中曾有四先生②。

冯公③庙

凿破岩疆海国通，千秋社鼓祀冯公。

却嫌洞口无关锁，从此桃花怨落红。

---

① 刘诚意，刘基（1311—1375），字伯温，浙江青田（今文成）人。洪武三年（1370），封诚意伯，故又称刘诚意。

② 四先生，明初浙东四位贤士：刘基、宋濂、章溢、叶琛。

③ 冯公，隋唐时善士冯大果，传说是他出资开凿桃花岭古道。

姑苏怀古

故宫为沼垄为池，秋雨梧桐怨竹枝。

壮士恩仇论伍员，细人名义薄要离。

风流响屟荒烟外，王气穿窿夕照时。

侠客美人各黄土，兴衰惟有石公知。

寓馆月台望阊门

贤主谁为皋伯通，客来犹自问梁鸿。

眼中阛阓无闲土，何处青山属寓公。

五人墓

乾纲归妇寺，直道更谁扶？

轩冕一奇劫，湖山五丈夫。

侠声成鲁莽，元气挽须臾。

为问剑丘畔，精魂化虎无？

虎丘望灵岩

谁道灵岩胜虎丘，凄风梧叶不禁愁。

五湖烟雨人何处，输与真娘土一抔。

访家若衣赞府^① 阻雨句容县

名用光。

僻县阻修程，并力勉为赴。

风雨兰若中，故人殊未晤。

湿云黯不飞，潦水途中注。

蹇驴不肯行，养疾聊少驻。

细访云水程，始知从陆误。

生平多亡羊，路中又歧路。

五日此饮啄，岂其前定数。

前定即偶然，此旨罕能悟。

郭庄署中赠若衣即别

客路入江南，舍舟得邮传。

白鹤寻仙桥，句容趋古县。

三夏晴雨调，四境和风扇。

民乐野讴盛，年丰市物贱。

未登赞府堂，政猷喜先见。

赞府旧宗谊，夙昔称诗彦。

但知佳句多，岂意吏才赡。

别久居益远，相视各惊忙。

愧我白发增，晚游学未倦。

何如事割鸡，先试牛刀善。

---

① 若衣，林用光，字若衣，瑞安人，林培厚之孙，其时任句容县丞。赞府，县丞的雅称。

我闻句曲山，福地名首擅。

经过惜仓卒，远瞻目徒眩。

不见三茅君，三峰云一片。

又闻葛稚川，故垒在效甸。

后来陶贞白，此邦寄幽窆。

作吏居仙都，昔贤有同羡。

乍合忍复离，官堤柳难罥。

回首胜迹遥，付尔清吟遍。

葛仙公祠

地肺郁苍翠，钟灵付道真。

仙机恒宦隐，丹诀有传人。

古庙遗磬在，荒城旧井湮。

玄宗何处问，遥望溧阳津。

燕子矶阻风登眺

一柱砥中流，危亭最上头。

长江自九曲，碣石又千秋。谓纯庙①表石。

白浪英雄尽，青山我辈游。

黄昏暗风月，清梦隔扬州。

---

① 纯庙，指乾隆皇帝。

观音崖

小艇走风马，逆浪殊披猖。

停桡试登眺，迤逦窥道场。

悬崖忽下覆，仰瞩怯以恇。

醍醐酝点滴，白日藏精光。

澄然六尘息，灵台足清凉。

贞珉现妙相，峭壁悬宸章。

万灵肃拱卫，来者闻空香。

循崖上石庵，俯瞰江天长。

乾坤此深堑，南北通云航。

鱼龙罢战斗，万国仍金汤。

英雄几淘洗，今古纷兴亡。

许事吾安知，默默同坐忘。

上一龛悬僧默默遗像，有沈归愚①、陶云汀二公题笔。

扬州吊史阁部②

孤忠空恋小朝廷，幕燕争巢一例倾。

十日血腥归浩劫，百年天堑自雄城。

南疆富庶凋能复，江左风流洗不清。

管乐无权成底事，惜他将相负书生。

---

① 沈归愚（1673—1769），名德潜，字确士，号归愚，江苏苏州人。乾隆四年（1739）
进士，清代大臣、诗人、学者。

② 史阁部，史可法（1602—1645），字宪之，号道邻，河南祥符（今开封）人，明末抗
清名将、民族英雄。南明弘光建极殿大学士、兵部尚书。

次汶上偶成

溽暑难途贸贸来，仆夫况瘁马虺隤。

泥沾人面斜飞雨，石斗车轮怒吼雷。

滕壤井夷沟曲达，汶阳黍密路迟回。

津梁日惹长沮诮，那禁劳愁发暗摧。

车中行

车辚辚，骡蹢蹢，驽者骖之骁者服。

六月大雨行不前，潦水没腹车为船。

彼伧乌集扶一肩，车中粪土挥金钱。

横者如渡直如溯，历尽涧谷还深渊。

仆夫转辕绕田走，处处陷阱逻者守。

旁睨轮陷笑口开，先议报金始援手。

迂道愈远村愈荒，饼饵问价抵白珩。

日日津梁费钱买，客况萧条人马惫。

妖娆魔女数钱工，村歌聒耳益恼侬。

只此淮徐兖冀二千里，劳尽天下壮士羞囊空！

於乎神京万方所归往，襄洛建康亦嘉壤。

昔日曷不建都近南中，舟车四达道无枉。

我知王者如天仁，东西南朔皆吾民。

朔方苦寒地硗涸，货财难殖恒苦贫。

高据上游御四海，万国趋向星拱辰。

百物坌聚金币集，调剂苦乐治始均。

南民输财北民饱，楚弓楚得何足瞋。

万斛苦怀一转念，目前好景回阳春。

谒孟庙^①感赋

大道丁厄运，圣师承一肩。
集成百王法，坐论微言宣。
末流遇战国，私智哄争端。
百家竞横议，经法胥凋残。
危哉绝续机，千钧一缕悬。
天心怆以惧，东顾邹峄巅。
笃生孟夫子，一臂扶尼山。
黄河决喉舌，百川阻狂澜。
仁义挽元气，劫运消戈铤。
性理溯元有，王政斟经权。
分著六经义，错出在七篇。
大道得翼卫，隔世统始绵。
不然且衰息，何能敌秦炎。
厥功在万世，岳渎长不刊。
海宇遍典祀，兹土况里闬。
宜乎大崇报，阅世益壮观。
我生在东越，少小备学员。
虽抱先民矩，未窥邹鲁坛。
晚游上辟雍，孔道得仰瞻。
故国森乔木，虬枝高参天。
法家七十世，礼器犹精严。
对越肃起敬，抚膺弥拳拳。

---

① 孟庙，祀孟子的庙，在山东邹城。

愿戴峄山行，义利研精诠。

壮行葆初志，退居修旧愆。

遄征远未已，世途方多艰。

回望东南峰，正气生浩然。

立秋第二日车过保定府

西北千山趋帝京，西南万轨会名城。

秋风满耳客愁起，官柳蟋蛄乡树声。

徐云石雯①大令为写水墨菊花扇面，自题左方

故人为我写菊花，勖我晚节扬清华。

壮不如人今近老，学行文艺焉有加。

且办情田作老圃，日灌清泉掬香土。

秋风铸艳敢嫌迟，培养根株一延伫。

北风谣

北风吹海浪荡漾，寒冰结山高百丈。

转丸作穴山之尻，黄丸白丸团粪壤。

黠鼠欲附冰山高，冰寒路滑空爬搔。

巧借蜣蜋作前导，蜣兄鼠弟交情牢。

鼠也毛虫智满腹，飞腾常饱天仓粟。

---

① 徐云石，名雯，浙江永嘉人，道光十七年（1837）拔贡。工诗，善书及篆刻，兼擅画兰。
著有《赪桐花馆诗钞》。

甘心粪壤求系援，却忘身是麒麟族。

麒麟夜对诸毛哭，耻不可言言之辱。

吁嗟乎，四维不张地且倾，何有海里一团冰。

夏日当空酷于火，鼠弟何处寻蜣兄。

南风谣

天皇弹琴歌南风，薰风南来天耳通。

雨师雨金兼雨粟，民愠可解财可丰。

何来群鸥贪且鄙，利喙铮铮饱腐鼠。

啄罢腐鼠啄金粟，秽声吹入凤凰耳。

凤凰不愤鸣向天，天公怒摘薰琴弦。

回风下降来飞鸢，逐去群鸥扫腥羶。

个中秽迹那可尽，凤凰半受虚诬愆。

吁嗟乎，鸥虽逐兮鸥已饱，鸥去鸥来腥难扫。

天生凤少生鸥多，为语凤凰莫须恼。

续断句寄蕖田太史① 乞和

满城风雨近重阳，万里舟车会帝乡。

书市搜奇胡眼碧，酒垆浇愤客衫黄。

曾与蕖田入书肆，遇俄罗斯二人买书。

西园六珰调无逸，北极一星明建章②。

莫笑诗人来太晚，菊花时节正清凉。

---

① 蕖田，孙锵鸣的号，时孙任职于翰林院。明清时常以太史称翰林。

② 建章，建章宫，汉武帝建造的宫苑，规模宏大。汉武帝在此朝会、理政。

王气西山接未央，满城风雨近重阳。

檐前寡宿沉河鼓，阶下秋花落海棠。

汉水怕闻鱼腹疾，天街懒看马蹄忙。

谁调六气舒民瘼，琴里臣弦与细商。

曾将韦布厕冠裳，又赋缁衣第一章。
时馆俞仪部松石①家。

落纸云烟消白日，满城风雨近重阳。

愧无文价传鸾掖，喜有家书付雁行。

为语妻孥莫相忆，长安芳草有余香。

迂拙何知济世方，高谈先自悔清狂。

阴符篆怕人前诵，古铁锋仍锈里藏。

万象荣枯归易候，满城风雨近重阳。

紫薇②客有登高约，拟向陶然一举觞。

交情自遇紫薇郎，珠桂艰难总未妨。

督亢图中吟馆静，邯郸枕上客宵长。

尫孱愧我如羊鹤，慷慨劳君贳鸊鹈。

应有佳诗贶佳节，满城风雨近重阳。

---

① 俞松石（1790—1873），名树凤，字德加，号松石，江西广丰人。道光九年（1839）
进士。由礼部主事升郎中，咸丰初任温处兵备道。

② 紫薇，唐代曾改中书省为紫薇省，故以紫薇指代中书。中书省是唐代朝廷处理政务，
代皇帝拟订诏书的机构，明清时代翰林院职掌与唐代中书省相似，故以紫薇称翰林。

陪张味农①宝璇侍御、俞松石树风仪部游陶然亭，转憩蒹葭簃，次壁间何子贞②太史题陶然亭图诗韵

神京带砺倚窗前，画里亭台认昔年。

风雅到今几枝笔，江山已阅五朝烟。

马蹄踏雪芦花白，龙爪拏云树影圆。谓龙爪槐。

休暇群公足清兴，只应情味向诗偏。

慈仁寺卧松歌

即报国寺，草付住持戒学上人。

神龙听经受佛戒，敛鬣低头学僧拜。

百丈身躯屈就隘，带雨和云蟠作盖。

金刚千年身不坏，幻化老松贴地大。

松根盘礴临芳郊，今古一卧忘昏朝。

入世出世心坚牢，霜欺雪压寒不凋。

先为之下人莫逾，一任榆柳争天高。

我佛东来衍大乘，初向松根辟化城。

百万家儿离火宅，羊车鹿车嬉玉京。

天心红羊换浩劫，慈仁不坠毗尼业。

刚者挫折柔者全，留取双松示世法。

我来叩门松亦惊，蟠卧入定忽以醒。

凉风飒飒闻龙声，日影团团见龙形，

---

① 张宝璇（1795—1851），字美甫，号味农，苏州吴江人。

② 何子贞，何绍基（1799—1873），字子贞，号东洲，别号东洲居士，湖南道州（今道县）人，晚清诗人、画家、书法家。

降首掉尾若我迎。诗魂愿化巢松鹤。

千年与龙同听经。

病中逢讳日，示俞生昆圃

嗟我生不辰，踽踽无天地。

茕然作孤儿，时年二十二。

九死留余生，备尝艰辛味。

贫子万事乖，儒业降而技。

夜读青乌书，日探岩壑邃。

奔走足重茧，五年始遂志。

躬担万畚土，依山起邱隧。

丙舍营其旁，松栗环栽植。

财竭廪告匮，心力两疲悴。

庐墓二十年，聊寓承欢志。

我今来日下，岂有功名思。

妄想微职邀，庶获焚黄赐。

鹪鹩托一枝，修羽敢自弃。

岂料老病兼，怯我凌霄气。

旅居短景迫，屈指日逢讳。

回首墓门遥，不与如不祭。

揽镜悲白发，拊心忍吞泪。

何时表陇阡，余力空自厉。

羡尔逢吉祥，康强二人侍。

骨肉庆团圆，交柯五桂备。

此乐古所敦，敌彼王侯贵。

孝子懔爱日，乐境得匪易。

勉敦子弟职，难逃天地义。

百年几承欢，危哉驹隙逝。

读书学为人，匪曰学文艺。

毋似我鲜民，空洒老来涕。

送张侍御假旋

宝璇字味农。

门外列车嘶蹇骡，大夫束装冠峨峨。

曰归曰归不能缓，客中送客将奈何。

将离欢少别意多，问君为君发浩歌。

我闻风宪官最美，绣衣立朝许直指。

底事攒眉长不怡，甘心归饮西湖水。

君言北游三十年，遍尝世味甜与酸。

圆凿方枘苦不适，迂骨百炼殊未妍。

日日迂途点脚走，纵无荆棘防冰渊。

圣人庙算百无阙，素餐久厕豸冠列。

中外岌岌筹度支，桑孔刘王各有说。

游夏何能赞一辞，庸臣但禁阳城舌。

我本西泠垂钓人，不如归去理丝纶。

梅妻鹤子两无恙，重领湖山未了春。

不然永嘉山水窟，诛茅与尔结比邻。

世事茫茫那自料，蕉鹿非梦还非真。

焉知退步作进步，一尊酒了百年身。

我闻斯言默无语，俯首思之若有悟。

仆夫折柳催客行，独立门前望君去。

何日重寻世外缘，泛泛闲鸥逐归鹭。

题金特夫《二我图》

我我原无我，披图两晤君。

相疑禅力幻，境以达观分。

蜃海从收舵，罗山待看云。

此权如我属，惟我亦云云。

即事

杨柳阴浓芦笋肥，车轮平压软尘微。

榆钱百万天阶掷，也学梅花片乱飞。

庚戌

永嘉郭翁秋田百有七龄征诗

我闻天台之山十万八千丈，蟠地极天足精爽。

九霄灵曜光下垂，独与三能共摛朗。

中有仙真自往还，方瞳炯炯孺子颜。

山癯樵叟寻常听丹诀，人世百年之寿何足论。

昔者天台司成王老人，百有二十余岁食禄朝圣君。

今者郭翁亦奇特，后先接踵绵清芬。

此皆名山之灵所磅礴。

一为儒隐，一乃餐霞瓯江滨。

瓯江山水亦奇丽，太玉十八洞天镌秘志。

自翁拔宅来卜居，九斗遥吸弧南气。

令子克养长康强，善气酝为翰墨香。

文孙尤科已高掇，从此上闻天子绰楔增宠光。

翁年屈指百有七，才过三万八千日。

烂柯山头一局棋，山下飞尘高没膝。

我过五十雪盈首，比翁数欠四十九。

年长以倍父事之，只合为翁牛马走。

清闲富贵两无分，此后所得亦何有。

但愿卫生真诀翁我传，不求翁福学翁年。

奉杖逍遥华盖颠，与翁同为陆地仙。

长安月

夜夜长安月，天涯一往还。

如何阳鸟信，飞不到燕山。

孙太史^{琴西①} 许明经^{仙屏②} 鲁孝廉^{星槎③} 同登任城太白酒楼

大地入东溟，秋风上任城。

河山夫子国，楼阁酒人名。

道脉中条王，文澜泗水清。

壮心何处着，登眺不胜情。

---

① 孙琴西（1815—1894），名衣言，字绍闻，号琴西，浙江瑞安县人。道光三十年（1850）进士，入翰林。官至江宁布政使、太仆寺卿。

② 许仙屏（1827—1899），名振祎，字仙屏，江西奉新县人。同治二年（1863）进士，历任陕甘学政、河南按察使、江宁布政使、东河河道总督，光绪二十一年（1895）调任广东巡抚。

③ 鲁星槎，生员，生平不详。

瞻仲子^①庙

仲子张圣门，万古圣之勇。

大道承一肩，力荷千钧重。

上与舜禹参，岂仅颜曾踵。

浩乎泗水流，卓尔陪屋耸。

高祠一瞻仰，懦子志已悚。

后儒漫轩轻，世风日阘茸。

愿为夸蛾躯，生生戴邱垄。

仲连^②台

肉食共谋国，祸福关民生。

公义在草茅，志士攘臂争。

虎狼肆吞噬，俗子纷从衡。

假威窃卿相，粪壤夸朝荣。

民彝锢以晦，四维一时倾。

皭乎鲁仲连，浊世乃独清。

争义匪谋利，佩茎为民正。

高风屹何许，荒台俯聊城。

不见古战场，旷野邈以平。

我行向漓水，万里初遄征。

氛雾迷五岭，远道闻羶腥。

---

① 仲子，仲由（前542—前480），字子路。鲁国卞人。孔子的得意门生之一。
② 仲连，鲁仲连（前305—前245），战国末期齐国人，著名辩士。

顽民肆鼠窃，何烦请长缨。

愿得金仆姑，一矢休戎兵。

泗水亭

亭长^①作天子，骤闻辄惊怪。

却思山阳公^②，何如亭长快。

天授亦偶尔，后人论成败。

遂使侧微时，鄙事纷纪载。

巢许既荒唐，庄光亦骄泰。

圣人有广居，穷达理齐大。

舟中与孙太史琴西索和

水宿三千里，同舟不同归。

我如南乡雁，迢递傍君飞。

荒驿从清夜，秋山易落晖。

他时溯湘水，采茝忆芬菲。

附 琴西和作

万里金门客，三年尚未归。

却随江上雁，遥向楚云飞。

驿路有秋草，青山当落晖。

漓江回首处，春色欲芳菲。

---

① 亭长，汉朝开国皇帝刘邦，秦末任泗水亭长。

② 山阳公，汉献帝刘协被逼退位后，魏文帝曹丕封其为山阳公。

宿迁舟次奉酬许仙屏赠别之作

结发弄柔豪，雕虫忝儒服。

束剑轻去乡，高谈耆群牧。

登楼悲秋风，掉首归山麓。

意气郁未平，技击耕且读。

妄与大用期，待沽讵韫椟。

身世屡迍厄，抱痛在骨肉。

居撄王裒 [①] 哀，出作卞和 [②] 哭。

凤荄竹实稀，蝉鬓霜草秃。

计资登辟雍，非才糜廪禄。

李充 [③] 有甘口，和凝 [④] 少青目。

班笔愤投超，梁园远招穆。

东下析木津，南洄汶泗曲。

聊摄询仲连，琅邪访颜斶 [⑤]。

邂逅得良觌，齐滕共信宿。

---

① 王裒，字伟元，城阳营陵（今山东昌乐）人。西晋学者，因父为司马昭所杀，不臣西晋，三征七辟皆不就，隐居教授，善书。因王裒至孝，其去世后，为纪念王裒及其母，后人将其墓地以北的一座山丘命名为慈母山，将流经山下的河流称为孝水河，将其陵墓所在之地称为慈埠。

② 卞和，春秋时期楚国人，是和氏璧的发现者。《韩非子·和氏》记载，卞和于楚山得一璞玉，先后献于楚厉王、楚武王，却遭楚厉王、楚武王分别给予膑刑惩罚，后泣玉于荆山之下，始得楚文王识宝，琢成举世闻名的和氏璧。

③ 李充，东晋学者、书法家，书法家卫夫人之子，曾参加王羲之等人组织的兰亭聚会。

④ 和凝（898—955），字成绩，郓州须昌（今山东省东平县）人。五代十国时期宰相。喜爱文学，长于短歌艳曲，其词作被王国维辑为《红叶稿》。曾取古今史传所讼断狱、辨雪冤枉等事，撰《疑狱集》两卷，为中国现存最早的案例选编。

⑤ 颜斶，战国时期齐国人，隐居不仕，因提出"晚食以当肉，安步以当车，无罪以当贵"而著名于史。

矫矫荀家龙，朗朗丰年玉。

羡子当韶龄，青箱富瑶轴。

骥足万里遥，岂屑一辕促。

丈夫自树节，依人总蜷跼。

风云天路新，终贾竞腾逴。

无若夷门叟，徒感贤侯畜。

南河风雨夜

风欺雨阻感蹉跎，远道孤篷愁奈何。

万马有声鏖黑夜，六鳌无赖荡黄河。

关心耿耿余长剑，阅世茫茫此逝波。

却念劳军收百粤，可能一战虏蛮佗。

扬州重遇许仙屏，即席口占

三日差池正怆神，霜枫衰柳滞吟身。

那堪挥手瓜州去，又作江南赋别人。

渡扬子江有怀

岷峨作势下东垓，指点金焦雁阵开。

四渎会同朝海去，一帆风利截江来。

乍闻祖逖挥长楫，待看夷吾展相才。

一代中兴闲客老，孤怀都付惠泉杯。

琴西和前南河风雨夜韵

男儿五十未蹉跎，漫拥斑骓唤奈何。
壮志腰间悬白羽，奇怀天上落黄河。
飘飘征雁飞秋影，浩浩西风作素波。
却向中流思祖逖，岂容横海有顽佗。

江山船棹歌

船是无根木，侬是无蒂花。
闲云与流水，随处作生涯。

迎客钱江潮，送客兰溪步。
生小水中居，浮萍逐鸥鹭。

识得严子陵，何事读《汉书》。
年年钓台下，饱食子陵鱼。

既上侬家船，合共侬家醉。
何必同年生，权作同年妹。

侬竞马蹄金，郎竞魁星笔。
莫妒两来船，各有顺风日。

琵琶四条线，四季诉相思。
诉尽相思苦，不知心向谁。

望山草堂诗钞卷之七
南游草

信州^①道中

南疆出衢岭，迤逦越郊陌。

乍辞怀玉山，渐接彭蠡泽。

证心方澄泉，骇目忽奇石。

蛟虬眠蜿蜒，犀兕奋腾掷。

蹒跚鼋驾梁，窈窕螭抱魄。

孤拱信桓圭，合景日月璧。

左截令舟回，右捍与波格。

如观山海图，恍入仙灵宅。

---

① 信州，今江西省上饶市。

乾坤此钟孕，贤豪在载籍。

我疑方细缊，迟尔石纽辟。

元会未可期，聊以供行客。

信州四咏

佼佼张稽仲^①，怀才遇道君。

恩威绥侠盗，忠节殉胡氛。

血泪白沟水，荒坟灵鹫云。

束刍来逸客，何处荐清芬。

忠定^②匡时哲，南宗应首推。

牧民黄霸^③学，济变吕端^④才。

相业春三月，高风酒一杯。

沧桑旧亭子，未许赵旸^⑤陪。

---

① 张稽仲（1065—1127），名叔夜，字稽仲，开封人。历任中书舍人、给事中、礼部侍郎、龙图阁直学士。靖康之变中率军守卫汴梁城，失败后随宋钦宗被金国掳走，途中自缢而死。南宋朝廷追赠开府仪同三司，谥号忠文。

② 忠定，指李纲（1083—1140），字伯纪，福建邵武人。抗金名臣，民族英雄。宋孝宗淳熙十六年（1189），特赠陇西郡开国公，谥号忠定。

③ 黄霸（前130—前51），字次公，淮阳阳夏（今河南太康县）人。西汉时期名臣，官至丞相。

④ 吕端（935-1000），字易直，幽州安次县（今河北省廊坊市安次区）人。北宋初年宰相。为政识得大体，清简处事。

⑤ 赵旸，字义若，北宋进士，官至朝散大夫、直龙图阁。南宋初，流寓江西玉山。

万古闻知业，象山^①宗峄山。

凤鸣朱^②足足，麟步陆般般。

芎水何时歇，鹅湖不可攀。鹅湖山泉在山顶。

白头伤瓠落，涕泗度贤关。

叠山如信国，青史久同看。

苦节捐生易，高文却聘难。

一家全孝义，九庙共摧残。谓李夫人暨周氏女。

但剩江干石，坚心片片丹。广信石皆赤。

悲孤臣

十一月望后买舟钱江，惊闻家少穆宫保^③凶信。悲感三日夜不寐，欲言辄止。意犹谓或非实也。孙太史^④后至，益得其详。分舟后入信州，重阅渡扬子诗，慨然有作。因昔有孤臣旧咏，仍以名篇。

冬雷一声震耳裂，共工悍触天柱折。

江潮不愤夜哀咽，江行野老眼流血。

狸狌跳跃鬼母骄，使人吞声不敢说。

吞声饮泣心暗伤，公私辗转哀愈长。

纯臣考终完大节，谁知局外多周憛。

---

① 象山，陆九渊（1139—1193），字子静，号存斋，抚州金溪人。陆王心学的代表人物。讲学于象山书院，人称象山先生、陆象山。

② 朱，朱熹。

③ 少穆，林则徐（1785—1850），字少穆，福建侯官人，曾任湖广总督、陕甘总督和云贵总督。因主张严禁鸦片，有民族英雄之誉。

④ 孙太史，指孙衣言。其时孙中进士，入翰林。

忆昔先皇初御宇，中外大臣有申甫。

秋林未始无巨材，几经剪伐余丛楚。

黠夷觊觎胆渐张，獗猖敢把边臣侮。

海波荡溢摇沧洲，碣石一柱当中流。

南堤坚牢东堤溃，仓皇试鲧增尧忧。

万策佥同出和议，聚蚊惑听成包羞。

错子铸成不可改，诸将无功更谁罪。

却嫌此举为无名，一谪一诛聊自解。

孤忠挫折心逾坚，玉门暂出旋赐环。

岩疆重膺节钺寄，主知自昔非施恩。

近怜病躯许归息，将以老成遗子孙。

嗣皇践阼急召对，旋命仗旄先敌忾。

余生未尽敢辞劳，力疾据鞍益慷慨。

何期未至五丈原，出师表上星随坠。

嗟哉天步岂终艰，胡为坏我东南藩。

天心痛惜知何似，草茅有臣先感叹。

前日舟行渡扬子，窃喜南来瞻高山。

中兴将相空梦卜，此生一面缘亦悭。

嗟哉天步岂终艰，海波何日看安澜。

鄱阳湖

坤舆象腹仰而载，浊泻边垓精储内。

有脐深曲纳群派，终古一凹为巨汇。

上引黄庭注丹田，孕育胞胎脐作蒂。

可悟五湖虽齐称，洞庭次焉彭蠡最。

文山凤游列巨障，气势磅礴发光怪。

外控荆襄与瓯越，长江大河结襟带。
广川大泽民宜饶，乃轻乡土多权侩。
得无居中燧燧烦，四面受敌无险隘。
昔者胜国兴王初，独视陈氏为大憝。
鼓涛急战天地惊，至今湖底出断铩。
说者但传料敌谋，岂知先除腹心害。
譬诸藏府若受邪，痛连手足贯肩背。
我朝一统致太平，威服殊方广无外。
边陲远戍足衣粮，东南脂膏待挹溉。
庸臣奉文多讳疾，每视民顽若癣疥。
须念养痈倘蔓延，徒守四夷更何赖。
手足蹶戾腹愈虚，将使全体悉罢惫。
杞人多忧慎勿瞋，言之无罪闻足戒。

滕王阁上有怀孙太史琴西、许明经仙屏近别，依随园老人原韵书壁

不见高才王子安，江楼孤客倚阑干。
家园谢草都春色，驿路梅花自岁寒。
湖海浮名求友易，文章知己索人难。
便吟秋水长天句，谁似阎公青眼看。

章江舟中遣兴

吴楚行行逼岁除，江山幅幅换奇书。
破帆风色秋荷叶，小艇涛声上水鱼。
古感低回登览处，新诗咀嚼引杯余。

衡湘此去无多路，还拟纫芳制客裾。

过丰城戏书

破衣携剑过丰城，怕说当年牛斗精。
神物如龙防化去，西南烽火待人平。

临江府清江 ① 舟中度岁作歌

有舟如龙客如虎，仗剑远行不待侣，
朝辞吴头暮入楚。两岸爆竹春渡江，
度岁无家泊江渚。谓客无家客有家，
东越结庐大于蜗。不业耕桑不作贾，
妻孥百指同餐霞。妻孥不饱忧天下，
痴愚未有如客者。北走南行万里遥，
垂老无官不能舍。谓客痴，客不痴，
古人事业头白时，有家不思真男儿。
达者观，漆园叟，仁义蓬庐且不守，
逍遥汗漫家何有。不然便作张志和 ②，
天地室庐高峨峨。日月灯烛光陀陀，

---

① 临江府，在江西中部，现为新余市。清江，县名，隶属于临江府，现为江西省樟树市。
② 张志和（732—774），字子同，号玄真子，祖籍婺州金华，唐代诗人。十六岁明经及第，先后任翰林待诏、左金吾卫录事参军、南浦县尉等职。母亲和妻子相继故去，弃官弃家，浪迹江湖。

四海为家家更多。况闻张子西铭旨^①，

乾父坤母吾其体。民吾同胞物吾与，

疲癃茕独吾兄弟。寸长尺柄皆可为，

但私厥家岂能子？

此邦山水佳，度岁多欢怀。

有酒如淮，有肉为胾，饱餐痛饮谈且谐。

天吴吹箫，雨师鸣鼓，榜人得钱歌且舞。

榜人勿歌听我歌。我歌与汝歌殊科。

圣人御世太平多，年丰民和盗释戈。

与汝共居安乐寨，度岁不乐当奈何！

辛亥

破帆行

南人使船如使马，曲江逆浪逐风旋。

贫者春粮不及备，犹有布帆值万钱。

譬诸学力有诸己，壮行际遇静听天。

昨者唤舟帝子阁，贫人巧合如有缘。

岁杪寒风起东北，篾篷骨立从风穿。

江神送客岂无意，纤迟篙弱行蜗蠕。

三日停桡且度岁，市酒犒劳一军欢。

---

① 张子，指张载（1020—1077），字子厚，理学创始人之一，因在眉县横渠镇（今陕西眉县横渠镇）安家、讲学，世称横渠先生。西铭，张载曾将所作《乾称篇》的一部分《砭愚》和《订顽》分别悬挂于书房的东、西两牖，作为自己的座右铭。程颐见后，将《砭愚》改称《东铭》、《订顽》改称《西铭》。

邻舟旁睨各歆羡，新春结伴同溯沿。

新帆饱悬为我导，首尾鱼贯一缆牵。

风鸣浪吼两岸走，江天俊鹘舒秋翰。

私喜转叹还自笑，此舟此客非偶然。

平生落拓未吐气，时劳长者一引援。

挟策敝裘愧苏季，依人赋才输仲宣。

前日巨航渡彭蠡，逆风打头帆未悬。

恰似少年久蹇滞，老来顺遇才已殚。

纵有巨舟与牵引，正须努力防惊湍。

停船殷勤语舟子，解衣补帆良匪难。

贫人补帆老补学，前途风利原齐观。

苦雪行

稷雪打篷闹还止，片片梅花落江水。

风横舟轻力不任，循岸点篙绕沙觜。

竹篙冻滑冷于铁，十指黑僵皮肉死。

舍篙牵缆缩项行，一条冰重扶不起。

舟子无语客禁声，前途千里何敢停。

仆夫苦辛隐分痛，温言慰谕心怦怦。

噫吁嘻，前途有人冻执兵，羽书雪片飞邮程。

深宫麂念宵无寐，官阁围炉醉不醒。

痛不关己多忘情，况乃养重目未经。

我行劳贱敢自惜，夫夫草草皆苍生。

雪霁晓眺

江水森森连苍冥，波光日光荡圆灵。

四围镶以白玉白，千里更无青山青。

小隐五湖谢东越，大游六月下南溟。途中已六阅月。

何当一气吞云梦，且对西江吸绿醽。

过萍乡戏咏萍实书旅壁

雨泊风飘草一茎，有时结实万人惊。

寸心捧日中兴瑞，大众同匏普济情。

剥往复来留硕果，神童圣叟识平生。

吴灰楚烬都尘劫，惟此津梁不朽名。县有萍实桥。

湘江舟中拟古作九思

溯流湘兮逶迤，过若洲兮兰陂。

远眺望兮谁思，美人往兮来何迟。

雨濛濛兮生春草，乘青阳兮寻远道。

召巫阳兮讯湘灵，与古为徒兮慰枯槁。

巫阳不来歧路多，我询楚狂行且歌。

问歧路兮歌不顾，前途方修君且去，

何所无芳将有遇。

君勿问，青草湖，葑田漫漫芳已芜。

君勿问，黄陵庙，斑竹深深行不到。

兰臭通兮两情答，不见潇江与湘合。

两心疑兮骨肉歧，不然漓水何以离？

鼻亭鹧鸪啼唤兄，虞帝当年来南衡。

至今圣度恢莫测，

衡山当面君不识，路越衡山见南极。

望衡九面，衡岳未见；

清湘恋恋，束趺一线。

但觉面面高障天，紫雾炫晃交青烟。

缅想七十二峰八百里，祝融天柱居其巅。

九域三百六十八柱此特壮，南天支拄防颇偏。

七十二家封禅不能到，惟闻舜封禹导停龙軿。

我家东海滨，溯山此其祖。

一气奔注跨南东，未食山毛吸精乳。

食余气兮迷全形，一邱一壑徒峥嵘。

亦如大道祖舜禹，揩摸遗文诩通经。

巍乎衡兮星之精，轸翼坎离气交济。

万古火德开文明，不丞山灵者谁子，

南华离骚庶其似。

骎骎不我待兮万古，彼美如云兮遥不可睹。

灵明日辟兮无穷期，乃奇文之独擅兮人惟楚。

浩浩乎海宇，泛泛乎虚舟。

风云往来变幻兮日月出没，惟天之人兮心与天游。

时行物生天何言，终始消息无倪端，

大道之妙原自然。

固吾圣人所尝欲兮，而何独外乎漆园？

藐姑射山邈何许？望美人兮隔秋水！

万古思君兮曷其能已。

南国多才兮恒轶伦，我所思兮屈灵均。

思灵均兮仰衡岳，元气磅礴为忠贞。

羌嫌太素其无华兮，俾之屈折抑塞，

发为中古离前绝后之鸿文。

万人诵之歔欷陨涕兮转喜悦，

遂不及惜困懑喋血之才臣。

猗嗟才臣兮尔依何所，或芝之麓兮或兰之渚。

芝不死兮兰有心，万年不改湘水深。

湘水东流渺何极，

忠魂仙去招不得，望苍昊兮三太息。

麟之亚兮角端，凤之族兮鹥鸾。

南箕精光对北斗，生才无独必有耦。

国风好色先离忧，一朝香草一灵修。

乾坤大文日璀璨，能者得之为匹俦。

我思宋大夫，此才今日无。

我思景夫子，艳才更谁似？

荒唐俶诡洵善淫，楚些声哀亦天只。

江山助其气，兰荃供其材。

灵奇变态从心裁，前人往矣今方来。

涉江溯澧能无才，彼美人兮安在哉？

泛泛木兰舟，森森湘东水。

言接古长沙，长沙何处是？

沧桑几易兮帝子居，令人空忆贾大夫 ①。

生逢圣主不为用，乃与汨罗孤臣兮同史书。

当年吊屈偶然事，才人多情匪自弃。

才大难用今古悲，纵与遐龄究何异。

噫吁嘻，大夫且勿悲，三湘七泽流音徽。

大夫吊屈予思贾，他年思予更有谁？

楚奇男子莽英雄 ②，咄嗟取代惊祖龙。

钜鹿阵云天地合，咸阳劫火腥臊空。

玉斗碎兮亚父叹，骓不逝兮美人怨。

前王走死大夫沉，深仇已复更何恨。

天下姑让赤帝儿，成败是非有公论。

吁嗟乎，两雄岂争王孙心，聚讼莫辩疑至今。

爝火兴亡那足愤，楚歌不断湘水浔。

季心以勇布以诺 ③，三雄鼎峙楚山卓。

匹夫义侠古所钦，不负君王尤谔谔。

忍心乃独诛丁公 ④，两贤不扼言非忠。

傥遇朱家 ⑤ 庇猛士，奚事登台悲大风。

义可以生可以死，男儿不幸岂在此。

楚山兮岩岩，楚水兮潺潺。

---

① 贾大夫，西汉文学家贾谊。
② 此指项羽。
③ 季布是项羽的部将，以重然诺闻名；季心是季布的弟弟，以勇猛闻名。
④ 丁公，项羽的部将。楚汉战争中，刘邦曾被丁公追击，几难逃脱，对丁公说："两贤岂相厄哉！"丁公便放了刘邦。项羽战败后，丁公去找刘邦，却被刘邦给杀了。
⑤ 朱家，西汉初期人，藏匿并营救了季布。

览山川其如昔兮，庶遗风其未删。

安得侠士兮与汝搴裳而秉蕑，

日月逝兮不可留，古人往矣不可求。

耿耿予怀兮曷其已，踽踽独行兮多烦忧。

何美人之弃予兮憺将老？方尧舜其在上兮伤远游。

溯蘅汀兮蹉跎，采芙蓉兮无多，

裁衣裳兮未成，舟不进兮奈何？

望五岭兮隔瘴雾，桂水波兮何时可渡？

焉得醉草兮集为襦？长夜漫漫兮息无寤。

乱曰：

羲和驰兮吾其弩而，行迷阳兮吾其护而，委蛇委蛇返吾故而。

坝河水利

江源通山溪，硗涸无多地。

高田接水涯，坐享坝河利。

滩头密桠杙，横薪沙石砌。

截水左右行，水高及崖濞。

驾木安辘铲，轮轻大无滞。

薄板龙侧肋，短筒雁斜翅。

筒沉虹饮泉，筒升鱼喷沫。

短笕横乍承，长笕直已溉。

终年役水力，工简赀不费。

秋冬污池盈，春夏禾苗遂。

公私足粮储，丁男免劳勚。

因念导水功，禹迹朔南暨。

胡为燕赵区，膏腴半废弃。

民贫计短拙，惜无楚人綦。

颛愚图始难，此功待长吏。

矫哉抱瓮叟，守拙戒机事。

岂知善用机，小巧成大智。

忘机说太古，民寡物力易。

后世生齿繁，黄老讵足治。

且如古兵法，原不尚奇计。

械器日踵增，惨毒正难避。

时地与人情，权宜匪一例。

正襟语今人，毋徒执古义。

侠女行

明季献贼[1]薄长沙，兵吏皆逃，惟一女执戈登陴。城陷贼入，女挥刀奋击。贼曰："汝一女子，何能为？"女叱曰："吾知无济，将以愧天下之为男子者。"遂战死。

圣清未来九野哭，剧贼杀人如刈菖。

碧血横流下江渎，雷霆惊避乾坤覆。

将吏战栗守兵逃，往往空陴待屠戮。

中原岂少侠烈士，纷纷自戕泪犹沲。

七尺丈夫束手死，未若熊湘一女子。

献贼当年来长沙，官吏兵弁多于麻。

支撑二载终溃散，侠女闻之愤叹嗟。

执戈登城戟手骂，此中有人勿藐视。

---

[1] 献贼，指明末农民领袖张献忠。

犹有不逃蔡推官^①，蔡忠烈道宪。早办断头从李芾。

挥刀接战贼诧惊，一女子耳胡以兵。

螳臂当车非人情，徒死谁复稽尔名。

岂知义侠一腔血，洒入湘水今犹热。

我对清湘理须发，蝟髯何如女豪杰。

一声楚歌一呜咽，楚歌未开目皆裂，

拔剑击舷南入粤。

连日雨停舟醴陵拨闷

村歌市鼓报年新，闷雨声中有乐人。

水长坝河行未得，停船且买醴陵春。

雪行断句

云影白漫漫，沧江落百蛮。

春寒咽湘瑟，大雪入衡山。

衡湘行路难

唐人七言四句乐府有清调平调，今乐府犹存其谱。下至荆扬吴越，里曲皆此体，但音随地变，辞少雅驯耳。辛亥初春，舟入湘江，适逢灯节，夜闻两岸里歌，每转分两拍，间以铙吹，众人合唱，作蛮女声，袅袅哀楚，犹有刘梦得《竹枝》遗意。舟迟闷坐无俚，爰仿里歌作九转行路难。

---

① 蔡道宪（1615~1643），字元白，号江门，福建晋江人，崇祯十年（1638）进士。初授大理推官，后补长沙推官，张献忠破长沙被执，拒降被杀，卒谥忠烈。

劝君作客莫行船，买得风波费却钱。

上水艰难下水险，日间闷坐夜无眠。

一条江水入荆湘，路比黄河一样长。

借得好风无好日，孔明何计助周郎。

江入珠亭西北弯，北风飒飒打头寒。

倒行两步进一步，万篙挂客上衡山。

长沙城东荒草抽，昭王当日悔南游[①]。

闷杀船中人不识，传闻都道是胶舟。

矍铄老翁马伏波，五溪船里发皤皤。

艰难博得腰间印，薏苡讹言将奈何。

诗人本住浣花洲[②]，谁使耒阳作浪游。

万首好诗饥莫疗，疑团留得土馒头。

永州司马好名声[③]，错向潇湘江上行。

赢得愚溪山一曲，荒祠冷落柳先生。

鼻亭轶事说唐虞，鼻亭公魂化鹧鸪。

---

① 昭王，周昭王（？—前977），姬姓，名瑕。周朝第四任君主。周昭王十九年，率兵南征，
回师途中，死于汉水。
② 诗人，指杜甫。曾经在成都的浣花溪居住，晚年曾流落至耒阳。
③ 永州司马，柳宗元（773—819），字子厚，唐代文学家，永贞革新失败后，被贬为永
州司马。

为报哥哥行不得，哀声长向九疑呼。

船到全州都是滩，天梯步步上南蛮。
不是西江老客子，怎识江湖行路难。

衡阳晚泊

舟入衡阳乍倚桡，眼前南岳失岧峣。
卧龙祠下春流合，回雁峰前去路遥。
隔岭嘤鸣劳怅望，满湖鄜酥慰清寥。
那堪半岁篷窗住，听水听风日易消。

过永州

五两南飞催客过，清潇分绿减江波。
愚溪山近帆频转，庞岭春深气较和。
楚些风流湘水尽，唐贤文字永州多。
孱才欲拟中兴颂，深惜颜元迹未摩^①。

新晴

旅梦回清晨，新晴协气候。
溪烟散余寒，两岸春光透。
修缆拂崇麓，转舵出层岫。

---

① 颜元，永州湘江边的山崖上，刻有元结撰、颜真卿书的《大唐中兴颂》摩崖题刻。

歧港合山泉，短桥束悬溜。

临流四五村，新市酒牌斗。

荒原嫩草苗，疏林老绿秀。

节序犹春元，物情早淑茂。

未觉艳阳盛，先改江山瘦。

倚舫快瞻瞩，恍坐吾庐旧。

阳春万里同，冲怀释拘囿。

寰宇本蓬庐，晚游总良觏。

傥从拾穗翁，岂识乾坤富。

客行

客行向漓水，日久忘为吾。

寝兴山水曲，益与世情疏。

萦纤拂汀渚，随意搴蘅藟。

古人不我接，惆怅荒城隅。

二月朔，路越永州，细雨急流，风景殊别。回念先师复斋曾夫子①官永州日，与吾乡董霞樵前辈、武陵杨海樵②同门相依幕下，尝游潇湘。溪山犹在，都作古人，慨然有作

天低帆重霰和云，舟入零陵路乍分。

---

① 复斋曾夫子，曾镛（1748—1822），字在东，一字鲸堂，晚号复斋，泰顺罗阳三洋人，乾隆四十二年（1777）拔贡。曾任孝丰、云和、汤溪等县教谕。嘉庆十九年（1814）出任湖南东安知县。著有《复斋文集》《复斋诗集》，收入《清代诗文集汇编》。

② 杨海樵，名大章，湖南常德人，嘉庆己卯（1819）科举人。能诗善画。曾镛在东安任知县时的学生。

急水清寒阳史节^①，高崖奇峭柳侯文^②。

千秋师友溪山在，二月潇湘草木薰。

此日怀人剩孤客，凄风愁雨对江濆。

宿桃子湾记梦

桃子湾头夜泊船，掀天白浪客安眠。

莫言蔗境皆春梦，方寸灵台有蔗田。

漫与

巨灵负大石，累为楚南山。

循涯布棱角，窍穴吞狂澜。

随心作变态，海藏鸿宝攒。

刻意慰劳客，俾作奇文观。

富媪语巨灵，那得石如许？

石无生物功，于世究何补。

还我山足土，略衍高畲平。

留以畜民命，无使过客惊。

有客闻斯言，对山哑然笑。

袖中出奇石，九九玲珑窍。

掷还陇畔农，鉏击原火燎。

碎为沃野泥，播谷从所好。

聊试育物能，庶免坤灵诮。

---

① 阳史，阳城（753—805），字亢宗，陕州夏县人。唐德宗时任道州刺史，有惠政。

② 柳侯，柳宗元。

花朝夜泊刘步纪梦

我有一匹素，张之长蔽空。
奋气喷热血，满幅开芙蓉。
秋山缀紫藓，幽坞藏赤松。
阶前垂朱果，参以雁来红。
陂陀千百树，叶叶经霜枫。
恍如武陵源，一色朝阳烘。
把玩未忍释，忽闻隔林钟。
起看楚南树，露华春意浓。

全州道中

一山万石立，万山立石同。
偶然石缺处，间以千稚松。
睨之但一气，焉辨松与石。
镇日一帆风，引舟穿峭碧。
何事访秦源，早入仙人宅。

书所著书首

老骥枥下鸣，驰驱逊驽骀。
犹与伯乐期，骎行讵敢怠。
大瓠久废弃，零落余屑在。
拾藏未忍捐，小用姑留待。
匪时长策沉，良觏乌言采。
勿谓尘雾微，将持益山海。

221

魏幼冰光祖邀游栖霞洞①，同曾香海、汤菊田

十日居石林，翛然谢尘鞅。

乍息搜奇兴，坐结烟霞想。

猿鹤忽招邀，客子已偕往。

新雨饷佳晴，千岩经洗碤。

春江界清凉，招提渐造上。

入门秘灵迹，但觉花木爽。

鬼斧劐然劈，山腹启覆盎。

侧睨愁压颅，探之益幽敞。

凹者象吞万，洞者光通两。

垂者乳灌顶，立者露承掌。

摩崖字模糊，是谁竞标榜。

今古同销沉，紫霞自澹荡。

童竖戏爆竹，万窍一声响。

空谷来惊霆，深穴逃魍魉。

度穴境复开，群峰绕轩桄。

众绿欣向荣，同怀恣清赏。

荔酒情既酣，僧茶胸亦荡。

颇愧需人时，放闲有吾党。

---

① 栖霞洞，在广西桂林七星岩。

雨坐偶成

千嶂争勃郁，春夏气萧森。

风霾互激荡，烂蒸成霆霖。

瑟缩坐寒幕，预酿为陆沉。

岂无芳兰径，阻涝不可寻。

百年几昏旦，息偃若为心。

水仙操 ①

旧注伯牙为仙舞而作也，愚为海上移情之曲，仍旧题。

天风泱泱，海山苍苍。

俯仰四望，失吾故乡。

但见洪波汩没，浴日乎扶桑。

杳暝惨澹，沉瀯而无光。

上有青冥之天，云霓塞其宇；

下有无垠巨浸，鱼龙纷其藏。

神山兮何所，美人不来兮渡无梁。

骨肉匪亲兮此身亦何有？

吾将与化人兮嬉游乎大荒！

---

① 水仙操，古琴曲名。汉蔡邕《琴操·水仙操》："《水仙操》者，伯牙所作也。"

223

怀陵操 ①

伯牙为子期而作也。

遇君兮水涯，别君兮山隈。

昔之吾兮今复来，君不见兮来何为？

冬之日兮震鸣雷，天地未合兮人心先灰！

水湛湛兮，山嶔嶔兮，天地之大，孰相寻兮。

匪曰无人，贵知音兮，九原之土，埋吾琴兮。

贞女引 ②

鲁漆室女所作也。

织室孤处，停机止杼。

忧从中来，谁可与语。

时之昌兮，国治家宜。

阴阳顺正，内外以齐。

生逢斯辰，乐匪我私。

运之晦兮，乾坤背兮，

皎皎之质，焉避秽兮。

生逢斯辰，岌乎殆兮。

广厦之倾，不存一榱。

枯木之燎，不遗一枝。

无曰季女，而有遐思。

---

① 怀陵操，古琴曲名。

② 贞女引，古琴曲名。

人匪草木，胡能无知。

慨焉永叹，念我邦基。

九日幼冰邀同人重游栖霞，和蘦田太史作

天皇初擘混沌裂，水土搋撞石未结。

女娲止水居中原，东南摈为龙窟穴。

乖龙争穴无定居，地维破碎泽水枯。

十万千年化为石，奇峰骨立环郊郛。

旧穴玲珑错出不可测，游人骇怵欲入还踟蹰。

我昔游栖霞，浅尝足心赏。

深穴窥无烛，暂以付魍魉。

重来九日刚秋晴，煌煌列炷山鬼惊。

洞口白日送员景，东入北转南回萦。

初入一门势压顶，耸身鹤步息欬謦。

四五石笋辟左迎，肃若仙吏向客请。

二门跨阒仰益高，三门层阁疑通宵。

壮柱撑天下到地，或悬半空根坚牢。

洞房幽閟长幔挂，曲榭虚敞檐牙交。

迤逦百步忽仄岭，危舟下峡军度崤。

乍喜坦夷益展拓，断路参错视所遭。

金沙闪烁光出井，石栏护水潭通潮。

片玉倒垂磬不琢，扪之清越音应韶。

爆竹一声万窍动，须弥相见雪山涌。

仙人罢网朝太清，禅真杂沓旌幢捧。

安期肘倚洪崖肩 ①，双成侧避巨灵踵 ②。

蟠螭昂首方献珠，凤凰伸颈先吐汞。

神狮怒齿駝驼降，无名怪兽伏黧竦。

行行千步路忽穷，万相敛景余虚空。

火光荧荧微有风，仙源已闭何处通。

右窥左索始得窍，方丈有径趋瀛蓬。

低头蹑足了无碍，启明一点白露东。

且喜且行出世界，仰视大笑天宇红。

息火靖坐费冥想，分明岩字镌曾公。

此间岂别有天地，太息穿凿劳化工。

化工不劳天不喜，人间万事亦如此。

吾儒读书探名理，搜奇凿空茫无是。

神凝心注不肯休，豁焉出此已达彼。

推之忠孝为圣贤，顺途险遇各有缘。

果能参透行得透，艰难曲达归自然。

毋谓世途方迍邅，至诚生勇乃格天。

不见七星岩半栖霞前，石壁有路山可穿。

时广西军务艰难，诸将坐困，故云。

附 香海作

七星斡旋司天枢，何年坠此炎荒隅。

化为万祀不烂石，巉岩邃窐蟠坤舆。

桂林诸山矜角立，独成一队戈矛钑。

---

① 安期，亦称安期生。人称千岁翁，安丘先生，琅琊阜乡人。道教视安期生为重视个人修炼的神仙，被奉为上清八真之一。洪崖，传说中的仙人名，黄帝臣子伶伦的仙号。

② 双成，神话中西王母侍女名。巨灵，神话传说中劈开华山的河神。

破晓渡江凌绝顶，俯瞰人烟莽原隰。

岩前秋色老乔柯，苍苍枫柏颜微酡。

失势炎官有余焰，清风肃爽蠲烦苛。

碧虚洞府足神仙，磨岩大字留真诠。

同人嗜奇腰足健，深入九地高九天。

夸我异境别凡俗，意构形似随所触。

自嗟百事坐不勇，得陇已足敢望蜀。

或谈以口画以手，鸾骞象立尺蠖纽。

石勒听人读汉书，目虽未睹胸中有。

却行下山入兰若，山僧煨芋松炉赭。

伊蒲供馔解留客，懒残亦是尘劳者。

天涯佳节又重阳，驻颜且醉茱萸觞。

归来薄暝露未霜，老圃月照黄花黄。

附 蘖田作

养疴三月守斋阁，如蚕在茧鸟在笼。

香橙金菊报佳节，薄言往游城之东。

环郡皆山看不足，灵迹尤让栖霞独。

旧游若梦岁再周，日月跳丸去何速。

古刹下马趋禅堂，芙蓉白花松桂苍。

石磴夤缘下复上，陟彼砠矣登高冈。

南州气燠霜尚早，秋深未觉物候老。

却有数树参青红，化工已绘秋光好。

同游五六良嗜奇，幽讨惭我足力微。

独搜遗刻向岩麓，姓氏虽存知者稀。

有亭翼然出林杪，凌虚顿使远眸了。

山阿飒飒来轻风，高崖落叶如飞鸟。

遥峰插笏青参差，下瞰城郭炊烟迟。

俯仰忽复生怅触，四郊多垒今何时。

儒官无事且闲眺，空谈奚补世所诮。

聊结茱萸辟不祥，归乘西山衔夕照。

附 小谷作

郑秋曹，名存纻，字献甫，今以字行，象州人。

白衣送酒无王宏，黄花对卧愁泉明。

不能作诗且作赋，登高试唱东门行。

故人有意坐先置，嘉客无心行且至。

星岩侧畔月山前，酒杯照见栖霞寺。

兴来笑乘陶令篮，醉后直到曾公岩。

仙炉红处佛灯绿，使星一个中间参。

兴公最长掷地赋，杜陵兼好惊人句。

林和靖与曾南丰[①]，宾主萧然似韦布。

蔬笋之物分僧房，酒浆之具罗东堂。

相逢不意莫相避，笑煞乞炙刘丹阳。

先生知我宴不与，同人促我醉姑去。

酡颜醺态出门前，手抚两行乌桕树。

桂山诸洞靡不妙，梓里闲居羌未到。

酒兴犹有诗兴无，山中虚听寒蝉噪。

輶轩太史忽唱诗，芙蓉高客争和之。

同游谓我不同作，檄文将代山灵移。

青鞋布袜记曾着，风景云容知大略。

---

① 曾南丰（1019—1083），曾巩，字子固，建昌军南丰（今江西省南丰县）人，世称"南丰先生"。

秋光去尽春光来，后车请附青油幕。

风摇帘影雪照帷，即事得句忘抽思。

聊书郑老庭中叶，愿示孙郎帐下儿。

悲怀

处士朝贤一例倾，天心芒昧竟难明。

九疑怨鸟悲才子，<small>平南彭孝廉昱垚。</small>

南岳冬雷失老成。<small>新化邓湘皋先生显鹤。</small>

顾我庸庸无可死，转教恋恋欲长生。

却愁芳草凋零尽，湖海怆凉独自行。

和孙学使赴柳庆思三府校士途中感作

白发事远游，飘然释所累。

岂谓盛明时，乃来荆棘地。

养闲托莲幕，执殳匪其位。

捷音听每讹，妄参庶人议。

西偏共行役，寇去暂无事。

清风迎使车，星軿启文瑞。

未惜行路难，且喜士气遂。

世事方多艰，弱肉饱猛鸷。

芟薙扶嘉禾，民情得所系。

学校期兴仁，原不赖文字。

少壮遇明主，君才必有济。

勿守词赋能，少损千秋志。

229

附 蕖田原作

军兴逾一载，寇氛尚满地。

时事何多艰，素餐良可愧。

幸此数州清，简书赴王事。

征裘冲朔风，寒舟下疾濑。

敢云行路难，忝窃朝廷寄。

瘠沃询土风，静躁验民气。

所嗟烽燧余，焉能讲文字。

勉持忠义心，庶厉胶庠志。

由庆远放舟至柳城作

匿影倦栖迟，得舟情亦振。

况与烽燧违，归从江波顺。

启窗对山色，草短容转俊。

却将石作趺，夹岸与舟近。

左角右还掎，密陈鱼丽阵。

又如海藏倾，珠贝杂瑶瑾。

枯者瘦以透，腴者文而润。

虹腰长可桥，虎牙利排刃。

何处雷送声，滩师语戒慎。

乱石初无路，举篙伺其衅。

忽焉曲穿蚁，闪然阪下骏。

客噤寂无哗，成败争一瞬。

劳生历险艰，顽性磨不磷。

睹兹水石奇，翻使老怀奋。

吾道平无陂，阅世久益信。

题曾香海《适其适园图》

中岁守丘园，辛苦倦为儒。

志远意未适，谋道途已迂。

舍旆向京洛，南北从舟车。

岱衡阻前路，我志微所摅。

达哉曾夫子，身世无牵拘。

桑苎足子职，硕画参昌图。

心源得天游，所适与化俱。

此境意每构，垓埏穷堪舆。

安能选林泉，定为畸人居。

觏兹莫逆友，我怀增恬愉。

驾言趋岳麓，古穴搜奇书。

愿为庚桑楚①，与君分一区。

题孙太史琴西《海客②授经图》

圣清一统当昌期，六代天子君兼师。

十三经训昭典彝，翻译转播无所私。

车书大同回羯氏，远被三藏鄂罗斯。

中山瀛海古岛夷，向风逖听慕且思。

君臣询谋书奏驰，愿遣子习胶庠规。

先帝曰俞汝其来，辟雍选俊师汝儿。

---

① 庚桑楚，春秋时期哲学家、教育家。《庄子·杂篇》中记载，老聃弟子庚桑楚，独得
　老聃真传。

② 海客，指孙衣言执教的琉球国学生。

发蒙革陋能者谁，臣言稽首承帝咨。

适馆授餐衣颁缯，四载讲肄勤下帷。

经生南面居皋比，海客侍坐吟喔咿。

诏以礼乐天朝仪，容恭喙顺靡不宜。

经明理达兼能诗，斋头谈海咄怪奇。

编辑巨轴施剙剞，雅律声协中华吹。

携归绝域式险诐，海天万国驯蛟螭。

即今儒臣升丹墀，金门待诏敷鸿辞。

册封典礼无专司，故事择贤海之湄。

傥奉恩纶下东陲，人尊神护如宗尼。

画图未尽君丰姿，留待天使海航时。

端木叔总购得《刘文成授经图》，乞诗[①]

昔行青田山，言访文成宅。

白云迷荒墟，古感意未释。

今览授经图，依稀见精魄。

英气动眉髯，高风岸儒帻。

吾道值季世，出处均艰厄。

拨乱无良图，安能守书策。

偶尔逢兴王，藉手息兵革。

还我儒素业，遂绵旐常泽。

始终周孔心，小道匪奇获。

混元五百年，郁勃舒灵脉。

---

① 端木叔总（1824—1861），名百禄，字叔总，端木国瑚之子。曾迁居南田刘基故里。
刘文成，刘基。

近者端木子^①，心香继儒硕。

绝学该天人，文章达朝籍。

我联两世交，问道拜前席。

木坏哲已萎，空山鹃泪碧。

有子传遗经^②，亦能读周易，

邂逅得此图，袭藏护拱璧。

自言先人志，匪为名世惜。

勖哉守经训，家风此精白。

题咏吾岂能，聊以备药石。

元年除夕作呈孙二提学^③

六十年华客里消，怕听更鼓送寒宵。

山中酒熟蜗庐静，日下春浓雁路遥。

姓字何曾通禁闼，冠裳先自改渔樵。

主人怜我狂愚意，预许千秋代解嘲。

壬子

遏必隆刀^④

遏必隆刀锋刃青，巴图鲁畏血痕腥。

---

① 端木子，指端木国瑚。
② 此处指端木百禄。
③ 孙二，即孙镪鸣。
④ 遏必隆（？—1673），钮祜禄氏，满洲镶黄旗人。顺治十八年（1661），与索尼、鳌拜、
　　苏克萨哈三人并受顺治帝遗诏为辅政大臣。

庙堂宪令邱山重，将相威权指臂灵。

万里舟车走金粟，三年弧矢守狼星。

隐忧耿耿不成寐，零雨濛濛未肯停。

围城中赠伯醇，时咸丰二年三月十四日

风雨撼严城，郊衢走豺貘。

同忧十万人，中有平原客。

愤懑无所为，相视空嚘唶。

嗟哉主化遥，养痈自平昔。

岩疆驰军政，法吏废绳尺。

遂教虺化蛇，十郡遍毒螫。

王仁赫斯怒，六师奋矛戟。

上相亲驰驱，千官共劳役。

三载稽天诛，走险转腾掷。

岂无骁果将，亦畏简书迫。

战以不教民，广募杂蹻蹠。

如驱羊斗虎，如使蚑捕蝎。

如狮搏无爪，如鹰击无翮。

指臂木且僵，制胜困筹画。

即今寇益深，安危一城隔。

孤注五千雄，恃一还虑百。

君昔三上书，已如水投石。

我有鲁连志，别无绕朝策。

所信太史公，素心矢精白。

庶藉斯文灵，度此过宋厄。

君家有老亲，言将返安宅。

惜别在须臾，何以慰同席。

努力崇晚节，韬景适其适。

大材匪终弃，留待清时辟。

否泰各有时，无忘风雨夕。

壬子六十生日，在桂林围城中。贼去阅月，魏君幼冰以东坡诗集及格言吉语四面印章持赠补祝，即次东坡生日谢刘景文寿物诗韵为报

平生尚意气，天游溯寥廓。

恶氛能困予，虤虤如痛鹤。

已忘生日至，岂知死籍落。

二十九日夜贼首实先遁。

惊定魂始归，严城未启籥。

犹共役夫劳，守若舟藏壑。

时余奉檄助守西清门城。

故人忽馈余，殊宠弗敢却。

籀史颁龙章，词臣下凤阁。

嘉言戒语并，解我旅怀恶。

日诵忘饥疲，夜寝释惊愕。

六十化未能，庶悟非在昨。

我居东海东，与君天涯各。

结兹患难朋，从此德邻托。

今日长生酒，为君增一爵。

他日长相思，佳人隔衡霍。

右江道中

客随使车出，荆榛梗道途。
杀人不动心，初疑非故吾。
滩舟仗健妇，精进作壮夫。
前途警报急，画鼠成於菟。

江城藐弹丸，县官走避贼。
惊闻使者来，归谒无人色。
讹言日数惊，仓皇四门塞。
所藉仁人言，宣示安反侧。

诘朝使节行，妇孺马前拜。
十语九未达，百口同一慨。
长官不备寇，弃民更何爱。
行者奈尔何，对之发深喟。

乱山包野田，曲陌惊蛇骤。
毒草异木畔，良苗自敷秀。
牛羊各墟落，依山接檐霤。
盍作庾人藩，庶以拒猛兽。

闽团艺蔗林，荒原成利薮。
年年榨糖熟，广马乘其后。
俗谓广东贼为广马，土贼为土马。贼即每年来制糖者。
守宰怯不捕，客民忍藏垢。
拜问罗池神，胡弗扫九丑。

宾州迤逦至，驻马开行辕。
多士角文艺，父老呼烦冤。
太史奋直笔，憾无鈇钺权。
为语二千石，无负斯人言。

高松夹危道，曾阅今古民。
早凉静如夜，夺险上昆仑。
陈迹邈在宋，追溯情每新。
南征数易帅，令我思其人。

污莱接阡陌，潦水舆没泥。
王人艰跋涉，陈道不肯治。
万事同废堕，坐听民自为。
民情野且黠，能无铤鹿麋。

六月早禾收，晚禾旋复插。
南方气候长，民未病贫乏。
既富乃为士，亦有诗书业。
礼教如能兴，孰云必严法。

顷闻楚南寇，势欲窥衡州。
匪惟隶不力，肉食无远谋。
所望衡湘民，仗义歌同仇。
岳麓多杰士，岂贻越人忧。

南邕舟中

山水越南至，邕江雨正晴。

浪将村口漫，船入竹林行。

碍纤桄榔秃，压篷龙眼生。

客心于役急，那信鹧鸪鸣。

一路木棉树，空林花已无。

看山渐平远，逢驿半荒芜。

秋近凉生竹，次日立秋。帆干风满蒲。

但行无寇处，未觉是难途。

读曾伯醇太平 ① 舟中即事旧作即用韵

晚随星使下词曹，健笔惊人遇楚豪。

桂味荔浆先我饱，山舆江楫逐君劳。

娵隅句里声逾壮，急劫枰中着更高。

昭谏功名休悔晚 ②，故乡苍赤待恩膏。

即事和伯醇旧作

荒城三面一江缠，江涨初平客泊船。

西粤疮痍劳圣虑，南交民物见尧年。

① 太平，明清时期广西省下属有太平府，治所在今广西崇左市江州区太平镇。

② 昭谏，指罗隐（833—910），字昭谏，杭州新城（今浙江省杭州市富阳区新登镇）人，唐代文学家。

太平吴宣三先生德征 ^① 前月尽平土寇。

雨鸣蛤蚧消余热，风拂桃榔散曙烟。

闻道贤侯新蒭寇，爵督徐仲绅先生新平艇匪。

苍梧归棹拟安眠。

附伯醇原作

穷黎椎髻各为曹，徒跣嚣呼颇自豪。

带犊佩牛人习斗，刀耕火种女偏劳。

山无土壤炊烟少，泽有萑苻毒雾高。

酌古变通需善术，姑容未必是恩膏。

附 蓂田太平试院即事和冲翁即赠吴宣三太守

千里岩疆接大荒，雄关远控气苍茫。

秋生野岫浮岚碧，江下南交浊涨黄。

早露侵墙鸣蛤蚧，凉风拂砌舞桃榔。

威明太守能除贼，敢谓鹰鹯逊凤凰。

南邕行幕中七月二十五夜有闻

炎蒸久郁下方隤，裂缺光中一震雷。

万里秋风鹰始击，三江青草瘴初开。

天心蒙昧终分晓，王路榛芜赖翦裁。

十郡良家休恸哭，南川徐稚济时才。

---

① 吴宣三，名德征，字宣三，贵州遵义人，举人。清道光十五年（1835）至十八年任阳
朔知县，后升知府。

苏枋木杖为曾伯醇赋

九真产木名苏枋，赤帝火德输精芒。

天地初分降灵种，子孙遍野腾炎光。

根穿九地石骨裂，石脂土膏凝化血。

乾坤太素初无情，得木精华光发泄。

不信木是赤帝儿，但看血性男子都如斯。

满腔热血心所喷，赤子初志老不移。

资江曾子参也鲁，不事王侯能事父。

购得苏枋当杖材，快心持作孩童舞。

赤帝若曰童勿嬉，尔父健骨清且奇。

昨游南岳不杖行如飞，尔持此归将若为。

跪言小人家有母，垂老劬劳怜病妇。

乞灵仙杖步坚牢，百年拄此看儿曹。

染遍孙曾心尽赤，此功非杖谁能邀。

红颜白发两照耀，自此椿堂萱草长覆焘。

我闻斯言羡曰吁，尔有母遗絜我无！

九月十日游句漏山 [①] 和薰田作

水行倦需迟，山行莽决骤。

秋辞秦郁林，揭来晋句漏。

长城叠巘崿，一闼启旁岫。

---

① 句漏山，也作勾漏山，位于广西壮族自治区北流市东北勾漏村，石峰矗立，有岩洞勾曲穿漏，故名勾漏山。晋代葛洪曾求为勾漏令，修炼于此。为道教洞天福地之第二十二洞天。

抱如常山蛇，虚中辟云窖。

洞天二十二，造化肯堂构。

曲思劳鬼工，壮丽出神秀。

洞口支以柱，窈然达中窦。

樽栌纷下垂，太初石髓溜。

烛入未及半，清泉阻幽窦。

古鼎忽以立，百斛扛两兽。

龟雀隐对护，虎龙左右守。

中藏日月精，子午坎离媾。

丹砂久未熟，大药迟火候。

似恐素娥窃，千岩重遮覆。

祝融腹内炎，余土赤光透。

杂木助阴凉，亭榭巧为副。

荒唐附诸象，恍惚接灵鹫。

闼室飞蝙蝠，虚廊走鼪鼬。

坐憩谢尘虑，静味惜清昼。

我思抱朴子，入世足自寿。

佼佼王路贤，偶为广成诱。

乾坤破限量，岂受疆域囿。

罗浮跨仙蝶，此间或宿留。

炉鼎故无恙，落日虚檐霤。

鸡犬阒不闻，玉田失耕耨。

瞬息二千载，美人莫予觏。

却见孙思邈，乃为皇华瘦。

静境乍幽探，白云满怀袖。

下山发壮歌，脱焉蓝田久痣是日忽愈。疾弃旧。

三友共岁寒，周豫农、曾香海与予三。高调孰能复？蓝田诗最佳，香海次之。

附 蕖田作

舟行需于沙，日进不盈咫。

仙山忽在觏，未至踵已跂。

沿回泛庳篷，逦迤出中沚。

陟麓足始骋，望景神先喜。

云广启幽扃，石林吐清髓。

灵腹谽然张，阴窭窈而美。

丹池规半环，药鼎足对跱。

物理妙自然，观者乃形似。

穹牖驰烈风，潜潭閟古木。

路幽力岂殚，薄险行且止。

灵砂不可遇，宦辙良未已。

聊慰归思剧，骤觉病骨起。

症不来，故云。

附 香海作

郁林昔南征，三涉句漏麓。

牵率迫人事，辕下驹局促。

外观得其粗，山灵鄙我俗。

有如见异书，涉猎未研读。

今晨天宇清，日杲霜气肃。

舟行复濡滞，得非仙缘续。

陟岸探深邃，群峰环立鹄。

岩屋启堂皇，洞窭缭而曲。

幽潭不测底，恐有毒龙伏。

积阴石乳凝，为鼎为棋局。

仙人安可期，强立名与目。

丹砂亦幻语，几人登宝箓。

典午逝颓波，神州海沉陆。

炎荒片土净，寓言邈高躅。

同时桃花源，山重水回复。

迢迢秦时人，异境不得独。

乃知适其适，仙乎皆眷属。

我家武陵东，归当访空谷。

西清行 ①

桂林城头来怪风，妖氛障天夜火红。

长官无策闭门坐，烈火不扑将及我。

丈夫岂甘束手死，怒脱儒冠投袂起。

蛮刀劣马换戎装，孱材聊备无名指。

西清战垒对两山，山下间道通西关。

河浅城低扼险隘，僻处重地肩者难。

东南炮声动震地，深防击实乘虚计。

昼夜巡警不敢休，义士罢劳温语慰。

贼黠不敢窥西清，高车夜薄东南城。

巨炮迎之立破碎，孤注一击功已成。

狼奔仓皇入湘水，百官交庆怯成喜。

屠州破县等闲事，愁杀复来祸未已。

且愁且喜且论功，颁赏权宜到雍齿。

儒生长揖辞西清，从此城门不敢启。

---

① 西清，西清门，桂林城西门。

奉和孙学使自容入藤舟中作原韵

轻舟浅水趁秋晴，野屋松篁入望明。

邕郁迟回三月路，苍梧绵邈一江横。

呼鹰处处劳孙宝，荐鹗年年误正平。

东海无尘且归去，南天多瘴几时清。

附 薤田作

千里溪流碧玉清，倚山茅屋夕阳晴。

渔梁水落霜初紧，野烧风高夜愈明。

北窜妖氛无信息，南来伏莽尚纵横。

瓜期自幸成归计，却为苍生念未平。

波山艇行 ①

波山艇，大如鳝，来向梧州江上游。

梧州官人不捕贼，贼艇渐增三百只。

截江税货商客稀，填得簰楼费几夕。

久闻梧州关，税银堆积高如山。

但排洋炮向城指，不愁官人不破悭。

官人见贼缩如鼠，官书夜驰告大府。

大府没主张，大幕坐相商。

外郡小贼那能管，应时老谋莫如缓。

暂撤防堵营，文武莫须惊。

---

① 波山艇，船名。清道光、咸丰年间在广西西江上活动的反清势力驾驶的船只，船身坚大，舱面平敞，两旁多桨，驾驶轻便，"操舟者大多强悍敢死之徒"。

文官集勇，武将点兵。

五日聚粮，十日启行。

逢乡搜罗逢县止，一日吉行三十里。

梧州解围岂在是，梧民富，梧商多，

望救不来奈若何，奈若何？

贼开角，且解橐，奸人作中官画诺。

库银几万两，番银几万圆。

红绸二十匹，绿绸二十端。

加以百只烧肥豚，虎欲乍满贼心欢。

大张告谕慰民安，尔民赖有仁明官。

贼退民安万事足，权辞入奏官罪薄，

艇子依旧江头泊。谁敢摧？天心震怒秋鸣雷。

么么扑灭艇化灰，天公留待制军来。

制军来，梧民幸。

波山艇，恶梦醒。

附 薆田作

波山艇子炮如雷，三三五五东方来。

犯关而入谁能禁，劫火十里城不开。

城头一矢不曾折，金钱十万犒师出。

盗贼歌舞官吏贺，牛酒百瓮锦百匹。

觥觥方伯来视师，忽报桂林羽书驰。

狐狸当道安得问，一纵遂成貙与罴。

水程西上七百里，大郡名城无不靡。

方叔元老有壮猷，亲为边氓洗疮痏。

波山艇连樯，巨舸高峨峨。

蜂屯蚁聚终么么。

君不见，半江毒雾含沙蜮，一夕东风赴火蛾。

舟中偶成

邪许千篙搅晓眠，开门微雨泚溪烟。

漓江水落平无路，阳朔山来瘦可怜。

乡信迟于南乡雁，世途艰似上滩船。

好音警报多讹误，诗里阳秋子细编。

始兴道中风雪 ①

使君告归省 ②，迂道岭南行。

岂曰避锋镝，艰役恤下情。

买舟下滩水，不惹鸥鹭惊。

千里拂南海，转舵过山城。

边隅异气候，顷刻寒暑更。

朔风酿冰雪，纤重舟屡停。

掩篷曲躬坐，守冻一灯青。

自怜信天翁，戢翼随雁征。

稻粱仰余粒，瑟缩如拘囹。

时恐仆隶怒，敢与舟人争。

却念世间事，顺逆无定程。

况邻楚氛恶，计日分陉平。

---

① 始兴，广东省韶关市始兴县。

② 使君，指孙锵鸣，时任广西学政，学政也称提学使。

速行未必利，迟或安无倾。

我爱冬杪雪，能教春水生。

同孙大子康过大庾岭怀舅氏董眉伯先生

舍舟向山行，篼舆触寒霰。

才解朔雪严，旋与东风战。

村市路回纡，展山得平衍。

上下数十里，遂忘梯级渐。

岭头忽俯瞩，未愁目先眩。

右折方循崖，左旋复临堑。

三曲势未夷，六盘始平善。

因思创始艰，刓山出云栈。

通道二千年，遗泽齐禹奠。

阴窖积层雪，老梅开已遍。

冲雨常下帘，白光窥一线。

俗尘涴征衣，羞与梅花见。

入夜雨愈急，猖披入山县。

回忆卅年前，舅氏此秉篆。

偶询老役夫，为述吏才赡。

翦恶安善良，乡民到今念。

谁知良吏家，沧桑久更变。

遗业存玉杯，文字世所贱。

矧余匪宦游，感此意益倦。

舟中排闷与蒪田太史

我生如赘疣，痈肿附人走。
口腹累友朋，此事古所丑。
感君殷勤意，万里足同趣。
常纳邹阳言，恭设穆生酒。
既邀国士遇，何嫌众人偶。
舟行忽改岁，粲粲闻井臼。
回念罗山云，道远空翘首。
妻孥衣褐艰，卒岁亦何有。
勉作谈谐欢，强忍负俗垢。
平生尚意气，困厄到耆耇。
南山田未芜，浪游舍陇亩。
何日荷蓑笠，车前揖分手。

望山草堂诗钞卷之八
晚香吟草

寄题刘文成故里

王气金陵代已更，几家遗业子孙耕。

是真名士山中住，为访高人天上行。

黄石荒唐书不见，寝邱僻陋世无争。

江南此际尘氛恶，偌大乾坤孰与撑。

甲寅赴省验看，十二月十八日在温郡闻乐清之变①，登舟口号

席帆风细客船轻，潮上西江自在行。

---

① 乐清之变，指咸丰四年十二月十八日乐清瞿振汉领导的红巾军起事，红巾军攻占乐清县城，旋失败，瞿被杀。

我为孔颜陈俎豆，莫将军旅问先生。

晓坐忆章仪部

倬标，时方南旋。

严城残柝尽，孤馆起徐徐。

春冷欲忘物，鸟欢时起予。

看云从变幻，删虑到清虚。

何日芳兰讯，迎风上客裾。

远相思行

薄宦使人远离，远离不如早归。

早归何如从我，人未来兮相思。

登兰皋兮远眺望，何时扁舟发永康？

桃花岭上六月雪，夏湖步头八月霜。

下湖到海三百里，下有孤屿水中沚 ①，

富览亭上几延伫 ②，谢客岩前几徙倚 ③。

大罗之山高且修，飞云江潮日夜浮，

七十二滩百丈舟。一地相思一段愁，

相思千里人白头。

---

① 孤屿，温州瓯江中的江心屿。

② 富览亭，在温州城西郭公山上，登亭可尽览江山之胜。

③ 谢客岩，在温州城东南积谷山南麓，因谢灵运得名。

得曾子绅篆刻即赠

璧揩

曾子吾乡秀，高怀与古群。
胸中秦汉籍，腕底鼎彝文。
助我姓名美，难酬翰墨勋。
可能千载后，金石共流芬。

反团扇辞

团扇复团扇，佳人素为绚。
白首无弃捐，日日长相见。

兰溪柳氏章贞女题辞

王道本人情，不强使人勉。
所以奇杰行，未尝著令典。
儿女有至性，礼义不能限。
刻意争灵修，天地为之泫。
嗟哉章贞女，此行古所鲜。
激烈在一时，持久光益阐。
今逾三十年，濑流石不转。
折柳枝可续，教育期尚远。
既以贞女闻，将以贤母显。
他年木凤颁，儒喙息雄辩。

和家用光赞府兰溪见示韵

自昔郭庄别，风云想望频。

好携句曲雨，去洗皖江尘。

人竞趋般巧，君应守墨真。

伫看成盛业，家乘勒恩纶。

衙斋无事，购菊花陈座隅，殊色二十六种，皆佳丽可观，娱我孤寂，欣然有作

其一

秋风叩郊坰，百卉悲靡常。

萧然谢尘累，孤馆增清凉。

方与道侣期，老圃登我堂。

卸肩有矜色，菊花盈两筐。

自言年谷熟，转令花畦荒。

高门争币聘，论价等白珩。

新泥上瓦钵，护惜根无伤。

锦屏四壁立，坐我花中央。

殷勤谢老圃，鹤俸宜尔偿。

自兹扩胸臆，一闷堪徜徉。

其二

寝兴鸟初唱，朝阳入虚牖。

揽衣徐起行，花光烂迎首。

倚杖笑相视，冷艳肯吾偶。

德同美异量，化工从所受。

世人漫相识，赠名别好丑。

我疑絪缊时，钟秀无薄厚。

夐哉古先哲，千载几尚友。

群英萃一庭，不同亦八九。

静契言已忘，此心各领取。

生机满清抱，秋意亦何有。

其三

抚景多远怀，忽兴故园念。

莳菊称专家，百种斗幽艳。

旧业久弃捐，人事几更变。

又忆村居日，嘤鸣集秀彦。

分花各争胜，吟咏征题遍。

诸贤半黄土，吾亦舍尘砚。

薄宦息倦游，白首来异县。

人愧彭泽陶，花自东篱选。

我爱晚节香，讵以秋容炫。

何时赋归来，南山重相见。

其四

潊水清且涟，风日长舒徐。

世缘未全屏，逸兴犹昔吾。

芳草入我室，馨香接巾裾。

栽培岂余功，爱护恒相于。

餐英制颓龄，挹韵光肌肤。

真意时一遇，恍惚还太初。

太仪斡大运，百昌同此模。

温肃自代嬗，春意常有余。

努力葆元有，不与时荣枯。

无若风人怨，乃羡草木愚。

赋为端木叔总迁居南田

金台倦客返芝田，始信深山有葛天。

巢许桑麻红树外，神仙鸡犬白云边。

长江蜃气从纷若，石室猿声自悄然。

珍重纯钩莫轻试，郁离当日此高眠[①]。

门生馈赤溪蟹，酒后戏成

食贫非俭况能奢，苏老清规学画叉。

得趣酒中逢巨蟹，调良醢里配姜芽。

圣朝察吏无通判，冷署持螯有菊花。

却愧鳝堂杨伯起，也应为尔记微瑕。

题芙蓉生诗草

名郭开达，号秋江

天地自荆棘，诗人无限愁。

可能障东海，强使向西流。

---

① 郁离，《郁离子》，刘基著，此指刘基。

吾道岂孤往，前程有大游。

行将凿痈肿，为尔造虚舟。

咏鼠

四野空虚滞穗清，主人仓庾久无盈。

灵猫老去慈悲甚，任汝憨跳作喜声。

自题《双卫图》

孽海茫茫洗不清，那堪磨镜太分明。

而今不管人间事，且逐仙班嬉玉京。

贫况

衙斋八口聚妻孥，贫况商量百件无。

勉力输公支薄奉，多情留客竭官厨。

何来余粒喂饥鼠，愧乏闲钱养病奴。

只有桃花春酿足，消愁一勺不须沽。

春兴

爆竹声稀事事新，桃花时节怅迷津。

江潮暖送乘风客，小鸟言如得意人。

懒为残棋分黑白，早从春日忆鲈莼。

集枯莫怨杨枝弱，谁向东皇诉苦辛。

偶成

策杖西园步晚凉，竹阴树影夹昏黄。

举头密叶听疏雨，抛落桐花满径香。

题刘文成遗像
摹端木叔总家藏《授经图》为《景行图》。

季世儒珍不易售，良禽择木炯双眸。

金陵云起归田日，彭蠡龙飞得水秋。

诸葛未完伊尹志，张良合共赤松游。

画图神采今谁似，翘首荒山生暮愁。

有感

十二人中最老成，无端荐剡动公卿。

渔阳掺鼓非时调，何处堪容祢正平[1]。

漫与

剧县需才多事日，冷衙薄醉嫩寒时。

恶声到耳故无恙，嘉客南来如尔期。

翰臣通副视学江西将过兰溪。

---

[1] 祢正平（173—198），名衡，东汉末年名士。恃才傲物，与曹操不和，曹操把他遣送给刘表，祢衡对刘表也很轻慢，刘表又把他送给江夏太守黄祖，被黄祖所杀，时年二十六岁。

意气渐随年力灭，姓名偶被圣君知。

可能赏与闲庭院，坐赋东风鼠化诗。

知己平生愧未酬，浮誉讹误转添愁。

钓名濲水非西渭①，宦隐兰阴岂沃洲②。

无事枕戈趋白下，有人击楫渡中流。

何当说与文皇帝，此日冯唐已白头。

旧物青毡弃则那，头皮断送肯由他。

儿言此乐不思蜀，妻唱公莫无渡河。

坠泪非悲羊叔子，解愁莫听穆提婆③。

今年怕问长安信，雁语南来带苦多。

盐车莫使蹇驴牵，业海难教精卫填。

剪马已输贺六浑④，让人今学摩兜坚⑤。

先臣宠锡应涂脑，加衔得二代封典。壮子驰驱好卸肩。

不是陶公甘乞食，南村早办菊花田。

---

① 濲水，兰溪。

② 沃洲，沃洲山，在浙江新昌。刘长卿有诗句"莫买沃洲山，时人已知处"。

③ 穆提婆，北齐后主高纬宠臣，与高阿那肱、韩凤合称北齐"三贵"。在北齐时，仗着陆令萱的关系，母子俩权倾朝野。穆提婆对北齐最大的影响就是陷害鲜卑勋贵的代表丞相斛律光，斛律光的死加速了北齐的灭亡。

④ 贺六浑，南北朝时期东魏权臣，北齐的实际创建者高欢（496—547）的鲜卑名。

⑤ 摩兜坚，亦作磨兜鞬，诫人慎言的意思。

谒赵忠简^①祠

谁教泥马向南来，赤手颓澜挽不回。

半壁河山姑草创，中兴根本赖深培。

力扶孱主能伸义，目眦神奸为爱才。

公与乌伤两忠简^②，英雄瞻仰到今哀。

黄质夫太守之官山西，出《听琴图》属题，即以送行

太守豪情汉八厨，艾年汾晋绾新符。

中条山色迎华毂，太古琴声出画图。

楚苑宫音惟列女，少君家学本名儒^③。

夫人金华学博杨君幹村女，善琴，工书，即图中挥弦者。

好将闺友休和曲，谱作弦歌遍郡郛。

---

① 赵忠简，指赵鼎（1085—1147），字元镇，号得全居士，南宋解州闻喜（今山西闻喜）人。绍兴年间几度为相。后因反对和议，为秦桧所构陷，罢相，谪居兴化军，再移置吉阳军。知秦桧必欲杀己，不食而卒，年六十三。宋孝宗时，追赠太傅、丰国公，赐谥忠简。

② 乌伤忠简，宗泽（1060—1128），字汝霖，乌伤（今浙江省义乌市）人，是北宋、南宋之交在抗金斗争中涌现出来的杰出政治家、军事家。宋高宗即位，任东京留守。死后追赠观文殿学士，谥号忠简。

③ 少君，董仲舒《李少君家录》云：少君有不死之方，而家贫无以市其药物，故出于汉，以假涂求其财，道成而去。

登告天台 [1]

清献 [2] 祠堂最上头，登临衢婺望中收。

晴空皛皛四围碧，白水汤汤万古流。

循吏于今惟胜迹，何人到此不低留。

却怜旁午多官舫，忙似东南估客舟。

复题告天台

耿耿丹衷剖向谁，告天台上告天知。

存心德小惟从厚，接物才疏底受亏。

过不能无闻必改，孽何敢作误难追。

近来颇有权宜事，都为苍生匪为私。

愚憨迂拘本性成，知人太暗自知明。

热心不死故多事，侠气难除每近名。

偃仰危时余半直，委蛇贫仕未全清。

天恩过厚心常歉，善报从长恶报轻。

忍泪吞声诉碧穹，好生大德古今同。

如何覆地翻天日，没个匡时命世雄。

九野蒙尘风可扫，七朝离照日方中。

---

① 告天台，在兰溪城区最高处天福山，又名望衢亭，明代隆庆年间赵氏后裔为纪念其远
　　祖赵抃所建。

② 清献，指赵抃（1008—1084），字阅道，号知非子，衢州西安（柯城区）人。景祐元
　　年（1034）进士，官至参知政事。为政简易，长厚清修。日所为事，夜必衣冠露香以
　　告于天。死后追赠少师，谥号清献。

但祈速了红羊劫，重睹苍冥瑞气融。

掌教兰溪，幸与祭宋明诸先儒家祠，感赋

性道果何物，三才心一点。
万古任世变，元气此轮转。
唐虞夏商周，治法递流衍。
帝王即儒宗，君师名未辨。
中古生孔子，始以处士显。
自兹有儒称，名教敌轩冕。

儒尊士始贵，学歧议亦横。
斯文在邹鲁，暴秦不能坑。
六经绵道脉，汉治因清明。
清言学始坏，浮藻品益轻。
诱以进士科，举世趋利名。
苟微宋儒力，谁与末俗争。

宋祖解崇儒，士始尚贞操。
虽以伪经败，终食真儒报。
正人极摧折，士气犹兀傲。
人疑国微弱，儒术似无效。
岂知厄否运，吾道转焜耀。
天留不死心，存为斯民导。

宋儒非一宗，毋溯濂洛派。
平息洛蜀争，屏除朱陆界。

性理固菽粟，事功岂荑稗。

婺学非一家，陈吕适其会。

范何王金张，下逮元明代。

吾匪附权门，吾爱圣道大。

嗟吾生也晚，俗学迷前津。

慕古业不专，空及儒者门。

谓先师曾复斋、黄绮霞两夫子。

辟雍拜俎豆，乡学职斯文。

幸登先儒堂，岁事修明禋。

勖哉勿自弃，惟学无老贫。

儒官非真儒，名者实之宾。

怀南昌许明经

少年诗伯许仙屏，出水芙蓉万目青。

短棹回时鲸浪帖，长戈挥处日车停。

扬州折柳余芳思，梅驿驰书挹古馨。

彭蠡风涛如此恶，五年何处避妖腥。

有蜚篇

有蜚有蜚湖之涯，循芦绿草多于沙。

织股短翅初交加，跳踉跔踔口已哆，

田夫蹴踏惊叹嗟。旧租未完甑无米，

新苗菱菱更何恃，椎心呼天痛入髓。

明朝入城卖新丝，夜呼扁长邀乡耆，
联名哭诉官人知。官人闻之攒双眉，
好言慰谕且勿悲。螽不为灾缓尚可，
内外筹防急如火，目前艰危愁杀我。

去年夏旱冬无雪，毒螽不多粮已竭。
军中量沙待征发，百孔千创剔无血。
吴民重困将及越，越客归来询计然。
计然拥喙羌无言，书空咄咄愁向天。

咏石兰

瓯西山高数千尺，层峦剥肤多露石。
风日不到清且幽，脱尽尘浊蕴灵液。
亭毒郁勃宜有生，搜奇选精费周画。
乃从空璧茁琼芽，力为芳兰标异格。
圆茎平节艾皮润，劲体实中竹叶泽。
干旁缀苞连贯珠，开示素心斗清白。
含香静细不可闻，高踞悬崖孰能摘。
绝人而居安期生，遗世独立藐姑射。
渴饮沆瀣气为粮，玉髓敷土云作宅。
多事神农强相识，修绠汲引到空碧。
篮舆拥卫聘出山，教治人间热中热。
部署良材似宝贵，谢别青山类遣谪。
功在苍生未敢知，舍身赴汤先可惜。
日昨路逢解事儿，玉价沽诸快奇获。
千里结伴来衙斋，欢迎尊为座上客。

翠叶憔悴旋展舒，玉苞蓓蕾渐甲坼。
落梅五月白也花，蓍草一丛孔陵策。
清神相对月中魂，画笔难摹灯下魄。
山童云此名铜兰，若是铁兰黝如戟。
吴侬贵客取配茶，能使清风生两腋。
木上寄生者貌似，品质迥殊价悬隔。
金钗一值铁兰二，铁兰一抵木斛百。
我疑今世内热异，金银气烁烟毒螫。
七情薰灼脏腑烂，虽有良方不应脉。
和缓无权国手难，徒牧嘉卉更何益。
盍删医经补花谱，楚辞且广群芳额。
花闻我言若有知，神采清扬光奕奕。
行将携汝返旧山，诛茅结邻对阡陌。
人世冷热耳不闻，相视无言两莫逆。

夏日偶成

闭户谢炎热，轩窗足徜徉。
日随书味永，话与酒杯长。
树色收残照，蜩声送晚凉。
莫嫌荒署隘，星月透清光。

附 用霖恭和二首

冷署无炎夏，桐阴卓午余。
侍亲欢得句，对客快评书。
酒味少逾永，琴心静自虚。
更怜蝉共语，凉月露光初。

月上初当户，停杯话故园。

清风五六月，画意两三村。

积翠青围屋，良苗绿到门。

最清桥下水，归去共寻源。

叠前韵

感尔承欢咏，教予宦意凉。

白头佳日短，清味故山长。

蛮触从纷扰，渔樵自徜徉。

中兴期未得，何事学严光。

偶然

绿树阴中雨后天，冷衙长日恣高眠。

梦回好句得无意，想到良朋来有缘。

小病瘥时琴在手，胜棋收却酒登筵。

人生几许称情事，本自天然亦偶然。

故乡

故乡过客话殷勤，乡信传来不忍闻。

巨室凋零秋后叶，世情奇幻夏时云。

那堪泷吏惊鸡犬，差幸良民畏令君。

可是浇风当劫运，天教苛虎代妖氛。

示用霖

造化广孳育，人为万物灵。

群分以类聚，喙息而跂行。

仁义相与响，自然性中诚。

圣智多造作，乃有五伦名。

恩怨从此始，仇杀从此生。

酿成万古劫，坎窞谁能平。

不见墙角蜂，繁衍长生成。

不见阶下蚁，聚处长安宁。

无恩自无怨，不让还不争。

我羡山中猴，千百群蚩仜。

饮啄同饥饱，生死同关情。

无伦乃大伦，厥理谁能明。

我问漆园叟，相视笑以瞠。

使我嗒然丧，仰瞩天宇清。

梅花十咏

种梅

廿年辞西湖，种梅南山麓。

是处有孤山，千古无君复。

伴梅

举国病吾狂，避人更谁与。

幸托清寒族，许结卧云侣。

吟梅

巡檐若有得，蘸笔言已忘。

忽从无字处，冉冉出寒香。

画梅

畸人合造化，酿成天地春。

胸中风雪月，腕底影形神。

探梅

薄醉忽以兴，策杖寻所悦。

茅屋阒无人，疏林几枝雪。

折梅

雪霁起松涛，寒梢打冰片。

携之入案头，快读高士传。

寄梅

花下人长别，花开一怆神。

年年劳驿使，寄尔故园春。

忆梅

衙斋几树梅，冷宦结新契。

却从欣赏时，挑起故乡思。

讯梅

家在南山住，春先庾岭回。

今年春更早，可有早梅开。

梦梅

昨夜玉京游，千树万树雪。
不知纸帐寒，浸透兰江月。

咏闷

未醉浑如醉，非愁酷似愁。
不疑难索解，无病几时瘳。
客散讲堂寂，民稀县市收。
那堪连日雨，闭户坐搔头。

咏惊

才说妖氛近，旋惊骁骑过。
六时风鹤换，五夜警厖讹。
福将纷旄节，儒官失斧柯。
何时膏血尽，饱飏起铙歌。

咏愤

帅兽食人肉，其详不忍言。
剥床千室污，沉井一家冤。
冷灶雄狐爨，虚塵饿虎蹲。
强梁那敢问，张榜吓惊魂。

咏憾

拥喙莫论事，昌言众所讥。
优柔成祸本，颠倒助危机。
将且无功罪，民焉有是非。
嗷嗷千队雁，流徙欲畴依。

得用霖途中书志喜

昨日曹坑雁，飞来释我愁。
早从东渡口，横出海溪头。
壮士米难乞，王孙饭莫酬。
前途如此恶，愿尔勿重游。

购墨竹长轴甚佳，戏题

拔地撑天力，清风直节臣，
愿身为策箠，一扫九州尘。

拟枞鼓曲四章 ①

灵夔吼

将军伐鼓晓大众，灵夔歔气一声哄。
铁勒同罗抑罄控，史那契苾我纵送。
扫尽边尘天宇空，灵夔吼，阴山动。

雕鹗争

凉飚洗天地，雕鹗排青空。
盘挐忽下击，狐兔争枯丛。
黄沙浅草遮不得，肉雨纷飞带毛血，
将军一鼓擒回纥。

石坠崖

天山一万仞插天耸，
积雪五千年层冰重，
割然一声雷，山崩大地动。
怪石飞，惊尘涌，
铁骑奔腾下垂陇。

---

① "灵夔吼，雕鹗争，石坠崖，壮士怒"，出自道书《云笈七签》卷一百。《云笈七签》
是北宋张君房择要辑录《大宋天宫宝藏》内容的一部大型道教类书，于天圣三年至七
年（1025—1029）间辑成进献宋仁宗。

壮士怒

五岭蛮奴何为者，敢入中原扰天下。
尔谓东南多懦夫，尚有西北千队马。
马上壮士各控弦，人人孟贲与古冶。
壮士怒，发指冠。
目眦血溅铁衣斑，将军持重令如山。
只待旗麾鼓声动，壮气早已吞群蛮。

遣怀

半世艰难憾事多，年来并作鬓毛皤。
素餐空握筹边箸，秃管聊挥驻日戈。
且学佛降三昧火，除非仙脱五伦魔。
茅亭未了归休计，夜梦还惊孽海波。

祭赵忠简公祠中途风雨偶成

丞相祠堂路折回，麦苗新秀菜花开。
斜飞雨似人长脚，也挟狂风自北来。

又复楞山和韵

十里泥涂未易来，重游相约菊花开。
风云不阻看花兴，定买秋光满担回。

读唐书偶成

宸宸台衡字字珠，居然中古圣王谟。
如何不用宣公议，始信聪明是大愚。

罪己纶音降九重，三军涕泣尽怀忠。
君王莫道豺狼恶，全借真诚一点通。

兵食艰难重度支，公私盈缩任推移。
连衡四镇滔天胆，未若延龄一味欺。

寄语伶官成辅端，哀声莫唱贱田园。
先朝得宝歌应习，好换司农聚鹬冠。

最羡诗人白乐天，和平音奏中兴年。
若教簪笔贞元日，应有牢骚写怨篇。

有感书唐衢传首 [①]

人海茫茫万顷波，蛟鼋怪诡奈愁何。
丈夫不作唐生哭，回首青山啸也歌。

[①] 唐衢，唐中叶诗人，屡应进士试，不第。所作诗意多伤感。见人诗文有所悲叹者，读
后必哭。时人称唐衢善哭。

留别告天台示贤裔赵虹桥别驾

宦况三年付苦吟，脱缰今喜遂初心。

一肩行李舟如叶，却逊先生鹤与琴。

望山草堂诗钞卷之九
归田录

自题《归田录》卷首

野性樊笼养不驯，何如归去作诗人。

数千卷积书中粟，几亩田安世外身。

老妪都知长庆集，村农最爱义熙①民。

太平他日闻驴背，好颂中兴报紫宸。

---

① 义熙（405—418），东晋安帝司马德宗的年号，其间内乱频发，国势日衰。吴伟业诗句有：
"百首淋浪长庆体，一生惭愧义熙民。"

由山阴^①入天台过雁山作

楚氛塞苍岭，归程勉回缭。

人怀少微星，舟入山阴道。

菰蒲出翠烟，山容称清晓。

渐与烽燧远，益觉幽居好。

老马初脱羁，已忘劳心悄。

舍舟青山下，山舆叩岩扉。

俯行入村市，仰行通翠微。

朝阳望赤城^②，志挟丹霞飞。

仙乡渺何处，淳俗兹已非。

入山成畏途，勿笑刘阮归^③。

水程分东海，山程尽南戒。

目数雁山峰，人在雁山外。

迤逦下乐成^④，巉岩承一派。

此行憾非时，民气惜凋瘵。

遂令赏奇心，辗转付长喟。

---

① 山阴，山阴县，绍兴府下属附郭县，辖区大致相当于今绍兴柯桥区及部分杭州萧山区之地。

② 赤城，赤城山，位于天台西北。李白《梦游天姥吟留别》诗："天姥连天向天横，势拔五岳掩赤城。"

③ 刘阮，南朝宋刘义庆小说《幽明录》中人物刘晨、阮肇合称，东汉剡县人，永平年间同入天台山采药，遇二女子，留居半年辞归。及还乡，子孙已历七世。

④ 乐成，乐清县原名乐成，改名乐清后，县城称乐成。

江船晓发

残柝东溟晓，乘潮客放舟。

霞光辞雁宕，海色入温州。

得告成归计，非时悔壮游。

妖氛在邻郡①，未忍唱休休。

悲徐生

名登瀛，景宁县学生。

书生无将略，勉力当凶锋。

部民无死责，翻成报国忠。

只因抱侠骨，愤激为鬼雄。

昔贼在江右，四载痛溃痈。

旌钺付福将，福都统引贼入浙。退让来浙东。

栝苍古名郡，十县七已空。

凶威逼下邑，官避恶吏通。

贼狡更善诱，愚民遂从风。

徐生奋袖起，强挟乡人从。

不为画疆守，乃为越境攻。

主兵反作客，失势难和同。

轻进陷前阵，后溃误乃公。

自兹誓死守，众志城以崇。

群愚始革面，佥曰徐生功。

----

① 邻郡，指丽水。咸丰八年（1858）春夏间，太平军占领丽水。

275

万家议社庙，义声闻深宫。

仁恩或优恤，讵能邀褒封。

倍戮纵足偿，斯人难再逢。

老夫懦亦奋，慎始谋厥忠。

归期隔信宿，欲挽力已穷。

哭君君不闻，此憾长撑胸。

余五月十五日归舟抵步，闻生将攻云和贼。次日抵池村，
即寄书劝其固守毋躁。生已于是日出队矣。

遣用霖筹筑景宁界隘口防堵

下邑我王土，与汝乡搢绅，

先人此避乱，今与乱者邻。

所幸天设险，峻岭蚊亦瞋。地名蚊虫垒。

稍筑即长城，断之瓯栝分。

一呼炮石并，妇孺力万钧。

只以静制动，胜势殊主宾。

祖祠近山麓，汝勿惮苦辛。

今日保家子，他日守土臣。

再命用霖进扼寿宁库坑岭

时贼由松溪入政和。

栝寇南入闽，舍前忽在后。

如干方格左，挥戈复御右。

县当闽浙交，犬牙错纷纠。

溪山百道通，坦夷不可守。

惟有库坑岭，孤亭扼山口。

此地虽隶闽，斯民何薄厚。

汝具七尺躯，任劳颇自负。

兵机类长蛇，毋徒顾厥首。

不见古名将，万全计不苟。

积此一篑功，为山仞可九。

老骥力已疲，所望在驹牯。

何如八公山，儿辈惊贼走。

坊前舟晓

水落江寒滩碍舟，曲行避石缆牵头。

溪烟蒙日光逊月，岩树怯风低俯流。

世事默观天旋蚁，客身闲逐浪浮鸥。

倚舷偶读宣公疏[1]，犹为唐宗惜老谋。

---

[1] 宣公，陆贽（754—805），字敬舆，嘉兴人。中唐贤相。死后谥号为宣，后世称陆宣公。

　　道光辛卯秋，寓杭城童乘寺①，见壁间书断句云："酒人至竟输红叶，一日斜阳醉一回。"心爱不已，遍访不知其人。后丁酉、丁未、庚戌、己卯凡四至，日久益无知者，并诗亦漫灭矣。顾余寂处深山，闻见不广，或是前人旧句，亦未可知。戊午秋，处州舟中见夕阳红树，偶触前句，续成一章，以示博览者，庶佳句终有归云

　　　若个沽春秋树隈，酡颜秋色对衔杯。

　　　酒人至竟输红叶，一日斜阳醉一回。

　　　湖海斯人劳问讯，宋元好手费疑猜。

　　　弃儿失主终堪惜，暂借老夫乳哺来。

　　咸丰癸丑，兰溪士人东郊修禊，有癸丑联吟集。余至兰，诸生奉行团练，余奉檄为约长。戊午五月十五日，城乡诸团与贼战于大顺岭，贼弃寿昌遁去，兰溪得无恙。是岁重阳节，乃复续前会，赋诗成帙。仲冬，余以事复至兰，诸生呈请题辞，故作此诗

　　　兰阴佳胜接山阴，古感今怀一样深。

　　　付与群贤惬游赏，年年诗酒一相寻。

　　　长江东渡浩沧波，一卷兰亭感慨多。

　　　争似乡民保王土，太平佳节旧山河。

---

① 童乘寺，在杭州市区清河坊皮市巷，今已不存。因其地与贡院较近，常有赴考生员寄宿寺内。

四年冷宦此羁栖，东郭花时杖每携。

愧我奚囊少佳句，不曾扫石一留题。

余既解组，霖儿卜得北乡艮山预营生圹，因自题曰归止室，赋诗三章

兰阴回首白云低，四载松楸望眼迷。

家有墓庐不归去，年年愁杀子规啼。

读易从知艮止宜，买山恰遇止归时。

西南亲垄儿东北，先公墓在南山坤山。

万古悲吟岵屺诗。

宦情可止须知止，骨肉未归终有归。

但恐归时欠一字，问心请自辨几微。

己未元旦春帖

垂老归田万念消，桑麻十亩足逍遥。

漫天雪里倾春酿，好把从前块垒消。

闲居联句

前山积雪明残照迂叟，远树归雅入暮烟用霖。

呼酒楼头仁新月，迂叟闲居风景太平年用霖。

观稼

昔营垄畔庐，渐辟垄畔田。

山麓辟田古曰磳田，泰顺为多。

生息过百指[1]，岁取无十千[2]。

瘠土赖勤粪，课功及春前。

募佃得旧佣，冬耕任壮健。

山田不宜麦，终岁蓄水。冬耕下粪肥土，至春再耕。

今岁春雨足，骤暖地力全。

稚禾日夜长，催人播宜先。

撧箬出门去，盘纤度陌阡。

良风动新绿，旭日收曙烟。

畴平见巨浸，何处鸣流泉。

老农竞目巧，排比夸修弦。

诸孙学驾犊，送秧走轻便。

插禾须排比，正直如弦，大田为难，农师以此见长。送秧行新阡，足重则陷，故用童子。

童蒙喜有事，农忙舍孔编。

观之意忘倦，觉我微疴痊。

始信田家乐，不俟占丰年。

深山此平世，愚贱完尔天。

归来餍酒肉，一室欢陶然。

---

① 百指，十人。一人双手十个手指。

② 千，一千文钱，一千枚铜钱用绳线穿成一串，简称千，也可称贯。

观获

八月天气和，清风满林甸。

山村早禾熟，远瞻黄未遍。

土宜十五种，获之随后先。

腰镰负盂去，盂高箪为缘。

扑穗出蘽鞯，捷法古今变。

古法先筑场圃，获稻崇积之，待粟自落，然后入仓。今为捷。

委积一肩承，崇墉数囊敛。

荷担丈人奋，拾穗稚子抃。

食新共蠲吉，田祖各先荐。

欢声杂鸡匹，招邀及亲串。

家家饱饫同，更无富邻羡。

大有未敢书，小稔已先见。

曩闻初秋时，丰年说邻县。

赖彼新谷升，使我旧谷贱。

山邑今亦丰，千里共天眷。

不忧饥民嚣，何害原思狷。

活人吾未能，为农毕始愿。

偶成示孙从孺 ①

只有耕兼读，真堪与世忘。

品惟田父贵，交到古人长。

---

① 从孺，林鹗次孙，谱名葆泰（1844—1898），行名右宗，字兰池。

粒粒天恩泽，言言孔瓣香。

藉兹完性命，奚事觅仙方。

《古香室诗稿》^①题辞

端木鹤田女，名顺，字少坤。

佳诗觇我老眸鲜，越女东西各自妍。

芳浣夫容小康乐，香铺古锦女颜延^②。

与《浣芳遗稿》^③并寄，故云。浣芳，宗侍御涤楼女，名康，寄诗乞序。

我亦通家诗弟兄，炉锤迹重苦难平。

不知汉渚天孙锦，多少功夫织得成。

平生空耳古香名，未敢登坛一证盟。

今日云江见才魄，晚霞浓丽晓霞清。

少坤适瑞安许军门子某，早卒。

---

① 古香室诗稿，端木国瑚女儿端木顺的诗集。端木顺（1811—1838），字少坤，嫁瑞安人水师提督许松年之子许岳恩。

② 颜延，即颜延之（384—456），字延年，琅琊临沂人。南朝宋文学家，诗坛声望高，与谢灵运齐名。

③ 浣芳遗稿，宗康所作诗集。宗康是宗稷辰的长女，其妹宗庆嫁端木国瑚之子端木百禄（叔总）。1859 年，端木百禄、宗庆夫妇寄《古香室诗稿》《浣芳遗稿》至泰顺南院，林鹗为之作《浣芳女士诗序》及题辞三章。

赴福宁府①道中作

分水亭

乱山深处路穿云，闽越岩疆天际分。

太古人心平世法，一村鸡犬一仙群。

天竹西阳

无人让席亦无争，我自忘机不记名。

村市何来朱亥店，有人背指说侯生。

五蒲店

急雨冲舆阻客程，终宵哀籁小楼听。

高枝暂借何能择，一叶遮身觉可凭。

柘阳司

烟火千家聚坦夷，桃花溪水小城池。

也闻人说妖氛信，社庙虚悬团练旗。

南当

我来天气正冲融，桃李花时处处同。

不信南行三日路，仆夫僵冻泣东风。

十八盘

修岭蛇蟠入翠微，征人高与隼齐飞。

始怜薄宦痴儿苦，前日山头踏雪归。

---

① 福宁府，明清时期福建下属八府之一，治所在今宁德市霞浦县城，辖区与今之宁德市
相当。

府西诸乡

水劫山崩坏道梁，乡民早阅小沧桑。

水田多少成溪阜，曾否官家为减粮。

福宁郡

东下平冈路折回，岭头遥见海如杯。

南闽福地惟斯郡，应有清贫仙吏来。

题张春珊 [①] 博士香山读书图

名振珂

老来闲煞锈昆吾，一任龙蛇斗圣湖。时闻杭州不守。

却意香鸾山下屋，有人深夜读阴符。

福宁府

瓯越接闽疆，南方此善乡。

山屏撑地阔，海势约城长。

冬暖催花早，春寒养麦良。

清风宗白鹿，宜尔贱辞章。

---

① 张春珊（1820—1889），名振珂，字文扬，号春珊，又号香鸾山人，浙江东阳市马宅镇雅坑村人。曾筹资重建白云书院，倡建忠清书院，撰有《香鸾斋试草》。香鸾山，在雅坑村。

夏日即景

懊侬无雨复无风，酷日当檐瓦欲镕。
竹簟抛书揉倦眼，隔窗天半忽双峰。

示用霖使和

老来健转怜儿瘦，客里闲偏检字忙。
但愿儿年如我日，山居相对话沧桑。

附 用霖恭和

森森乔木驻春晖，梓树成阴也十围。
文采青牛他日见，庭前赛舞老莱衣。

病中遣怀

避暑防秋病转侵，秋怀挑起客中吟。
贫来裘马都无愿，老去儿孙渐上心。
得意境留身后补，疗愁药且眼前寻。
敝庐有酒须归去，肯负桑榆数亩阴。

嘲鹗

健翮曾推百鸷雄，林栖落漠负秋风。

羁鞲不受才难用，狐兔兴妖技亦穷。

应侯让它求旦鸟，忘机输与信天翁。

单于无复征材诏，空把虚名说海东。

《辽史》责女真岁贡海东青，即鹗也。

阅福宁近圣书院 ① 经课有感，作《读书难》示诸生

愈愚惟学学逾愚，谁是胸中握智珠。

汉帝求书来伪籍，宋贤争道入空儒。

万年史有传闻误，百氏言多曲径迂。

莫太师心毋太信，瓣香遥接仲尼徒。

九日登东山炮台望海

八埏跨南溟，雄州列海表。

此从瓯栝分，偏居东北道。

横张上游势，遥吞九蛮岛。

我来试一瞩，风日正鲜皓。

苍昊东南垂，意到目未了。

但觉酒杯宽，不信沧波浩。

长安邈何许，鲸鲲恣翻搅。

---

① 近圣书院，原名蓝溪书院。清末改建福宁府中学堂，为现霞浦一中前身。

猛士不可求，登台圣心悄。

搔首问赤帝，精英几钟造。

倘有斩蛟人，无俾烟霞老。

醒拍行

昔我饮酒作醉歌，拍手高歌颜正酡。

今我不饮作醒拍，拍手掉头头已白。

一醉一醒五十年，醒时非圣醉非颠。

桑田沧海须臾事，有酒不饮尔胡然。

老人拍手曰否否，醉乃其常醒其偶。

我虽窭人无长物，八千卷书酒百缶。

日常两举二十觞，常余三杯酌老妇。

今年失计来瓯南，薄酒厚值不得酣。

今则薄酒亦无有，新酿米一而水三。

饮停胸膈作水灾，饥肠雷鸣郁不开。

饮不得酣转得病，我交红友胡为哉。

昨日恶声忽到耳，杭湖会稽都泽水。

禾头生耳春无米，百万生灵更何恃。

黠者从贼良者饿，善人恶人同一死。

危矣虢亡将及虞，有酒吾得而饮诸？

我有拙计迂且疏，言之慎毋笑我愚。

日省酒钱四十八，万七千枚岁一匦。

但将我酒变为粥，也可分饷几人活。

省钱不饮情似悭，约己分人事匪艰。

譬诸一蚁驮一粒，千万蚁粒成邱山。

拍手西招嗟来食，小惠未遍尽我力。

287

人各有力各尽吾，且使天下无饥溺。

唤醒大众听我歌，倾却颜瓢皆禹稷。

会见春风鼠化鴽，尧舜病或几乎息！

题福安学博王春台坐待忘年图

名运隆。

百雉书城数仞墙，此中风味昔曾尝。

归来尚问人间世，一事输君是坐忘。

忘忧忘食日钻研，君正忘年我假年。

怪道世间无脉望，儒官便是蠹鱼仙。

群贤伤世交之难继也

群贤凋谢了无余，遗憾多般益感予。

浩劫付诸齐物论，恶声贻我绝交书。

文章传世究何用，英杰生儿定不如。

今古茫茫同一慨，只应咄咄问苍虚。

偶感

万古欺人伪经术，千秋遗臭妙文章。

君宠佞臣天纵恶，学人犹喜说獾郎 ①。

---

① 獾郎，王安石的小名。

用霖权霞浦尉戏书衙署楹帖子

榕署久安群鹭宅，县门内古榕，宿鹭盈百，荫冒两衙。

桐衙新借凤凰枝。

官如陶侃封鱼日，事比高欢剪马^①时。

常局底须常着稳，小鲜也要小心为。

咸临先卜初爻吉^②，九仞元从一篑基。

七十岁除戏续东坡语

无事此静坐，一日如两日。

若活七十年，便是百四十。

多事不得闲，光阴付劳苦。

便活七十年，只抵三十五。

我生晚始闲，劳逸各分半。

七十只七十，不必更折算。

世人嫌日短，苦志求神仙。

一棋斧柯烂，七日已千年。

然则十万载，再期常不足。

尘世日方长，成仙寿转促。

辞荣弃妻子，入山究何为。

数载转浑沌，形神何所归。

丹经说荒幻，人苦未之思。

---

① 高欢（496—547），南北朝时东魏权臣，北齐王朝奠基人。高欢初见尔朱荣时，能让马乖乖站着给他清洗，获得赏识。剪马，剪马毛。

② 咸临，《周易》《临卦》之初爻，爻辞"咸临，贞吉"。

葛洪晋职官，洞宾唐进士。
二老虽成仙，偷生数日耳。
何如借枕头，日日梦邯郸。
富贵境虽幻，梦觉情已酣。
造化默无言，乌兔循环走。
来去本自然，彭殇亦何有。
鱼鸟畅天机，琴书快尚友。
身后我何知，一杯已在手。

秋晓

辛酉九月廿七日福宁公馆养鱼。

秋晓何清和，庭檐明旭景。
鸟语自相答，吾意若为领。
舒徐度池馆，潴水得巨皿。
小鱼浮以游，翠藻交彩影。
尘浊几毒害，澄然此无警。
岂笾孚盈缶，心息物机静。
江湖倦行迈，回躅有箕颍。
勿畏朝露晞，深山日方永。

秋风

秋风飀以厉，蝉咽无长鸣。
友生各异县，到耳多悲声。
天狼食婺女，八邑罗刀兵。
瓯越僻海角，妖鳄纷纵横。

吾儒自饮水，浊世靡有争。

胡亦遇毒害，昆炎玉石并。

先是董又霞①殉难于杭州，前月小霞②复殉于温郡，信与端木小鹤③讣文同日到。八月兰溪人来，闻家汉池、唐萃斋殉难，诸葛枚亦被掳。九月信来，孙琴西、蕖田家为土匪所焚，书籍都尽，琴西子诒谷茂才复与长发贼战死。

死生岂异趣，一例遭焚坑。

斯文亦衰息，志士多飘零。

孰从劫灰中，扫秽存芳馨。

慨予老无用，徒矢潜遁贞。

弃材痈疽存，敢比冬松青。

羁栖感离索，长夜每独醒。

回念平生欢，耿耿若为情。

浦城行④

阴霾梦梦天风蛊，地维折缺石难补。

红羊恶焰流腥风，吹将劫火到南浦。

浦城西控仙霞关，冲繁富庶贼所贪。

文恬武嬉二百载，世无尹铎保障难⑤。

贼来仓猝谩和议，守兵释仗城门启。

千万金珠掘地空，贫民富民一齐死。

---

① 又霞，董莼次子董暲，咸丰十年（1860）在杭州被太平军所杀。
② 小霞，董莼长子董暿，咸丰十一年（1861）在温州被金钱会所杀。
③ 端木小鹤，端木国瑚之子端木百禄，号小鹤。
④ 浦城，福建省浦城县，与浙江的江山、龙泉、江西的广丰等地接壤，自古为中原入闽第一关。
⑤ 尹铎，春秋时晋国赵鞅的家臣，修建晋阳城（今太原市），使之成为赵氏避难的大本营。

虎狼饱飑封狐来，苛差黠狱交纷瘗。

残膏吸尽淘寒灰，茕魂寡魄招不回。

呼天恸哭天亦哀，为遣慈母怀孤孩。

慈母祝公北海彦，祝廉泉司马永清，沧州人。

郇膏早沛南闽县。

活民妙手医国才，下车十日春风遍。

洗疮刮痈呻吟息，枯骨生肌起尪瘠。

悍弁经过力解纷，烽烟未了亲提戟。

安良惩猾古皋陶，分田平赋今禹稷。

再造浦城还圣清，残山重见太平色。

万家烟火噢咻声，乳哺力殚金钱倾。

遗黎此生那自有，男为公儿女公婴。

瓜期八月黄云戍，飞鸿遵渚公将去，

万口一号齐失声，秋风泪洒江花路。

卧辙攀辕留不得，长跪投钱来妇孺。

五日勾留万古情，系船堤柳甘棠树。

南山馨竹书芳徽，道旁立石高崔嵬。

纵教竹朽白石烂，江流不断民心碑。

呜呼，寇氛即今遍毒害，燎原愈扑焰愈大。

祸本端由吏治乖，七年病少三年艾。

民钱办贼先弃民，苍赤倒悬更何赖。

安得好官能分形，一州一县一福星。

流贼路穷王路清，百年垂老见太平。

中兴天子庆同治，千三百县皆浦城。

292

哭江口周氏妹 ①

六子 ② 共乾坤，凋零忍重论。

妹随诸弟殁，姊与老兄存。

海国羁人泪，江村馁鬼魂。

一抔了遗念，为尔剧悲酸。

食鲥鱼作

福宁府鲥鱼极长大且肥，盖当鲲也。

蛤蜊肉瘦蟹空脐，麦熟鱼来酒借题。

举箸先惊崔灏句，端木中翰 ③ 诗："一生多刺比风人。"见者搁笔，时称"鲥鱼崔灏"。

停杯忽忆子陵溪。四十年前食于严州吴香草署，味特佳。

文章多骨品逾贵，出处知时价不低。

分得廉泉还自得，先是祝廉泉司马招食鲥，两人皆大醉。为它连日醉如泥。

咏鲥鱼

华宴先登推此鱼，果然名下士无虚。

膏腴味永西昆体，骨秀肤清南史书。

贮合定瓷银一色，烹宜纤手玉相如。

诗人漫说江瑶柱，得价逢时总让渠。

---

① 周氏妹，林鹗长妹，嫁江口村周道钧。

② 六子，林鹗兄弟姐妹六人，一姐一弟三妹。

③ 端木中翰，端木国瑚，曾任内阁中书。

家人为余造书屋，预寄楹帖

难期身后千年寿，更读生前几日书。

万卷琳琅清宓业，一池风月古人居。

未免有情惟四美，偶然无事即三余。

谁言老圃输翰苑，从来深山起石渠。

"夕阳茅舍客沽酒，明月小桥人钓鱼"，吾郡王梅溪①先生句也。温麻②邱子畹石取其意作行看子③，为题左方

君不见，夕阳茅舍客沽酒，此中不少烟霞友。

华屋山邱转瞬间，人生只合杯在手。

又不见，明月小桥人钓鱼，一竿以外非所须。

人世逐逐彼独适，得鱼换酒乐有余。

忙闲苦乐权在我，名利何曾有缰锁。

山林朝市从所遭，伊吕夷惠无不可④。

邱夫子，解事人，芒鞋白袷行软尘。

清浊之间存我真，能以察察随汶汶。

贪狐饿鼠或仰食，蜻蜓海鸥常相亲。

吾儒读书奚事穷奥窔，沂水春风道已了！

乐道悯人同一心，此中本来无烦恼。

---

① 王梅溪（1112—1171），名十朋，字龟龄，号梅溪，温州乐清人，南宋状元，政治家、诗人，爱国名臣。

② 温麻，霞浦县旧名。三国时孙吴设温麻船屯，西晋太康四年于其地设温麻县。

③ 行看子，画卷的别称。

④ 伊吕夷惠：伊吕，伊尹、吕尚并称，泛指辅弼重臣；夷惠，伯夷、柳下惠并称，泛指古代廉正之士。

逢人且结喜欢缘，弥勒肚皮大逾好，

世无顾虎头 [①]，谁为作此图，春风笑靥柳齐舒。

酒瓢鱼竿不必有其事，得此真意长相于，

长相于，心自适，不信斯人有道力，

请看图中孺子色！

偶成示家人

疾恶平生误，哓哓多是非。

晚游观换劫，静坐见天机。

蛮触谁强弱，鸡虫乍瘦肥。

何劳参愤憾，转瞬总同归。

和五代杨鼎夫诗志先人轶事

先曾祖直斋 [②] 府君，事与杨鼎夫同，故步其韵。

龙潭千尺水深寒，三都龙斗潭。当日冯河视等闲。

壮气无前忘远岸，醉躯不竞失前湾。

神功体物离奇甚，灵杖援人顷刻间。

时两岸无人，忽一竹竿入水援之，起则一老人携竿自去，访之，无识者。

百代感恩何以报，和诗纪事当衔环。

---

① 顾虎头，东晋画家顾恺之，小字虎头。

② 直斋，林鹓曾祖父林廷燎的号。

志喜六韵呈文翼长曾峻轩观察 [1]

前日瓯江雁，哀嗷不忍听。
狼烽环野赤，士气一城青。
闽海来精甲，乡田集壮丁。
河才苏鲋涸，雨已洗妖腥。
卓尔双忠碣，安然九斗星。
维桑终不变，心泖使君铭。

郊望上曾观察宪德即别

劫火不能到，此邦逢福星。
人都无事乐，山亦有情青。
客散城如夜，船归海不扃。
我行得高荫，清籁倚松听。

东越军书急，南丰幕府开。
雅怀容揖客，大用揽群材。
瓯海惊涛静，赤城霞彩回。
我行成远别，余望中兴才。

---

[1] 曾峻轩（1822—1882），名宪德，湖北京山县人。道光二十九年（1849）拔贡，朝考授七品京官，任事工部。其文才得到朝考阅卷大臣曾国藩赏识。后历任府同知、知府。咸丰十一年（1861）升道员。著有《述经堂文稿》《闽南政绩纪略》。

归山感兴

世事如斯且听天，山中甲子自尧年。
未忘魔孽终非佛，犹恋儿孙不愿仙。
颜氏田教樊氏稼，孔家衡用孟家权。
营成儒腐书中窟，便是清流度劫船。

偶成

风樯雨驿双蓬鬓，雪窖冰天一冷人。
只有书宬饶菽粟，不须告贷恼比邻。
时造六一书宬。

题从叔仲麟^①画像

空怀飞卫惊人技，已是冯唐易老身。
一代雄姿韬隐尽，仅教楮上为传神。

五十年来爱我深，敬宗收族两同心。
眼前诸阮谁相谅，我信苍翁自鉴临。

世运家风且听天，樽中有酒即神仙。
木棉幸托名贤里，早办千秋一处眠。
叔与余皆营生圹于徐子云故里。

---

① 仲麟，林鳌（1793—1872），字仲麟，温州府学武秀才。林绍昌曾孙，林逢春从弟。

自怜

镇日惺惺未敢嬉，自怜衰惫却忘疲。

善知百岁修难尽，书怕来生读更迟。

捧檄有儿徒为养，消愁无药漫停卮。偶恙戒酒。

可能速了天魔劫，活到骑驴笑倒时。

得用霖书，劝养生，颇近理，以诗答之

绛人甲子悔空过，长日山中未觉多。

生理全凭书酝酿，雄心都被病消磨。

炎炎酷暑来泷吏，殷殷雷声乞监河。

得汝谏章加保护，晚凉安卧热脂瘥。

咏白

指点梅边与雪边，素风独占太初先。

清犹有耀留空色，淡到无情谢物缘。

万里月明沙是海，一条红涨浪为天。

而今怕入金华道，暴骨迎晖总似绵。

咏红

乍看荷映晓霞鲜，旋见枫林夕照然。

乱世功名争浴血，热官光焰欲熏天。

咸阳劫火才三月，江左妖烽过十年。

安得桃花多酿酒，俗以春酿为桃花酒。

酡颜日写薛涛笺。

拟古寄朱念珊大令鸡丝木[①]箸

红豆生南国，霜老子离离。

其木梗有理，厥名曰鸡丝。

鸡丝匪足贵，红豆能相思。

相思邈何处，且斫相思树。

斫树远寄将，金刀析作箸。

寄箸语所思，侬意应知之。

双双无长短，对对无别离。

举箸属客尝，有客先在旁。

举箸自唼食，有客常在侧。

借问客者谁，故人字太冲。

相思不相见，每饭一相逢。

秋夜客话感怀书示

莫数崔卢[②]盛，朱门夕照余。

荣枯昙影幻，肥瘦虱争虚。

病骨经秋健，酒怀逢客舒。

---

① 鸡丝木，也作鸡翅木，是木材心材的弦切面上有鸡翅花纹的一类红木。

② 崔卢，指崔氏、卢氏，唐时有"言贵姓者莫如崔卢"的俗谚，崔氏、卢氏被当作天下最著名的姓氏之一。宋苏轼《陈季常所畜朱陈村嫁娶图》诗："闻道一村唯两姓，不将门户买崔卢。"后世以崔卢借指豪门大姓。

群英都捧檄，吾自校吾书。

落叶纷如此，闭门聊自谋。
检书潜送日，尚友淡忘忧。
万事风吹耳，千秋电过眸。
扬文兼贾策，都向死前休。

闻人说兰溪效杜荀鹤

断墙烟起爨如磷，乞米寥寥病色民。县官给米。
荒畈喜生甘味草，残山时见可怜春。
今知好事皆难事，指团练。始知诗人是福人。
昨日邻家欣捧檄，冷衙已换印文新。

与儿夜话

泰顺前明县，兴文待盛时。
经师曾一席，复斋师。诗笔董双枝。眉伯、霞樵二先生。
道运有明晦，地灵无尽期。
传薪千载事，来者我焉知。

南村示用霖

村名偶尔似陶家，矍铄归来日未斜。
忘老忽惊儿白发，为它预种菊黄华。

丙舍

丙舍依邱垄，柴门向日开。

云根凭地起，山势抱田来。

鱼沼源常活，书仓富未恢。

松楸葱郁甚，应有构堂材。

霞阳

两世童游处，苔阶旧迹湮。

霞山犹有树，诗屋已无人。

德报原难问，遗编不可沦。

谁能千载后，文苑接芳邻。

长夜杂感

惯听夸毗是中庸，顽癣爬搔养作痈。

失路騊駼都化虎，无聊蚯蚓欲为龙。

错教公子抛金弹，孙公子①。谁使狂生奋舌锋。董少霞②。

独有尽忠张练长，张秀才献之③。卫乡余力到邻封。

无贼无兵也策勋，深山妖幻更奇闻。

---

① 孙公子，孙衣言子孙诒谷。

② 董少霞，董祎四子董盼。

③ 张献之（1813—1861），名家珍，瑞安湖石（今瑞安市高楼镇湖石村）人，县学生员。咸丰后期办团练，扼守飞云江上游，对金钱会、太平军往泰顺方向进军起到防御作用，后被金钱会俘杀。

千人辕下偷军令，百丈滩头起阵云。

昔我微权从友借，曾将辛苦与儿分。

保全桑梓寻常事，羞向诸侯乞荐文。

社会如狂闹太平，乾坤杜老独愁生。

寒林病叶无生意，荒垒啼乌有恨声。

羞把脚根随世转，悔将心力与天争。

孤怀懒逐枌榆晚，闷酒残灯永夜清。

自古孤臣屈弹章，微官遭谤更寻常。

清脾薏苡分茶味，长鼻清蝇羡海香。

岂有鸩人羊叔子，将无奇遇马宾王[①]。

骅骝不恋驽骀栈，万里康庄待放缰。

樗材臃肿愧平生，薄宦归来自在行。

得失早醒蕉鹿梦，是非都付蛤蜊羹。

百年清况千秋业，六架书房一沼横。

吉兆隐成谦受益，河图数六为坤，一为艮。

无荣无辱更无争。

感怀先师

昔我曾夫子[②]，斯文一代人。

儒官犹讲学，循吏更宜民。

---

① 马宾王（601—648），名周，博州茌平（今山东省茌平县）人。唐初宰相。
② 曾夫子，曾镛，林鹓的老师。

教泽汤溪渚，去思湘水滨。

黔中消息杳^①，邱首尚逡巡。

寒夜

寒从骨出孤栖鹤，香自心生半吐梅。

此景老夫才识得，夜深独卧雪山隈。

代柬辞龙泉潘上舍德树见招

年来非好静，游兴自然消。

独卧寒知老，孤行怯畏遥。

谈锋阳作健，诗笔勉为超。

何以深山里，高标树一条。

藏书戒

吾家世为儒，一生苦书债。

积此数千卷，珍藏不论价。

许读不许分，许增不许卖。

许校不许涂，许抄不许借。

贵客防强求，恶客防欺诈。

大有水火虞，细有虫鼠怕。

时时慎筦钥，岁岁勤晾晒。

---

① 黔中消息杳：曾镛的两个儿子携其母迁往黔西，自咸丰年间开始与泰顺失去联系。

书此示孙曾，同心守斯戒。

遵我者必兴，违我者必败。

冷宦

冷宦徒教男妇懒，买书拼遗子孙贫。

却怜养志曾舆拙，辛苦从公当负薪。

家震甫詹部八十寿宴作

吾宗耆硕散如云，幸有同心纪复群。

善诱愚民僧苦行，量容骄子将能军。

自行功过格，著劝善书，劝人家饶粟，以一家食数千家，俗颇浇，能平伏。

顽金不坏空留我，劫火无惊或为君。

今日捧觞拼一醉，几人白首共欢忻。

观衣工裁缝偶成

同此洪炉铁，分为剪与针。

锦纹嫌断截，领袖赖缝纫。

生杀两时用，恩威一样心。

天公乍裁物，蒿目莫沾襟。

兰沜春雪

大雪满池塘，模糊失鉴光。

鸟饥空睭伺，鱼息自深藏。

淑景需何害，春膏酿更香。
者番经冻沍，增水已无量。

雪霁

羲轮行不息，下土自冥昏。
群道新晴好，而忘雨雪恩。
天时无显晦，人世各乾坤。
安得广居者，穷檐与坐论。

春兴

僻地觇嘉客，开门待燕来。
春晴寒亦嫩，酒熟意先恢。
买石收奇骨，征兰养秀才。
渐忘池馆小，梦不到蓬莱。

一夜扫寒雾，前山如此青。
草苏争坼甲，萍绽欲添丁。
鸟语惟时候，泉声自性灵。
澄怀怦有得，胜读道人经。

日昨南归雁，故人遥寄书。
忠良宜有子，侍从免无车。
厚望真孤汝，深情益感予。
银河楂不易，何处报双鱼。

泰运回元气，人人说中兴。

乾坤终有定，岩穴本无能。

愿小天常许，书多寿易增。

从兹老桑苎，庶免世情憎。

栽兰

栽兰池石罅，近水自荣滋。

不许尘埃到，更无蜂蝶知。

风流修禊处，窈窕浣纱时。

愿与同心者，凭栏一赏之。

畜鱼

地与江河远，濠梁何处寻。

墙根通水活，槛外注池深。

泼泼自然性，生生不已心。

前宵梦周易，由豫得朋簪[①]。

二月十九夜梦读此爻。

耄石篇

池边墙石苔长，渐生背邪，书示诸孙。

耄石水隈，渐苍以苔。

---

① 《易经》《豫卦》九四："由豫，大有得；勿疑，朋盍簪。"

积日苔厚，百日苔开。

卉然欲叶，蔌然有荄。

抽苗虽细，将成条枚。

自无而有，孰与胚胎。

但具生理，滋长靡涯。

人禀秀灵，四大形骸。

道以人宏，心以学恢。

饮食教诲，讵无滋培。

胡为人子，乃有不才。

顽不如石，言之可哀。

读《小仓山房集》

一代奇才匪浪名，星精月魄净聪明。

五伦尽分人何憾，廿载勤民宦已成。

后出世来休索瘢，早扬镳去本无争。

儒林文苑等闲事，历劫难磨是性情。

观棋偶成

一枰贞观好乾坤，无那高中两着昏。
莫怨牝鸡能覆局，英雄偏有劣儿孙。

唐宗远略防边塞，明祖雄猜忌近臣。
一劫暗藏防不到，杀儿孙是自家人。

前人覆局后人嗤，万覆千翻总未知。

乍可收奁闲袖手，旁观不着是高棋。

群儿无谱竞翻新，举手匆忙不让人。
却怪老人行怕跌，凝思一步一留神。

兰沜

矮屋低墙膝易安，青天倒影半池宽。
干卿何事风过水，与世无争日倚栏。
不动山怜堆石稳，倦游鱼解化龙难。
纫芳不用潇湘去，便作灵均九畹看。

晶根石

用霖得之环江，大如拳，珑玲皱瘦，备具邱壑，石晶闪铄万点，奇物也，故赏以诗。

我生爱泉石，到处搜幽奇。
曾从衡湘路，历险窥九嶷。
归来何所得，烟霞满须眉。
不信浊质化，但觉顽情移。
胸臆万邱壑，清净无埃泥。
锋棱撑瘦骨，石髓凝尔肌。
年来坐蓬庐，局促如拘縻。
少年五岳志，老倦空凝思。
昨宵被酒卧，庄仙入我帷。
招我从之游，惘惘迷东西。
行行上女几，蚁道殊坦夷。
好山忽当面，踊跃忘崄巇。

初步得坡陀，迤逦循荒蹊。

左行入幽涧，坎窞防颠危。

涧穷见深壑，圆奄豢空匦。

左窥洞门黑，内敞通灵犀。

上窍达崖左，下口临水涯。

玄牝透坤腹，太极涵中规。

缕缕吐云气，微细无端倪。

黄芽茁晶苗，干岩砾星辉。

穿珠出山半，四顾心惊疑。

仰瞩青冥天，俯睨不测溪。

欲往路已无，足下皆蟠螭。

回旋上危蹬，仰见山门楣。

门高洞山胸，直达跨两陲。

风云自来去，日月光交驰。

阴阳此呼吸，造化为嘘吹。

后崖益奇崛，列岫成金堤。

腾骥耳上耸，伏象鼻下垂。

谷底隐毒鳄，广口张狞狮。

缘梯上绝顶，巨凹辟天池。

四望渺无际，特立何凭依。

疑是星宿海，上接云汉湄。

黄河泄不尽，孕息无穷期。

我欲揽北斗，滒溉若木枝。

再滒洗兵马，三滒肥农畦。

大游方汗漫，膈膊闻天鸡。

言还非旧路，云将扶我归。

一觉换世界，东牖明朝曦。

起视书案头，瞥见山在斯。

诗滕

老迂倦行游，吟啸响空谷。
四海路渺漫，诸公各栖宿。
吟成谁赏奇，无那呼儿读。

示用霖

我本孔门皙，狂歌不解愁。
老怜儿共命，翻觉寿堪忧。
晚福已逾分，余生何所求。
但祈完骨肉，送我入山邱。

即事

盛夏苦寒雨，三旬偶一晴。
风犹颠不定，云似梦难醒。
无计消阴晦，何时见太清。
只应穷谷里，执卷坐忘情。

凭栏偶感

丛兰叶屡谢，乱草生惟天。
大鱼伏不出，鳅鲵乐以跳。

霪雨失炎夏，阳隔阴渗骄。

羲和岂尸位，夔律恐未调。

我亦老怀改，先觉诗兴消。

隐忧向谁说，坐使颜枯憔。

读汤雨生^①将军江宁殉节诗用韵

一掷成千古，哀吟江水秋。

才臣归浩劫，怯帅负忠谋。

香骨知难没，雄文孰与收。

十年犹窃据，诸将更谁尤。

世情

世情列肆招牌重，好事围棋结局难。

松菊年年留本色，不教人作两般看。

石前说法嫌饶舌，橘里敲棋亦费心。

我自无弦存古□，不然早碎伯牙琴。

---

① 汤雨生（1778—1853），名贻汾，字若仪，江苏武进人。历任扬州三江营守备、浙江
抚标中军参将、乐清协副将。与林则徐友善，与法式善、费丹旭等文人墨客多有交游。
晚寓居南京，筑琴隐园。太平天国攻破南京时，投池以殉，谥忠愍。著有《琴隐园诗集》
《琴隐园词集》等。

赠竹史大李

曾贤

永嘉古名郡，东藩雄海屿。

天水^①吾道南^②，儒志^③树枸簴。

周刘^④恢厥郛，郑薛^⑤绵乃绪。

实学修事功，支派分邹鲁。

自兹士习淳，诗礼严有序。

搢绅尚气节，氓俗亦近古。

惜哉屡换劫，故家十无五。

时平渐蕃庶，海滨来群贾。

丰盛溢为奢，浮靡习始窳。

虚张以为盈，讳贫强支拄。

卓尔曾季子，家法承皇祖。

俭约葆素心，治生教遵许。

不逐举国狂，独守先民矩。

文章本余事，实遂华亦吐。

敲钵赓四灵，弄翰追苇頖。

随分恬以嬉，真得养生主。

以故七十翁，笔力健如虎。

恶我迂且拙，亦羞哙等伍。

---

① 天水，赵宋的意思。赵宋一朝，也叫天水一朝。《宋史》卷六十五："天水，国之姓望也。"

② 吾道南，意为儒学文脉向南延伸。北宋时南方求学者纷纷北上，投入程颢、程颐门下，如"程门立雪"的游酢、杨时。他们学成之后南归，程颢说："吾道南矣！"

③ 儒志，王开祖（1035—1068），温州北宋皇祐五年进士，人称儒志先生。永嘉理学之开山祖。

④ 周刘，指周行己，刘安节、刘安上兄弟。永嘉学派重要人物。

⑤ 郑薛，指郑伯熊、郑伯英兄弟，薛季宣。永嘉学派重要人物。

赤手思屠龙，所得输偃鼠。

朋侪感凋落，仅存吾与汝。

异县迹虽阔，知音指常数。

大齐不满百，灵修各自取。

勿谓山已高，一篑力须努。

人日乞寿

取精未足文犹薄，炉火难青质尚粗。

我欲问天乞恩泽，可容更读十年书。

应周观察^① 聘掌教中山书院^② 兼肄经堂，留别六一书宬^③

劳心悄矣双蓬鬓，归去来兮一草庐。

九转丹成缸泛酒，三营窟就栋充书。

溪山大地分蜗角，世业千秋守蠹余。

我本无心云出岫，未妨垂老上安车。

补录自题归止室诗之四章

愧无白简书吾过，空有青山待我归。

虚室吉祥先止止，乐生俟命顺天机。

---

① 周观察，温处道员兼温州知府周开锡，湖南人。

② 中山书院，清乾隆二十四年温州知府李琬创建，位于温州府衙东北，光绪二十八年改建为温州府中学堂。

③ 六一书宬，南院桥下林鹗的书房。

望山草堂诗钞卷之十
归田录

病后示诸孙

一生无病神仙骨，万念胥融上智清。
偶恙旋瘥神愈爽，恰如改过识逾明。
从来人物天然少，自古名儒困学成。
何况区区文字业，数年攻苦便能精。

即事

释卷围炉日，停琴酿雪时。
消寒朝煮酒，遣睡夜敲诗。
俚唱童孙乐，猜枚稚女嬉。

闲居聊卒岁，颇觉老怀宜。

拟侨居旧里戏成

一笑揩筇出虎溪，南村回首望城西。余生长城西。

寻诗俚任呼苟鸭，养老功期到木鸡。

智在剌舟平去楚，才非乘马仲归齐。

余年且作劳迁客，倘遇友声相向啼。

示用霖

丁巳在兰溪作，补录。

平生痛心事，都在五伦中。

有弟化为蝶，教予代作螉。

引狼贻后患，舐犊废前功。

荷荷向谁说，可怜萧老公。

本是同根树，枯枝接已青。

如何谋燕翼，不若负螟蛉。

痛极惝如醉，愁深魇未醒。

苍天憎孝友，到死目难瞑。

中山旅况

旸吞龙耖北雁茶，依然旅况送年华。

颓龄倦恃酒为命，浅学贫将诗作家。

说士何须庖有肉，论文遑问玉无瑕。

可能挽复元丰运^①，重见儒风旧永嘉。

不寐

旅夜不可耐，劳心只自知。

一蚊能搅梦，孤枕易成诗。

人力有穷处，物机无息时。

何当寻华顶，高卧伴希夷。

不寐偶成

青草春生古墨池，漫将秃笔浣涟漪。

书声歇处扪心在，鸟梦醒时得句迟。

宦迹早招穷鬼笑，文章应遣谢公知。

洞天仙去无人管，老鹤归来且借枝。

题曾秋嵋参军云江话别图

妙笔云江漫写愁，高堂色养久淹留。

宗生暂缓乘风愿，知有循陔乐未休。

家儿蛮府作参军，也学娵隅语不文。

它日南州分部领，定看瘴海靖尘氛。

---

① 元丰，宋神宗赵顼年号（1080—1082）。元丰年间，温州有九位学人在太学就读，称元丰九先生，是温州学术传承中的重要人物。

新晴邀同曾秋嵋、沙保臣太守邦佑探梅茶山，次日迂道丁岙折枝归，得诗五首，寄主人诸静山学博

雪意催岁寒，客怀在老圃。

遥怜绮窗梅，仅与松竹侣。

江城儵以霁，扶老得良辅。

轻舫溯南湖，直入梅花坞。

山深市不喧，一鸡唱亭午。

四望多橘园，稀疏间扶树。

源泉清见底，两岸各三五。

高人躅尚遥，先问梅花主。

主人挟我往，迤逦越阡陌。

仰瞩一山青，低映万树白。

疑是林隐居，嫁名贾生宅。

同兹抗清节，易地异标格。

娇者俯寒流，枯者倚危石。

藏者水精魂，露者明月魄。

竹下分清风，柑林添粉额。

却羡此村氓，世世住仙窟。

余兴不可遏，得酒腰脚利。

言寻五美园，空禅求实际。寺名。

平涧通山根，峻岭接空翠。

水落碓语迟，崖危瀑声厉。

巨石锁山门，圆敞种梅地。

遥疑雪压庐，亦若云抱寺。

老僧话故乡，茶罢动归思。
池馆寄高卧，回想味清味。僧泰顺人。

归舟渡别浦，何惜远回纤。
为闻丁吞花，颇与茶山殊。
小泊邻村步，直道通山隅。
野屋数百家，妇孺与梅居。
岂知短墙下，所见乃其余。
高冈张两翼，左右各万株。
层层白玉城，眩眼光模糊。
始信山水窟，远胜孤山孤。

斯游观止矣，一年事已了。
争折盛放枝，抱归惜如宝。
静参消息理，物盛不长好。
将开未开时，是曰一元兆。
我携一枝归，含苞蓄尚小。
活水注古瓷，生意觉满抱。
日月往复还，贞元析分秒。
息心天地初，婴儿何曾老。

谢秋嵋惠红梅兼寄怡园主人曾小石

嗤桃嘲杏未分明，仙骨衣披一品荣。
庾岭春前朝日丽，罗浮雪后晚霞轻。
佳人倚竹寒无语，高士簪花醉有情。
我访怡园恒不遇，多君乞与一枝清。

318

咏红花

花事阑珊尽，筠篮早市嚣。

忙分蚕媪健，色称女雏娇。

染库储猩血，医材配茜苗。

稍纡贫佃力，莫遣榷胥邀。

炎暑

炎暑酷于吏，那堪度小年。

刚肠从炼剑，衰鬓莫飞烟。

节饮醒犹醉，抛书倦怕眠。

吾庐在天半，回想夏时仙。

和用霖谒闽始祖墓作

始祖讳禄，字世荫，晋黄门侍郎颖公次子。永嘉之乱，从元帝渡江，尽瘁王室，史称为时。初任东安琅琊王府参军，除给事、黄门侍郎，以讨杜弢功迁招远将军、散骑常侍，充合浦太守。太宁三年，诏归朝。奉敕守晋安，遂家焉，为今侯官都乡四里。卒年六十有八，追封晋安郡王，为闽林初祖。十九世孙建徙安固，至鹗又三十三世矣。墓在九龙山涂岭侧，穴名"龙马毓奇"，图说详谱牒。

劳子宦南闽，寄我谒墓诗。

清言抒诚意，起予追远思。

溯昔晋东渡，衣冠方猖披。

吾祖亦扈跸，著绩东南陲。

招远奋武卫，晋安初建麾。

清华让王谢，忠孝开丕基。

双阙树令望，九牧分芳枝。

惟吾澧州裔，北徙东瓯西。

深山辟土宇，蕴蓄双桂荑。

赵宋始发泄，轩冕腾云逵。

至今三十世，亦演千百支。

循流溯岷源，缅想龙马奇。

欲往道阻长，披图神每驰。

先祖官漳州，关驿数过兹。

墓圮翁仲卧，询访无人知。

嘉靖始修复，天启烦重治。

今汝得展谒，十世过昌期。

祠墓幸无恙，祭田已失稽。

南宗多显者，此举孰继之。

汝言俗患悍，官吏先可訾。

设心求胜民，亦仅争茧丝。

岂知祖父丑，子孙亦难欺。

果以德教率，心格面岂违。

忠信孚横暴，明决清是非。

汝如握寸柄，此道当先施。

吾林多巨族，祖训即良规。

但识忠孝字，梗法岂忍为。

得心斯得民，勿谓官资卑。

附 用霖原作

同治丙寅初夏，奉檄于役温陵①，道出惠安，过入闽始祖晋安公墓下，旁大宗祠在焉。瓣香展谒，因题一律。

东晋溪山在，南龙气脉长。

一抔寻鼻祖，千载奉心香。

明德馨犹旧，宗风远愈扬。

羹墙通儗见，永世继余芳。

赠徐莒生半刺②

学诚

湖海寻芳独负公，晚年结契藉丝桐③。

喜从浊世闻鸣凤，且托知音学鞠通。

大隐何嫌阛阓业，高朋共畅竹林风。谓马君兰笙④。

只愁异县难长聚，每奏阳关憾不穷。

偶成示儿

菽水承欢志圣言，峄山苛论责曾玄。

我因嘉客来无馔，转喜贫儿养有原。

但使微官守清白，且将薄俸佐饔飧。

---

① 温陵，泉州别称。朱熹称赞泉州"山陵独温"，后泉州就被人称为温陵。

② 徐莒生，名学诚，字莒生，温州城区人，古琴名家。

③ 丝桐，古琴。

④ 马兰笙（1834—1907），名元熙，温州城区百里坊人，道光解元马蔚霞之孙，善古琴，工诗文及书画，著有《友石山房琴谱》《友石山房印谱》。

敢忘筹膳艰难日，遗憾心头手自扪。

吾中年贫穷，祖母在堂，缺养多矣。

蜡梅

旧稿

黄英绿萼别新裁，京洛还传美种来。

古色谁粘枝上蜡，幽香吾忆岭头梅。

雪消篱落春频换，梦返罗浮花又开。

疏列嫩房分蜜蕊，半含小朵缀蜂胎。

寒林着相无浓艳，高士齐名总异才。

逸韵仍宜诗格瘦，柔情更怕笛声哀。

文章脱体无形似，气味相如得胜陪。

若使山矾重序齿，芬芳依旧此兄推。

丙寅除夕

葭管桃符各换新，寒山暖律接韶春。

独怜子舍团圆日，病叟身边少一人。

不及黄泉相见难，偏教多病怯衾单。

羡卿吉壤温如纩，从此孤眠不畏寒。

寿考令终世不多，达观应作鼓盆歌。

也知不久终同穴，怅触撩人可奈何。

病态

冷官寒骨雪姿容，疾异医疑不算庸。

何事一腔溅热血，无端三昧起炎烽。

避风怯比藏闺女，禁酒馋于失水龙。

如此春光废游屐，可能亲垄强揸篝。

病中无憀，喜闻宗观察将至

垂老鳏居万念空，早拌拄杖作衰翁。

一身只有贫非病，六气难教医奏功。

寖把酒肠浇药饵，仅余生意对丝桐。

深山雁信来嘉客，且办芳尊待寓公。

洗耳亭

鼠闹狐嗥鸮鸟音，无端聒耳闷难禁。

入山乍听亭前瀑，洗净纤污清到心。

病中欧砺生远道来访①，问诗、古文法，书此赠别，兼示何子载华

生馈鳎鱼，食之病愈。

文字高低关气运，心声和惨各遭逢。

---

① 欧砺生，名光铣，雅阳人，贡生。

两言圣训诚兼达，我辈修辞认正宗。

斯世多艰挽俗难，斯文未坠易回澜。

凭君寄语何无忌，梅竹相期保岁寒。

壬戌平阳之变①，用霖奉檄守港乡，南路民多胁从，赖二生集团力御却贼。

书自制《孝女操》②后

人生有大伦，孝忠百行根。

制行重节义，四字全者难。

大众静无哗，听我歌木兰。

木兰古奇女，生长东魏间。

东魏武定岁，当国有高欢。

北镇幽安定，累岁多兵端。

择险设城戍，期以纾边患。

北防蠕蠕部，兼控奚契丹。

按户拘民兵，将及木兰父。

但求边塞安，那恤征夫苦。

木兰奋奇策，决计代父行。

从容改男装，骏马锦鞍弸。

上马掉头去，万里龙堆路。

岂无别离悲，难向爷娘诉。

胡笳和新曲，且作壮士语。

戍期过十载，戎马几扰骚。

---

① 壬戌平阳之变，指金钱会起义一事。

② 林鹗谱《木兰诗》古琴曲。

中原忽易主，天子自英豪。

亲征跨绝塞，胡儿远遁逃。

长城加展拓，边界停钲铙。

罢镇省郡县，揭戍休民劳。

戍卒庆生还，木兰逐队返。

转迫思乡情，更劳望云眼。

功成不受赏，洁身归田园。

入门庆团圆，欢声溢四邻。

代戍安吾亲，驰驱报吾君。

改装惊戍伴，节义表吾身。

卓哉小儿女，四行成完人。

自此木兰名，万口竞扬诩。

里巷作歌谣，千秋传乐府。

元音追汉京，遥接风骚绪。

我爱木兰诗，勉以丝桐配。

非羡女郎奇，实抱男儿愧。

泠泠弦上声，佼佼当年事。

知否抚琴人，一声一点泪。

仿孙观察^①诗和茝生见寄

记得去年无射月^②，河桥分手上扁舟。

我吟锦瑟故多病，君抱瑶琴且莫愁。

渐近自然沙落雁，于无相与海浮鸥。

---

① 孙观察，孙衣言，时任安徽庐凤颍道员。

② 无射月，九月。

可能暂作罗昭谏 [①]，也向溪山访旧游。

徐节母林宜人五十寿征诗，寄答莅生

忠训有苗裔，繁衍浙西东。

清风与劲节，历世畸行充。

华胄启永嘉，尤敦义门风。

忆昔岁癸丑，趋事来郡中。

因同孙学士，舍馆得所宗。

主人情笃挚，洗腆洁且丰。

乃获窥淑范，闺门咸肃雍。

就中有贞妇，清操励冰冲。

敬谂十余载，乃交莅生翁。

授予太古琴，导我理丝桐。

赏心无俗韵，结契忘形容。

我弹南山南，寄语劳邮筒。

剖鱼披锦笺，字字光融融。

扬芬太史笔，一一为褒崇。

吾宗一巾帼，竟继孝与忠。

清姿本梅鹤，坚节如筠松。

齐眉失鸿案，苦心甘丸熊。

仰事子职兼，俯畜父师同。

追踪陶与欧，取法郝与钟。

嗣子遂克家，四德难厥功。

---

① 罗昭谏（833—910），名隐，字昭谏，杭州新城（今杭州市富阳区）人。唐代文学家。

326

辛勤三十年，一节全始终。

清时重节义，旁采乡评公。

绰楔树坊表，宠锡赍荣封。

德在福以臻，显报由苍穹。

我殷三仁后，女宜明三从。

守礼仪无仪，完身庸行庸。

长林有荣光，爱日东海红。

重孙生书慰霖官

草堂乍启三朝宴，家乘新增一代人。

忘杖老夫先去病，思亲劳客且舒颦。

宦途别有承恩望，儒业重添继火薪。

回忆非熊奇梦吉，文琴还拟谱周麟。

昔梦有人告我云："尔家有二麒麟卵，未出。"予梦中疑麟无卵，忽忆家中实有麟趾二枚，大于牛蹄，色如明角，曾志之卷端。用霖所知，故隐用之。

改琴律

我嫌秋雨病三农，六客逢辰水气浓。

悔把清商弹羽调，且将中吕改黄钟。

时丁卯第四气。

恼人恒燠又恒蒙，余热蒸秋雾尚浓。

底事一朝凉到骨，偶然琴律借寒冬。

喜晴枕上作

白云深处喜秋晴，好向溪山拄杖行。

矮屋低窗晓还暗，墓林先报画眉声。

无题

着我深山里，闲于失斧樵。

闇然何用隐，衰至岂能骄。

顽石自多寿，枯株转不凋。

蒙庄殊未达，斥鷃也逍遥。

斯世

斯世那可恋，个侬胡不归。

闲居都苦趣，平地亦危机。

饮酒何曾乐，食言仍未肥。

聊将琴作活，差免用心非。

调琴

六沴交争晴不定，调弦闲客也焦劳。

奈何时事纷如此，却使狂童把缦操。

琴罢有怀

高山流水妙无言，旧谱新翻手自温。

寡和难教劳客听，元音莫共少年论。

每从意象留皇古，且傍声闻溯道源。

海上成连期不见，满天星影一灯昏。

凌厚堂塈^① 力攻朱子，故规之

此兰溪时作，补录。

有我都能招笑骂，著书最怕太聪明。

先贤未挟尼山去，各自跻攀不用争。

寿陶禹畴廷范七十

崇冈蕴灵液，仁寿当昌图。嘉庆三年。

高门世厥德，笃此籋云驹。

克家继兴运，孝友完真儒。

浑浑太古朴，步步先民趋。

薄彼骄子富，愿为仁者愚。

柔和卫元气，延此不毁躯。

胶庠启世业，堂构宏范模。

孙枝繁五柳，均荫劳慈乌。

繁予忝宿好，弱萝附一株。

值兹览揆辰，表德鸣齐竽。

祝君还自祝，百岁分祥符。余长五岁。

---

① 凌塈（1795—1861），一作坤，字厚堂，号铁箫子，浙江乌程（今属湖州）人。清道
　光十一年（1831）中顺天乡试。晚授金华教谕。咸丰十一年（1861）太平军攻占金华，
　遇难。著有《尚书述》《周易翼》《春秋理辨》《评校吴子》《相地指迷》等。

自题小像

辛苦为儒道不高，切身五字守坚牢。

白头仅了诗文债，空向人间走一遭。

捡阅旧稿漫书

重搜剩楮拂埃尘，恍入华胥旧梦新。

好议却输同甫戆[1]，卖文仅得退之贫[2]。

无多曲笔谀仍直，偶涉时趋气尚真。

留与后生当眉样，蚓歌蛙鼓也需人。

遣闷

顷刻幻阴晴，寒暑愆气候。

园蔬自敷荣，野田错如绣。

惟余枯朽株，不敌阴阳寇。

无那托鸣琴，音涩情未透。

寂寂

寂寂复寂寂，山居懒更深。

食贫田舍业，忘老腐儒心。

添酒成甜睡，调弦代苦吟。

---

① 同甫，南宋陈亮，字同甫。

② 退之，唐韩愈，字退之。

佳人来不易，秋蟀自知音。

无题

万物成毁有定序，过时者退嫌需迟。

老人当死直须死，耐苦得寿非所宜。

忍寒怯病日瑟缩，百不适意空自知。

衰颓强兼仆妾职，有时失误戚自贻。

神识虽存躯壳朽，孤衾寒夜长惨凄。

茧蛹裹缚不能蜕，病龙蜷局居污泥。

平生意气消磨尽，枯株独立将何为。

几时洁身谢造化，言归真宅无穷期。

《烈妇行》①

咸丰辛酉岁，平阳会匪起事。匪首平阳赵起与瑞安蔡华，迭肆猖獗，攻郡城及瑞安县城，焚掠至福鼎。制军庆瑞始遣闽兵援剿，水陆并进，瑞安乡团内攻，贼溃入处州。闽兵入平阳、赵郡城，贼遂引长发递入寇，掠永嘉，攻城不利，遂取间道入瑞安港乡。闽候补道平阳张公守平阳城，文翼长曾道驻福宁府调度。时余子用霖官福宁，曾公委霖集泰顺乡团，堵截南向、龙斗隘口，贼无路可入，遂审大峃司，入青田九都。大峃监生林树梓妻陈氏骂贼死。贼平后，浙抚汇奏，奉旨旌表，建坊焉。初，吾祖建公由闽入瓯，子孙蕃衍，散居各地，其分居大峃者，今为苔湖盛族。树梓弟少从余学，孺人同里陈公介楠孙女，生子二人，今长子福皆已入学，试优等，余喜节烈有后人，殆天之昌吾宗也，为作《烈妇行》，俾书诸家乘。

---

① 原书题作《烈妇行序》。

岩疆末俗悍且谲，恶吏狡通吸人血。

平阳令翟惟本养奸通贼，后死于狱。

养成大患不可治，勾引逆寇入於越。

官军民团四路邀，逸入邻乡不可遏。

西邻峃山古善乡，吾宗聚居世泽长。

诗礼耕芸三十叶，男清女洁腾遗芳。

无端惨遭邻寇毒，乃留节烈为民坊。

烈妇名家古汋沕，下嫔汤孙结贤俪。

珠联璧合莹无瑕，诞毓二驹启麟瑞。

贞心石性柔含刚，何物豺狼敢横噬。

白刃如麻胁不降，剔眉肆詈惊群尨。

颈血四迸山石裂，刀锋舌剑声铮摐。

贼马辟易贼气夺，百丈滧头争豕突。

可怜文成开府乡，子孙崩角神啼咽。

吁嗟乎深闺弱质畴不死，一死完贞无憾矣。

草亡木卒无时无，独有奇节垂青史。

即今姓氏通九重，千秋绰楔齐高冈。

老夫洒泪数行墨，宗盟百世分宠光。

得陈子庄 ① 太守札，知捻贼已平，诗以志喜

乍看江左平妖蜃，又报关西靖虎狼。

喜见中兴新日月，愧无老杜快文章。

---

① 陈子庄（1812—1882），名其元，字子庄，海宁人。曾任南汇、青浦、上海等县知县、
　直隶州知州。著有《庸闲斋笔记》十二卷。

云台谁把功臣表，碑版还将圣相扬。

我但援琴歌小雅，自调和乐颂君王。

秋宜来，有感，书此付之

替人担忧沈屯子①，对石说法僧志公②。

不若饵书修脉望，息心琴隐陪鞠通。

偶成

病蛹重生感化机，病夫褪褐试单衣。

檐前且揭蛛丝网，好放蜻蜓自在飞。

祝欧寿母，即为令子砺生赠别，时将之甬东

太姥峰前月驭停，夫人星与月齐明。

时同治国寿，太后临朝之十年也。

古来贤母知公义，都有佳儿显令名。

浊世需才能济变，晚年求友遇同声。

莫孤弧矢县时志，好借荣封慰所生。

---

① 沈屯子，明代刘元卿《贤奕编》中《沈沌子多忧》中虚构的人物，"世之多忧者"。

② 志公（418—514），宝志，僧人。南朝梁时人。梁武帝敬事之，呼为志公。

羁縻

治有羁縻道始光，治家仿此得良方。

自古要荒远服皆用羁縻，汉唐一统，边郡皆有羁縻州。

勉将百忍全恩义，略用三纲护典常。

文亦生情难尽废，言非至教莫过长。

圣人礼法和为贵，权不离经总未妨。

人日雪

此日足可惜，斯人奈老何。

散花劳少女，添火仗支婆。

手冷调琴歇，诗谐借典讹。

莫嫌沽酒薄，犹胜涅槃多。

附 用霖恭和

天意如人意，人忙天亦忙。

洒空万斛面，愿足九州粮。

境拓诗心壮，寒消酒力强。

百年来复日，莫负好时光。

偶书

三间风雨屋，坐对一池清。

颇觉无猜乐，偏余未了情。

五官留寿意，六气验琴声。

好是长贫贱，迟迟毕此生。

答胡学师圭山赠诗 ①

少学屠龙悔已迟，那堪大笔为书眉。

江郎才尽无完锦，杜老愁多有败诗。

瀫水当年联道脉，苏湖此日遇儒师。

子衿近习离披甚，愿藉先生一振之。

志士从来耻素餐，儒官岂仅守清寒。

深山薄宦犹肥遁，吾道成功胜大丹。

培养斯文搜粟易，主持名教得人难。

颇闻典祀争棋劫，莫当寻常错着看。

酷吏杨令②，非他，即吾诗第八卷中所云"浇风当劫运，苛虎代妖氛"者也。今县将使邑绅私举名宦，异哉！此事虽非两虎特豚，既附夔门，岂许公伯寮③窃据，本是列朝大典，事关学政，何容少正卯④钻谋，是可忍也孰不可忍也！我诗虽非《春秋》之法，颇似杜陵诗史。此如西狩之麟，从此可绝笔矣。壬申岁四月十六日书。

① 胡圭山，名播中，浙江永康人，同治九年（1870）举人。同治七年出任泰顺县学教谕。
② 杨令，杨炳春，江苏吴江举人，咸丰七年署泰顺知县。
③ 公伯寮，即公伯寮，姓公伯，字子周，任季孙氏家臣，曾在季孙氏前说子路的坏话。
④ 少正卯，春秋时期鲁国的大夫，官至少正。少正卯和孔子都开办私学，招收学生。少正卯多次把孔丘的学生都吸引过去听讲。鲁定公十四年，孔丘任鲁国大司寇，上任后七日就把少正卯以"君子之诛"杀死。

跋

　　太冲先生少以诗文蜚声庠序，习举业，连不得志于场屋，浮沉诸生者数十年。论者谓先生文过高，命之穷实文为之也。不知先生文如其人，言言本乎至性。虽聪慧绝伦，每拙直不能机巧，而愤时嫉俗，不平之气辄于诗焉发之，以故皆不宜于时。晚年以明经北上京师，日与名流倡和。南游桂林，旷览山水之胜，而诗益大昌。余每读先生诗，爱其气壮神清，骨格健举，屡请付梓，而先生以未满志辞。今夏自兰溪致仕归，适梓人避寇来寓山馆，余以赈恤远人请，先生不获已，始以全稿授擂司其事。噫！先生以有用之学，半生抑塞至垂老，一官早退，究不克大展其志，徒以诗文焜耀流俗，于世何所裨益？岂士君子之不幸乎？抑将留硕果以有待乎？诵其诗，宜知其人。吾知世之诵是集者，不徒以诗人目之也。

　　咸丰八年九月既望，姻世侄曾璧擂敬跋于鹤巢山馆。

附件一
太冲林老师台大人寿序

唐壬森 [①]

　　天下奇士不必寿，而正士多寿；才士不必寿，而学士多寿。若乃范奇于正，敛才于学，则其英多磊落之气，与其敦庞纯固之德，相持于不敝，又非寻常正士、学士之所得而及，而其寿亦不可以寻常限，则吾邑学博林太冲先生其人也。

　　先生幼负异禀，好读书，经史外，于风角、壬遁、弢钤、邱索、玉函金柜诸经无不读，读辄洞其精要，又喜握奇击剑。家万山之中，闭门讲习，而其俯视一世之概，卓然有以自信，盖其气固已奇矣。习举子业，独好为诗、古文辞，下笔辄千数百言不休。尝作《七询诗》及拟离骚诸文示意，俯仰古今，挥斥八极，若与屈大夫、杜拾遗诸人上下。其议论才思，发越殊甚，然皆不诡于正。尝受经于乡贤曾复斋及武林黄绮霞两先生之门，又周旋吕月沧、李协庄两先生间，得其渊源，所学愈粹。内行淳笃，侍父母疾，衣不解带者累月，遭大故，

---

① 　唐壬森（1805—1891），字学庭，号根石，浙江兰溪人。道光二十七年（1847）进士，入翰林。擢国史馆编修，江南道监察御史，累官至都察院左副都御史。

哀毁骨立。为季弟立嗣，抚孤，创修族谱，周恤亲朋，不遗余力。先世有通累未毕，一旦罄资产偿之，无所吝。孝友之性，闿闿如也。义利之辩，介介如也。

余以己酉夏与先生定交于都门，年已五十六七矣，奇气郁勃，才思纵横，卒莫穷其涯涘。后先生就粤西学政幕，会匪适围省城，画立十三策上当事，磨盾草檄，擐甲登陴，城围遂解，犹以未尽杀贼为憾。归，董泰顺乡团，殄除巨猾，闾阎安堵。既又秉铎吾兰。乙卯春夏之交，安徽、豫章交警，台勇潜相勾结，窥伺兰溪，若一动摇，浙东几不可问。当事彷徨莫措，先生独毅然决策，俘斩数十人，台勇屏迹，浙少安。旋以邑令议事掣肘，绝口不谈兵，不矜奇，不骋才，退与学中弟子员申明条教，兢兢以正学相砥砺。然后知先生之奇，正而奇者也；先生之才，学而才者也。吾不能测先生之才之奇之所至，而又乌能测先生寿之所极哉？今先生六十有四，视听精明，步履不少衰。同人将于悬弧之辰，跻堂称祝，余敢以范奇于正、敛才于学者为寿于先生者告焉。

时丙辰三月二十九日也。翰林院编修、国史馆协修、江南道监察御史、愚弟唐壬森拜撰。

附件二
孙衣言致林鹗的诗

宿迁舟次，风雨累日，冲翁赋诗颇有抑郁无聊之感。作此解之，即次其韵

男儿五十未蹉跎，漫拥斑骓唤奈何。

壮志腰间看白羽，奇怀天上落黄河。

飘飘征雁飞秋影，浩浩秋风入素波。

却向中流思祖逖，岂容南海有蛮佗！

时林少穆宫保讨贼桂州，太冲有从军之意。

送太冲之桂林，即次其见赠韵

五十金门客，三年未肯归。

却随江雁去，遥逐楚云飞。

驿路有秋草，青山当落晖。

潇湘宜啸咏，兰芷易芳菲。

君当以春初至桂州。

答林迂翁登滕王阁见怀之作

辛亥

昔时分手向江干，楚雁南飞岁正阑。

何处登临高阁上，却劳相忆酒杯宽。

潇湘鄂渚君能赋，暑柳风荷我独看。

两地即今思远道，尺书犹幸托征翰。

酬仙屏四首兼怀冲翁桂林

与子初相见，扁舟潞水旁。

疏灯随酒盏，细雨隔返樯。

楼阁层城迥，鱼龙大泽荒。

同行迂谷叟，登啸各清狂。

送别扬州郭，吹箫第几桥？

我行看北固，君醉蹋金焦。

回首风烟隔，相思鸿雁遥。

匡庐与台荡，明月照迢迢。

意外重携手，铜驼大道边。

柳花随骏马，晴雪送诗篇。

自昔谁高咏，于今有谪仙。

独惭沧海意，辛苦向成连。

最忆狂歌客，依然汗漫游。

才名犹幕府，戎马况南州。

燕市梅初破，衡阳雁亦愁。

何时同画壁，烂醉鹔鹴裘。

冲翁尚在舍弟桂林幕中。

林太冲前年在舍弟广西幕中，适贼围桂林，相从守城。今以大吏论功，得以教官用，戏寄

林叟能言禄命书，三年乡邸出无车。

自云白发堪时用，却指青云有特除。

跃马男儿犹肮脏，明经科第已迁疏。

君恩自此容沽酒，击剑高歌好待予。

迂谷喜谈命，四年前在京师，贫甚，常就余饮酒，自云六十三岁当得官，今果然矣。

林教谕太冲鹗寄兰溪丝烟，戏谢以诗

广文先生老好事，兰溪丝烟为我致。

我闻此物起相思，包裹重重识君意。

平生嗜好同饮茶，涩吻枯肠有所恃。

自从烽火横江壖，富商南楚久不至。京师食湖南挺子烟。

京师大侩能巧奸，往往薰莸杂非类。

岂有芳香解饥渴，但恐邪火增病肺。

今朝一纸解我颜，千里那似鹅毛寄。

门生柳下烟名家，贩脂洒削兀然异。

知君寄我不取钱，自是鲁人未趋利。

前朝厉禁淡巴菰，妄谓毒人若鸟喙。

茶如酒友二百年，始信日新自运会。

唐宋始有茶，明始有烟，皆非如五谷之不可一日无，而为民日用乃与五谷等，此造物气化之新，不可以人力绝也，故吾尝谓异日之鸦片烟亦必不可禁，但听中国人自种之，自食之，则亦茗饮类耳。

独恨无人为颂德，不比茶经富文字。

偶然借此为诗篇，欲为芳草添故事。

小鬟吹火趋来前，腹中诗香书有味。

略有遗恨味过辣，颇似先生性姜桂。

或者恐我软随俗，以此为砭良非戏。

向使顿首再拜嘉，时能想念后当继。

寄答太冲学博兰溪来书

林叟贻我书，读已令人涕。

自云衰白翁，老矣不及事。

我不以为然，公老勇有气。

盗贼犹未平，曷不万夫帅。

不见江李罗，拔起本荒翳。

侍郎昨荐贤，未许径谒帝。

中朝众皋夔，本不借下士。

但恨乘轩车，往往贩脂胃。

幕府并大江，七年尚儿戏。

国论久未申，何术持凋敝。

我官幸陆沉，无与事兴替。

所恶视听近，未免热肝肺。

苦思博士堂，山县若避世。

论道谈诗书，弟子日三四。

于世遂无闻，养生绝忧虑。

况公饮能豪，无事勤买醉。

江：江忠源，李：李续宾，罗：罗泽南；侍郎：王子槐侍郎顷以人才入奏。

林迁谷叟画刘文成像，命之曰《景行图》，属为诗
乙丑

留侯美妇人，古今有相似。

经生固温温，佐帝非得已。

明祚二百年，风节此根柢。

为国有纲维，视睫昧千里。

太任坐齐宫，万事今待理。

南金辏荆衡，砺厉或跃起。

大变思异才，迁翁亦奇士。

抵家以来极思太冲，将赴杭州书此寄之，并示苣生

七十衰翁为世谋，腾书剀切念诛求。

自惭今日儒冠贱，未解斯民杼柚愁。

遂作闭门甘寂寞，可能对酒更风流。

无因细和猗兰操，独其徐翁坐白头。

去春太冲遗书极言温州榷税之苛，其意不能无望于余，而余无能为力也，至今耿耿。

乐清徐惇士同年见访寓庐，茝生携尊共饮，适王子庄自黄岩来相见，喜甚，尤念太冲也。酒后赋示三子，兼寄太冲泰顺

百二峰峦说小徐，大徐君亦共轩渠。

一尊就我能狂饮，千里来人见异书。

且纵笑谈欺白日，却看天地在蘧庐。

掉头独恨林迁叟，自抱青琴作隐居。

子庄顷以临海宋牎山大令所刊《台州丛书》七种见惠。

附件三
《孙锵鸣集》与林鹗有关的文章和诗歌

1.《望山草堂诗钞》序

岁甲午（道光十四年），余与太冲同以诗受知于陈硕士少宗伯，初相知名，逾一纪始遇于京师，遂定交。嗣余视学粤西，太冲留应京兆试，连不得志，乃自都门走六七千里来助余，襄校文艺之外，以名节、勋业相砥砺。自余总角与人交，惟太冲益余不浅也。

时粤中贼起用兵，太冲每为余规画贼情，常十中八九。未几桂林被围，事方急，太冲短衣跃马，精悍之色过于少年。及围解，大吏以军功保奏，得官兰溪训导；又以团练民兵有奇绩，闻于朝。上方将以监司郡守征，而太冲坚辞不起。

今夏寇氛逾江右，突入浙东，陷括州，吾郡壤相接，太冲惧其乡之不得宁处也，遽乞休归，又与余相见于里中。夫以今日时事之棘，视在粤时又加甚矣。太冲之有志于拨乱，盖未尝一日忘。然其筮仕数年，虽膺名公卿非常之荐，圣天子特达之知，亦极儒官之荣遇，而其生平忧时嫉俗、戆直不挠之气，所往辄落落难合，每寓于诗不少讳，其不踬于忧患亦幸也。故精力虽未衰而志少挫矣。

贼既退，乃刻其所为诗八卷，来索序。余益悲太冲之志殆将老于诗也。虽然，以余所见当世贤士大夫，求其天性忠孝，有体有用如太冲者不数数觏。太冲虽老，其益自振奋，必将有大用于世而不仅以诗人终也！是又余所深望于太冲者也。

咸丰八年戊午中秋后四日。

2.《分疆录》序

温郡志及各邑志，惟乐清简洁有体，余皆陋略，讹谬百出。固由兵燹迭经，文残献阙，而主斯氏者大抵奉檄趣办，纂修、采访鲜得其人，往往急于成书，卤莽灭裂而不之顾，此则官书之通病也。

《泰顺志》修于雍正时，荒秽尤甚，余友林太冲广文屡为余道之。后闻其有《分疆录》之作，未脱稿，而老病相寻，遽归道山矣！盖泰顺设县始于明景泰三年，分我邑（瑞安）之义翔乡、平阳之归仁乡合而为县，旧志区画不明，彼此牵混。至斯录所称乡贤祀典之谬；某大令借大工采木之名，营私渔利而又欺饰盗名，自书劳绩于册。使非有遗老流传，私家记载，其孰从而知之？更数百年，清议久而愈湮，不几以佞为贤，以贪墨为循良，三代直道不从此尽泯哉！观斯二者，则旧志之不足信多矣。

广文生于其乡，笃学博览，自少壮时得见雍乾间老成硕彦，多识故实，而其好善不倦，疾恶如仇，本于天性，因而发愤为此，宜也。况志之失修又百四五十年于兹，其间政刑之因革，风俗之变迁，衣冠言行，山林撰述，岁有增积，即先代遗书残刻久而后出者间亦有之，失此不图，后益难考。亨甫，名父子，旁搜博证，续成斯编，诚继志述事之大者也。刻既成，征序于余，乃书以归之。

光绪五年己卯三月于钟山书院。

3. 跋《望山堂琴学存书初稿》

右《望山堂琴学存书初稿》，泰顺老友林君太冲著也。

余与太冲别五年矣，岁一再通问，闻颇病衰，顾犹日以读书、饮酒、鼓琴为事。尝以书告：近于琴法悟律原，将有所论著以质诸世。今哲嗣亨父来过，出此相示，则已为书两卷矣。余不解音，安能有以测其说之浅深。至其所谓口定律必求之音，审音全凭耳力，一洗从前累黍造尺、纷纷聚讼之习，可谓要言不烦，圣人复起，无能易者矣。

太冲之学琴在七十以后，其年当六十时，已患手颤，酒后气盛，乃能操弦而竟，指法高妙，且洞澈源流如是，然则吾辈进德修业，惟日不足，诚未可以迟暮而有倦心也！

抑余又闻之，粤寇未起时，四方无事，太冲间语人曰："今乐皆楚声，此何祥也？"其后削平大乱，卒皆赖湘军力，一时将相封侯多楚人，则太冲之言验矣。

徐君莅生，太冲所从受琴法者也，屡为余言太冲耳音不可及，殆亦有所谓天授，非人力者耶？太冲老矣，不知何日复相见，展玩累月，如接笑谈，为书其后而归之。

同治辛未（十年）正月廿五日锵鸣识于望江寄巢。

4. 林太冲墓志铭

呜呼！吾友林君太冲之亡距今八年矣。始君辞中山书院讲席，归泰顺山中，过我饮酒乐甚。顾语余曰："子知我者。昔石曼卿、张子野等皆沉下僚，穷困以死，幸从欧阳公游，公为铭墓，抑扬咏叹之，不过数百言，而曼卿诸人奇伟非常之气，千载如生。某耄矣，此归不复出，敢以身后之文为托。"余笑谢而心诺之。逾数岁，君卒，其子亨父以《状》来征铭。岁月迁流，人事牵率，未有以报，而亨父亦老多病，请不已，敢再缓乎？

君天性忠孝人也。少食贫力学，读史至忠臣、烈士必激发奋起，遇奸回则愤怒作色，以爪刻几案，深入数分。侍亲疾，刲股调药以进，不使家人知。既葬，结庐冢侧，移家就居，所谓"望南山草堂"，君自名其集者也。

年五十馀，始以明经入试国子监，冠其曹偶，而卒不售。余之视学广西也，君走六七千里来助余。会洪杨乱起，为余指画贼情多中。桂林被围，当道稔君知兵，命守西清门，昼夜乘城，间一归，则悒郁不乐。曰："贼易平耳，城中官将怯，数失机矣。"月余，贼解围去，君请发兵援全州，遏入楚路。众相顾惧贼回攻，严守如故，半月城门不启，君愤甚。已而，大吏上城守功，问君欲何官？君谢曰："我未杀一贼，功何有。"于是贼东下，连破武昌、安庆、江宁，上念广西省城独完，赏或未遍，命补报，始以君名上。授兰溪县学训导。

时贼已踞宣、歙、广信间，溃勇四逸焚掠，将窥兰溪。兰溪令用君计，捕斩数十人，遂遁去。君为教官，以植善类、挟士气为先，遇事不为秋毫婉婀，郡县官颇不便之，谤毁交至。当是时，寇氛遍东南，师久无功。文宗求才益亟。侍郎王公茂荫举所知及君，有诏来征。君固辞不起，虽余亦勉以一出。君喟然曰："我非软熟媚耳目者，即出亦不过交人差遣耳。七十老翁何能随人俯仰，吾道终不可行也。"退与诸生讲正学，申条教。谤言既熄，而君归志决矣！

君为学，自经史性理外，旁及韬钤符遁，术数音乐，靡不究心，各有撰述。晚而好琴，两手颤掉，犹假酒力日鼓一再行以自娱。长夏危坐观书，虽倦不假寐，以为俾昼作夜，古人所弃也。卒前数日犹矻矻著书不休。平生然诺不侵，待人一以至诚，处家人父子间无私语，于族党乡曲中无曲情，独君国之念一日不忘。病甚，语言謇涩，独乐与人谈中兴事。闻西师捷，辄喜形于色。

盖自少至老，真挚之性不衰也。余少君二十岁，辱与忘年交。自君之亡，州里间直谅多闻之友不复见矣，悲夫！

君讳鹗，字景一，太冲其别字也。先世自福建建阳迁平阳泗溪，为今泰顺六都。后再徙瑞安象庄，为今泰顺城北隅。明正统初，寇乱，据罗阳镇，朝命兵部侍郎孙原贞讨之。君之远祖有讳国者，以布衣献策军门，寇平遂设县治。国生钧，以邑庠入胄监，考授漳州府知事。自是世业儒，八传至湖州府学司训讳绍昌，于君为高祖。县学生讳廷燎，君曾祖也。县廪生讳崇城，君祖也。郡廪生讳熙台，君考也。皆以恩赠如君官，以孝义、文学世其家。娶夏氏，有妇德。子一：用霖，亨父也，县增广生，福建候补县丞。孙四：亢宗，幼殇；右宗、慕宗、再宗，皆业儒，慕宗今亦为县学生。君生于乾隆癸丑（五十八年）三月，以同治甲戌（十三年）三月卒，葬于木棉村李坑山，乡贤徐子云故里也。铭曰：

立人之道，惟忠惟孝。是由性生，不可以貌。君奋穷山，目营四海。忧国惓惓，老退不改。用不竟施，所蕴则多。陈义愤激，发为诗歌。有琴在室，有书盈箧。侏老诒孙，毕此志业。木棉之原，川纡山蟠。归止尔室，其风永存。

5. 挽林太冲

忠孝本性成，慷慨悲歌，诗卷多半忧国作；

耄期犹力学，精勤忘倦，名山未了著书心。

6. 书夏逸民《渔樵诗说》后

岁辛未（同治十年），泰顺林太冲明经以其邑先辈夏逸民先生所著《诗经渔樵野说》寄示。先生为明弘光副贡，国变后希踪夷、惠，隐居著书。而是书吾郡经籍志不著录，董霞樵《罗阳诗始》采先生古今体诗十四首，谓著有《闲园诗草》，亦不言有此书，盖皆未之见也。

所说《诗》，一本温柔敦厚之义，能于诗人言外之旨涵泳寻绎而得之，一洗宋以来攻《序》、宗《序》两家门户之见。至变雅诸篇，尤反复于小人肆毒，贤者蒙祸，与夫天变、民瘼之故，不啻痛苦流涕。盖其身经板荡，蒿目秕政，故言之深切详尽如此。此固《黍离》《麦秀》之感发于中之不容已，顾亦有天下者之殷鉴矣。惟间有佻仄纤俗之论，尚未脱钟、谭习气，则明人说经之通病也。

先生风节之高，今读其书犹可想见。而斯篇迄今二百年，迭更寇乱，其子孙保守勿失，亦足觇山中风俗之厚。亟为录而存之，并书其后，以原书还之太冲，俾归其后人，尚谋所以刊布之以久其传哉！

7. 徐惕叟七十寿序

……

犹忆丙寅（同治五年）、丁卯之间，余去官里居，其时泰顺老友林太冲广文主郡讲席，年已七十矣，喜就君讲论琴法。尝语余："得君而琴学始进。"余每至郡城，必偕太冲过君。

8. 永嘉沙君墓志铭

……

所至喜与贤士大夫游。往余每诣郡，辄与林太冲、曾竹史、吴周辰会集其家。

9.《太霞山馆文集》序

……

顾乾嘉以来，曾鲸堂大令以经学古文鸣，董眉伯进士以诗鸣，而余友林太冲广文博学善著述，耄耋不倦，不幸今又亡矣。

10. 泰顺刘君墓表

……

同邑林太冲广文有人伦鉴，称君古貌古心，推服尤至。

……

太冲我老友也，尝唏嘘语余："泰顺，瑞安分也。幸僻在万山中，人心风俗尚如瑞安前六十年，今亦稍稍浇矣，异日者，恐无瑞安之文而有瑞安之诈，吾窃惧焉"，今读君《状》，故备载之，使揭于墓上以征太冲之所言，且使其乡人效法老成，复于风气之古。

11. 太平试院即事，和林太冲广文即赠吴宣三太守

千里岩疆接大荒，雄关远控气苍茫。

秋生野岫浮岚碧，江下南交浊涨黄。

早露侵墙鸣蛤蚧，凉风拂砌舞桄榔。

威明太守能除贼，敢谓鹰鹯逊凤凰。

12. 林太冲广文得《刘文成遗像》，摹为《景行图》，属题

石门山中星如斗，功名不落渭莘后，

弓旌三顾始幡然，整顿乾坤犹反手。

龙冈云气无时无，况生乡国连闾间。

臣精亡矣百无用，望空搔首徒长吁。

附件四
孙锵鸣致林鹗书信

之一

正在驰念间，忽接手书，如亲颜色。张君忽翻前局，人之难恃如此，可慨！弟在敝邑办捐输事，亦与邑侯不甚合，邑侯之意在挪用，而弟坚执不肯故也。时事已若此，而州县尚不改弦易辙，奈何！新例实职虚衔均减二成，何以贵邑办理独异？前月又到省局续章，正项如过零尾几钱改正两数，部饷银如逢零尾几分几厘改正钱数，如监附捐贡，须正项银一百十六两，折钱二百卅二千，此途想贵邑必多愿捐者。续章仅得四本，除分致永、乐、平外，已无余，俟另觅得再寄。

南北贼情近无确信，正月邸抄，见静海独流之贼窜至献县一带，黄州失陷，湖北督吴甄南阵亡，大约猖獗之势仍未少减也。二月中致寸笺两次，并贺粤西议叙得尽先选用之喜（家兄并有诗函，俱未到耶？）。未知五芝堂已寄到否？家兄处亦两月多未得信。匆匆，复请冲翁先生勋安，惟珍啬不宣。

愚弟孙锵鸣顿首。十三日。

委商之事，新观察亦拘谨甚，无可为者。嘱书之纸，俟另奉。

之二

迂翁老兄先生阁下：

令孙上郡过敝邑，获读手教，欣悉神明坚固，锐志著书，浙东耆旧中当推先生为领袖矣。敬仰之余，尤深欣忭。

夏逸民《诗说》能于诗人言外之意婉曲体会，是真善读《三百篇》者。代远年湮，其后人能宝守至今，亦是一股灵光不可磨灭处，拟即为录出一部以广其传，若得珂乡同志醵金付梓，尤所望也！

日前贵邑包广文涵过我，于旧牒中搜得其远祖包紫崖先生湉之官日记，亦数百年物，可见万山深处，兵燹罕经，风俗淳厚，为子孙者尚能珍视祖宗手泽，为可敬也！

复斋书板近则索价渐廉，顷晤小樵，怂恿其集赀赎回，未知能就绪否？

舍侄诒燕此次侥幸入学，赋颇为使星所赏。此儿经史颇能记得，若得加功，尚堪造就，知念，并以附闻。

《亨父日谈》一册附纳，中有数则已为抄入贱著《瓯海诗话》中矣。哲孙抱屈，不足介怀，小试多一二次，经书便多增一两部，岂不胜耶？上郡访之，闻已归，故以此书托小樵带呈。即请

道安！诸惟颐摄为祝。

愚弟孙锵鸣顿首。九月廿一。

附件五
许振祎致林鹗书信

愚弟许振祎再拜奉书

太冲先生大人阁下：

与先生别久矣，江湖间隔，梦想为劳，想同云也。忆自联舸潞水，解袂邗沟，诗酒登临，宛然如昨，深感先生及琴西丈教诲之惠，亲爱之荐，三生石上能不铭泐。

先生赴粤取道滕王阁下，题壁寄怀，感旧怜才，读之呜咽。弟于秋试渡江始读公诗，而西乡人士早藉藉称老名士清老沉雄之作，计琴翁与弟皆有和诗，尺素久稽，故未得达。

弟于去春来都，幸琴西先生已至，昕夕畅怀，相亲莫逆，独恨不得见先生也。先生在围城中来书，激昂慷慨，弟皆目睹，闻捍卫有功，何以未邀录奏，弟甚疑焉，比来闻偕蒉田学使安抵珂乡，想道履安和，德门集庆，为颂为慰。大著直追古作者，不审曾付梓否？抑新制琳琅，可以寄示否？弟疏懒日甚，学业日荒，扰扰软红，心如废井，两度长安，所得止教习，良由不自树立之故。虽蒙琴西丈屡以诗法相授，然功力全无，愈形顽钝，弟之不可对琴翁，即不可等筹先生也。

刻下家乡戎马，避地无所，老亲白头遭此惊乱，忧心如焚，只有星夜遄归。偶成诗一章，托琴翁转致先生，俾知数年来相思之苦。何时海宇廓清，春明重聚，乃为大庆。匆匆束装，不及细诉阔衷，然不言可知，风便祈惠德音，伏惟亮察，不宣。弟祎再拜。

癸丑八月中秋前三日上书

回函仍乞由琴翁处寄递可达江右。又及。

附件六
《温州市志》（1996）关于林鹗的记载

　　林鹗（1793—1874），小名颉云，字景一，又字太冲，号愚谷，清泰顺人。父熙台，廪生。鹗自幼勤奋好学，十三岁应童子试，二十二年中岁贡。后屡试不第，在广西学使孙锵鸣属下充幕僚。咸丰二年四月，太平军围桂林，鹗设谋防御，坚守西清门。及围解，得官兰溪训导。又以团练民兵，知名于朝；终因和县令意见不合，谤毁交至。年近花甲时，升为直隶州判。咸丰八年（1858），坚决乞休，退归林下。在泰顺倡设社仓，着手编撰《分疆录》，主讲郡城中山书院，从徐惕曳讲论琴法，关心公益，热爱史乘，老而弥笃。同治十三年三月卒，享年80岁。遗著有《望山草堂诗文集》《花木栅》《借刊录》《阴符笺》《琴学全书》等。《泰顺分疆录》未完稿，由子用霖续辑，共十三卷，其精博为该县前志所不及。

附件七
《泰顺县志》（1998）关于林鹗的记载

　　林鹗（1793—1874），少名颉云，字太冲，号愚谷，南院人。出身书香门第，自幼勤奋好学，博览群书。为人磊落耿直，刚正不阿，有"奇士""正士"之誉。二十岁进秀才，清道光二十二年（1842）岁贡。后屡试不第，遂弃功名，出任粤西学使孙铿鸣幕僚，后为兰溪训导。告老还乡后，仍热心地方公益事业，于同治三年（1864）倡办南院社仓，并亲自制定《社仓章程》，确保赈济事功。独家修纂泰顺《分疆录》，认真考证，悉心订正旧志疏漏与舛误。对泰顺地理环境，亲历考察十余年，足迹遍及全县山山水水，订正了旧志疆界之谬误，对全县溪流源头，流经乡村，出口入海等亦一一补记。同治十三年（1874）逝世，享年八十二。未及著述的少数卷文，由其子林用霖续辑完成。

　　林鹗以逾古稀之年纂修泰顺《分疆录》，父死子继，历经十八春秋，纂成泰顺建县五百年来难得的史籍。除《分疆录》外，其著作尚有《望山堂文集》《花木栅》《借刊录》《阳符笺》《琴学全书》（二卷）等。

附件八
光绪《兰溪县志》关于林鹗的记载

    林鹗，号太冲，温州泰顺人，岁贡。善诗、古文辞。以军功授教职。咸丰初补训导。慷慨任事，喜谈兵略、奇门遁甲及地理书。著有《望山草堂诗集》。

附件九
林鹗致叔父林崶的信

鹗禀叔父大人尊前：

侄与屿头毓英世兄作伴到省，住城隍山后，到下段进场。三场完毕，俱无违式，文比前数科略胜，然售与不售，听之而已。场后毓英兄先归。侄以无钱不能起身，归期大约在榜后也。店中生意何如？可能开展否？侄家谅已收割，未知年岁何如？如有便人入城，求三叔写信通问，并嘱媳妇耐苦持家，照管孩子。侄如中式，凡事求三叔代理。如不中则归期无定，或住省候明年恩科亦未可知也。此禀，并请

祖母大人福安！

三叔、婶娘均安！

姨娘好！

鹗具
八月廿五日申刻

附件十
林鹗年谱简编

乾隆五十八年 1793 年 癸丑 一岁

三月二十九日生于泰顺县城罗阳城西。

少名颉云，字景一，号峙崖。后改名鹗，字太冲，号迁谷。

泰顺林氏始迁祖林建三十三世孙。行十。

高祖父绍昌、曾祖父廷燎、祖父崇琥，均是县学生员（俗称秀才）。

高祖父绍昌曾任浙江湖州府学训导，从祖居地罗阳北隅上庄（今泰顺中学一带）迁居里庄（现名里光）。

父亲林逢春（1772—1814），时年二十二岁；母亲董氏（1770—1814），时年二十四岁，罗阳镇平溪村恩贡生董廷仪之女，泰顺建县后第一位进士董正扬之胞妹。

乾隆五十九年 1794 年 甲寅 二岁

科考，林逢春成府学生员，补廪生。

秦瀛^①任温处兵备道。

乾隆六十年 1795 年 乙卯 三岁

林逢春的两位朋友潘鼎、董莳跟随潘学邹^②到杭州参加乡试，从此成为好友。

嘉庆元年 1796 年 丙辰 四岁

初识字，能辨四声。同年，李銮宣出任温处兵备道，董莳"以诗受知"，应李之约上《论泰顺利弊书》。

嘉庆二年 1797 年 丁巳 五岁

读唐诗，学吟诵。

弟次羽生。

嘉庆三年 1798 年 戊午 六岁

始就外傅，开始启蒙读书。

同年，舅父董正扬中举人，为清朝泰顺第一位举人。

同年，舅父董正持、董正揄入学，成为县学生员。

同年，夏日炳成为府学生员。

---

① 秦瀛（1743—1821），字小岘，号遂庵，江苏无锡人，乾隆四十一年（1776）举人，官至兵部侍郎。任浙江布政使时，对曾镛极为赏识，说："予观两浙才俊之士，心雄气盛无如泰顺曾鲸堂镛者。"

② 潘学邹（1743—1834），字希盂，号峰云，恩贡生，罗阳罗峰人，乾嘉之际泰顺极具名望的饱学之儒。

嘉庆四年 1799 年 己未 七岁

曾镛、曾璜父子受福建巡抚汪志伊之邀，往福建。

嘉庆五年 1800 年 庚申 八岁

学诗，"信口吟哦杂丁东"。闻歌场弦管合乐鼓吹，能辨别声板错误。

嘉庆六年 1801 年 辛酉 九岁

曾镛长子曾璜卒，年三十二。曾璜与董正扬、潘鼎、董斿号称罗阳四俊，著有《松亭遗草》。

嘉庆七年 1802 年 壬戌 十岁

学写文章。

董正扬中进士，二甲第四十名。

嘉庆八年 1803 年 癸亥 十一岁

曾镛在金华汤溪县教谕任上受阮元赏识，推荐担任知县，候任。

嘉庆九年 1804 年 甲子 十二岁

妹妹出生。

温处道员李銮宣离开温州。曾镛回泰顺，开始十年家乡授徒，谱主从之学。

嘉庆十年 1805 年 乙丑 十三岁

初应童子试。

嘉庆十一年 1806 年 丙寅 十四岁

读书罗阳。

嘉庆十二年 1807 年 丁卯 十五岁

泰顺县学重建，潘鼎之父潘学地主持，曾镛撰《重修泰顺学宫记》。

嘉庆十三年 1808 年 戊辰 十六岁

潘鼎好友瑞安林培厚 [①] 中进士。

董廷仪堂弟廷对 [②] 中举人。

嘉庆十四年 1809 年 己巳 十七岁

端木国瑚掌教温州中山书院。

嘉庆十五年 1810 年 庚午 十八岁

娶莒江夏日炳之女夏氏。

潘鼎中副榜，成副贡生。

嘉庆十六年 1811 年 辛未 十九岁

董正扬《文选集律》刊行，端木国瑚作序。

嘉庆十七年 1812 年 壬申 二十岁

本年岁科连考。岁考第一名，成为县学生员；接着参加科考，获一等第二名，补廪膳生 [③]。

董正扬出任江西大庾县知县，结束十年杭州生活。

---

① 林培厚（1764—1830），字辉山，改字敏斋，瑞安人，选庶吉士，授翰林院编修。嘉庆二十一年任重庆知府，邀潘鼎前往佐幕。

② 董廷对（1769—1818），字策三，嘉庆辛酉拔贡，嘉庆戊辰顺天乡试中举，官直隶广平知县。

③ 清代科举制度，刚入学为附生，经考试升增生，增生经考试升廪生。泰顺县学廪生额20 名，每年县给银助学。补廪一般都得入学若干年后，入学一二年即补廪属于少见。

女儿出生。

嘉庆十八年 1813 年癸酉 二十一岁

到杭州，入黄绮霞先生门下求学。

同学徐暲（徐本四世孙）告知，钱塘乾隆初大学士徐本是泰顺仙居忠训郎徐震之后人。

嘉庆十九年 1814 年 甲戌 二十二岁

十一月十一日，母亲病故；

时父亲林逢春在瑞安林培厚家坐馆，接到消息赶回。

十二月十二日，父亲病故。

同年，弟媳妇潘氏（潘鼎之女）病故。

恩师曾镛出任湖南东安知县，董莳跟随曾镛往东安。

舅父董正扬丁忧回家。

嘉庆二十年 1815 年乙亥 二十三岁

受父母先后离世打击，患病。与三叔父林韺合灶 18 个月。病愈后，到三峰寺授徒谋生。

秋，端木国瑚来罗阳，居潘氏石林精舍，谱主随老师潘鼎陪端木游山。

同年，瑞安孙衣言出生。

嘉庆二十一年 1816 年 丙子 二十四岁

董正扬服阕复职，行至江西泰和，病故。

秋，梦中吟诗"夕阳闲衮荻芦花"，不久从严州乘船往杭州，在钱塘江上见到梦中景色，续成绝句一首：一湾江水涨平沙，数朵江云接晚霞。梦醒篷窗看秋色，夕阳闲衮荻芦花。

女儿五岁，因缺人照看，溺于屋后池中。

儿子林用霖出生。

同年，林培厚出任重庆知府。李品镐出任泰顺知县，对谱主颇为赏识。

嘉庆二十二年 1817 年 丁丑 二十五岁

弟病故，年仅二十一岁。

秋，赴杭州。

潘鼎与董斿结伴西行，潘鼎往重庆入林培厚幕，董斿往成都入李銮宣幕。

同年，瑞安孙锵鸣生。

嘉庆二十三年 1818 年 戊寅 二十六岁

春节，住吴山，供父亲遗像于吴山旅邸，画中父亲弹琴、谱主兄弟伺候两旁。

在严州建德佐幕。随李品镐（协庄）、吕璜（月沧）游西湖、观打鱼。

立秋逢七夕，作诗《七夕寄内》，"但愿白头长守拙，卿能织布我牵牛"。

嘉庆二十四年 1819 年 己卯 二十七岁

科考一等第一名。

跟随李品镐到杭州、嘉兴秀水。

夏，在秀水衙署撰《偶吟随录》。

妹病故，年仅十六岁。

嘉庆二十五年 1820 年 庚辰 二十八岁

住屋"售而价空"，租潘姓房子住。

曾镛《复斋文集》二十一卷、《复斋诗集》四卷刊行。

道光元年 1821 年 辛巳 二十九岁

幕游归来，寓居里光祖屋，研究家谱。发现谱牒错误甚多，立志修正。

作《里庄》诗："村口晴亦昏，一溪两山影。入树穿危亭，山谷豁然醒。"

在《分疆录》书中，林鹗、林用霖均自称自己是"里庄人"，盖认祖归宗，归于林绍昌脉下之故也。

曾任温处兵备道、在温州提倡文艺，与曾镛亦师亦友的秦瀛，于同年病故。

道光二年 1822 年 壬午 三十岁

葬父母于南院飞凤山北麓，构建墓庐守孝，与墓隔田相望。

在筱涧读书，九月九日与同学登赤岩石室，作《登赤岩观瀑》。后修泗溪林家族谱时发现，赤岩石室就是南宋末年林逢龙兄弟隐居著书之地。

曾镛病故于东安官署。

道光三年 1823 年 癸未 三十一岁

研究葬书，晨夕不离。

道光四年 1824 年 甲申 三十二岁

迁居南院墓庐，名之为望山草堂、见南山轩。

离开罗阳当日，用王维《送别》诗"但去莫复问"，作诗四首告别诗人、朋友周京。

道光五年 1825 年 乙酉 三十三岁

赴试省城，与潘鼎同行，住吴山数月。本欲往归安（湖州）讨教端木国瑚，因故未果。

年底回泰顺，作诗《乙酉仲冬失意归里途中遇雨迷道入山是夜至李溪题旅壁》。

友人永嘉丁钟英、潘宗澜拔贡。

从家族中选林大谋之五子为弟立嗣，取名无訾（1822—1883），由妻夏氏抚养。

道光六年 1826 年 丙戌 三十四岁

赴杭州参加乡试，罢归。

作《志嘉庆异人》，述马昱中、丁钟英、潘宗澜三位友人从北京回来路上遇到的奇人轶事。

道光七年 1827 年 丁亥 三十五岁

林培厚重获启用，出任湖北督粮道，再邀潘鼎往佐之。不久，潘鼎辞别入都，谋铨选。

董斿从丽水莲城书院回到泰顺，掌教罗阳书院。

道光八年 1828 年 戊子 三十六岁

秋，与端木国瑚同寓吴山，与端木讨论易学、风水等学问。

友人马昱中（号蔚霞，温州城区百里坊人）乡试第一，解元。

道光九年 1829 年 己丑 三十七岁

岁考年，孙衣言、孙锵鸣兄弟初应童子试。

道光十年 1830 年 庚寅 三十八岁

林培厚病故于天津，潘鼎为之处理后事。

道光十一年 1831 年 辛卯 三十九岁

到杭州，寓童乘寺，见壁上题诗“酒人至竞输红叶，一日斜阳醉一回”，甚爱之。以后 4 次到杭州，每次都追寻该诗出处，未果。后自己做诗一首，将该二句纳入，并注明来源于此。

道光十二年 1832 年 壬辰 四十岁

在瑞安大峃（今属文成）鹫峰书院读书、教书。

三月廿九，学生为之祝寿，作诗。

八月一日，与诸生游白云庵，作《云峰山十二咏》。

道光十三年　1833 年　癸巳　四十一岁

岁考一等第八名。

该年，江西陈用光任浙江学政，瑞安孙衣言、孙锵鸣兄弟入学。

道光十四年　1834 年　甲午　四十二岁

科考一等十二名。

诗作获学政陈用光赏识，孙锵鸣所说的"岁甲午余与太冲同以诗受知于陈硕士少宗伯"即此。

冬，董正扬之子董颙（小眉）从南京回家成婚，与太冲叙说受陶澍、沈维鐈厚待之事。陶澍是董正扬同科进士，时任两江总督，与董正扬关系亲密，董正扬的《味义根斋诗集》中有许多诗后有"云汀"的评语，云汀是陶澍的号，据《分疆录》记载，董正扬有文集，存陶澍家，未及刊，1839 年陶澍死于两江总督任上，董正扬的文集失传。谱主有《书大司马陶云汀先生诗集》。

道光十五年　1835 年　乙未　四十三岁

二月六日，潘鼎卒。谱主撰《潘夫子彝长先生家传》，董斿撰《潘彝长家传》，林培厚孙林用光作诗《哭潘彝长先生》。

孙锵鸣中举人。

道光十六年　1836 年　丙申　四十四岁

掌教筱村东洋村林家之竟成书塾，正月初十作《试笔赋》，记书塾开馆。

儿子林无咎（后改名用霖）岁考入学，成为生员。

舅父董正揄卒。

端木国瑚《周易指》四十五卷刊行。

道光十七年 1837 年 丁酉 四十五岁

科考一等第二名。

同年，库村包涵 [①] 入学。

包涵《古柏山房吟草》有诗《梦以诗质故学博林太冲先生》。

秋，端木国瑚往遂昌，病故。

道光十八年 1838 年 戊戌 四十六岁

岁考一等第二名。

孙衣言拔贡。

同年，周禧 [②] 出生。

道光十九年 1839 年 己亥 四十七岁

钦差大臣林则徐至广州，责令英商缴烟。在虎门公开销烟。国家剧变开始。

道光二十年 1840 年 庚子 四十八岁

三峰寺赏牡丹，作诗慨叹："花开赏未迟，我才竟谁用？"

秋，患病。泰顺县学训导沈燮致仕，作《送沈咏楼学博致仕归》。

端木国瑚所著《太鹤山人集》在瑞安刊刻。

谱主《葬书易悟》五篇写成，十一月自跋。

道光二十一年 1841 年 辛丑 四十九岁

修泗溪林氏族谱。

---

① 包涵（1817—1887），字公宇，泰顺库村人，咸丰六年岁贡，曾任严州府寿昌县学训导。

② 周禧（1838—1896），号小樵，周京弟周牧之孙，周焕枢之父，孙锵鸣弟子。光绪六年（1880）岁贡生，从罗阳迁居江渡。文成刘基庙有周禧手书对联：异世论才，子房气象汉儒者；同时显学，景濂文章明正宗。

妻夏氏五十虚岁，作诗贺之。

长孙亢宗①出生。

同年，孙锵鸣中进士，入翰林。

道光二十二年 1842 年 壬寅 五十岁

当年科考获一等第二名，成岁贡生。

七月二十七日，董旿卒。谱主撰《董霞樵先生墓志铭》。

道光二十三年 1843 年 癸卯 五十一岁

《葬书易悟》二卷刊刻。

罗阳新建校士馆，作《新建校士馆碑志》。

刘秉彝②生。

道光二十四年 1844 年 甲辰 五十二岁

次孙葆泰③出生。

周恩煦④生。

道光二十五年 1845 年 乙巳 五十三岁

秋，潘浦先生出资、历时二年修建的文祥塔竣工。

---

① 林亢宗，字梅复，咸丰六年（1856）卒于兰溪学署。

② 刘秉彝（1843—1910），字肃伦，罗阳人，同治六年（1867）举人，与孙诒让同科，
  曾任湖北云梦等七县知县，所至政绩斐然，受湖广总督张之洞赏识。是林鹗、孙锵鸣
  的学生。

③ 葆泰（1844—1898），光绪二十一年（1895）中秀才。

④ 周恩煦（1844—1902），字晓芙，秀涧人，号晚华吏隐，孙衣言、孙锵鸣弟子，跟随
  李鸿章外甥张士珩。光绪乙酉（1886）拔贡，授直隶州州判、候补江苏知县。著有《晚
  华居遗集》，入选《清代诗文集汇编》。

道光二十六年 1846 年 丙午 五十四岁

作《雷警》一文，记述泰顺本地异闻。

道光二十七年 1847 年 丁未 五十五岁

在景宁，作《汤坑》诗。

于景宁鹤溪著《易侯像象通俗占》四卷。

往北京，入国子监读书。船过青田，作《青田晚泊感怀端木舍人》。经江苏句容，过访林培厚孙林用光，时林任句容县丞。

到北京后认识孙衣言，与之交往甚欢。

孙锵鸣任会试考官，荐李鸿章、沈葆桢、兰溪唐壬森同科进士。

道光二十八年 1848 年 戊申 五十六岁

读书国子监，坐馆王本梧[①]家。

堂弟林澄清入学。

道光二十九年 1849 年 己酉 五十七岁

在北京，与孙衣言、孙锵鸣、唐壬森、俞树风、王本梧等交游。

留应京兆试，连不得志。在国子监就学，"每试冠其曹偶，而卒不售"。

当年，孙锵鸣主持广西省乡试。

三孙澍滋[②]出生。

---

① 王本梧，宁波鄞县人，道光六年，由拔贡朝考用七品官分兵部任职，进主事，升员外郎。咸丰元年授江西吉安知府，三年死于战事。

② 澍滋（1849—1920），行名慕宗，字慎冰，号雨农，光绪六年（1880）中秀才，1904年补廪生，1910年成廪贡生。著有《伴劳吟》《南北游诗草》（均失传），《慎冰诗稿》手稿一册今存温州市图书馆。

道光三十年 1850 年 庚戌 五十八岁

孙衣言中进士，入翰林。

孙锵鸣乡试结束后留任广西学政。

秋天，受孙锵鸣之邀，谱主自京师走六七千里，往佐之。孙衣言中进士后请假回家，两人结伴南行。于路上结识许振祎，过济宁时三人登任城太白楼，饮酒赋诗。

到杭州后，过江西、经湖南，到达广西省驻地桂林。湘江上作《湘江舟中拟古作九思》。过永州时，念及当日曾镛在此为官，与董祎等人游潇湘，感慨赋诗。

咸丰元年 1851 年 辛亥 五十九岁

跟随孙锵鸣到各州府考核生员。沿途赋诗唱和，甚为相得。

咸丰二年 1852 年 壬子 六十岁

太平军围攻桂林，谱主为孙锵鸣僚属，参与桂林守城。因懂兵法，被委派协守西清门。桂林围解，提议追击，阻太平军进入湖南，不为当道采纳。

咸丰三年 1853 年 癸丑 六十一岁

孙锵鸣学政任期届满，结伴回家。因正常通道遭太平军阻塞，两人绕道广东，越大庾岭，转道江西回家。过大庾，忆 40 年前舅父董正扬在此地任知县，向当地百姓打听，当地百姓还记得这位父母官。过吉安，前往拜访知府王本梧，受到热情接待。王邀请谱主到吉安。谱主答应处理家中事务后即来。回到泰顺后，受指派办理团练。孙锵鸣在瑞安办团练。后谱主在南院创办社仓，时任温处兵备道俞树风为社仓章程作序。

咸丰四年 1854 年 甲寅 六十二岁

咸丰帝念桂林守城之功，赏或未遍，命再报。当道以谱主上报，授兰溪县学训导[①]。孙衣言寄诗祝贺。孙锵鸣致函祝贺。

咸丰五年 1855 年 乙卯 六十三岁

春，赴兰溪上任。时势危急，被委派训练团练，抵御太平军及溃散滋事的潮、台勇。六月，接友人嘉定县令遂昌李本荣（字载芬）来信，作《答嘉定令李载芬书》。

四孙钟华[②]出生。

咸丰六年 1856 年 丙辰 六十四岁

在兰溪任职。

三月廿九日，兰溪人翰林院编修唐壬森为撰《太冲林老师台大人寿序》。长孙亢宗卒于兰溪学署。

咸丰七年 1857 年 丁巳 六十五岁

在兰溪任职。

光绪《兰溪县志》记载：“林鹗，号太冲，温州泰顺人，岁贡，善诗、古文辞，以军功授教职，咸丰初补训导。慷慨任事，喜谈兵略、奇门遁甲及地理书，著有《望山草堂诗集》。”

咸丰八年 1858 年 戊午 六十六岁

三月，太平军攻陷江山。嘱林用霖携母夏氏回泰顺。

夏，辞职回家。五月十五日回到泰顺。

秋，《望山草堂诗钞》刊行，孙锵鸣作序。

---

① 训导，教谕之副职，从八品。教谕缺位时，代教谕职。

② 钟华（1855—1913），字遂生，号瑞轩生，光绪十五年（1889）中秀才。著有《劳生吟草》，失传。

太平军逼近周边县域，指派林用霖与乡绅在县境各处筑隘防守。

周焕枢^①生。

咸丰九年 1859 年 己未 六十七岁

于南院建最清桥、咸丰桥。

林用霖以增贡生报捐，授职巡检，分派福建厦门，被任命为霞浦县典
史^②。

咸丰十年 1860 年 庚申 六十八岁

在霞浦林用霖任所。

撰写泰顺县令李汝麟、陈先登小传，开始编纂《分疆录》。

与林用霖夜话泰顺本土人物。想念老师曾镛，曾镛逝世后，其两子携母往
贵州黔西就幕，咸丰初年后与泰顺失去联系。作诗《感怀先师》，"黔中消息
杳，丘首尚逡巡"。

年底，妻夏氏将七十，作《内子夏宜人七十寿觞词》，回顾生平艰辛经历。

同年，友人潘庭枏的儿子潘自强中进士。

咸丰十一年 1861 年 辛酉 六十九岁

林用霖受福建北路统领曾宪德指派，回泰顺办理团练，协同泰顺教谕沈应

---

① 周焕枢（1858—1900），又名观，字丽辰，号盥孚，别号欠泉，光绪甲午（1894）岁贡生。
周禧之子。从学孙衣言于诒善祠塾，受器重。曾就学于林用霖，与用霖四子钟华友善。
著有《欠泉庵文集》，收入《清代诗文集汇编》。1892 年夏，受林钟华之托，为《望
山草堂文集》作跋。

② 典史：县级衙门必设吏员，为县令的佐杂。负责缉捕、监狱、治安、稽查。当县令的
入流佐官如县丞、主簿缺任时，兼行其职。典史由吏部铨选、皇帝签批任命，虽然没
有品级，但属于朝廷正式任命的"命官"。典史年俸银 31 两 5 钱 2 分、养廉银 80 两。

奎[1] 防守太平军、金钱会。由于防守严密，太平军、金钱会未进入泰顺。事后论功行赏，林用霖保升县丞，沈应奎保升知县。

为徐鼒[2] 的《小腆纪年》编校。

林用霖《罗江东外纪拾残》刊刻。

同治元年　1862年　壬戌　七十岁

在霞浦林用霖任所。

太平军进入温州，孙衣言长子诒穀战死。

孙锵鸣回京，任翰林侍读学士。

同治二年　1863年　癸亥　七十一岁

孙衣言任安徽庐凤颖兵备道。

同治三年　1864年　甲子　七十二岁

正月初二，孙锵鸣被勒令致仕。

在南院倡办社仓。

受温处兵备道、温州知府周开锡之邀，掌教温州中山书院。

编纂《分疆录》。

---

[1]　沈应奎（1821—1895），字小筠，号吉田，附贡生，浙江平湖人。咸丰十年（1860）任泰顺县学教谕。辛酉春，平阳金钱会起义，太平军进入浙江，接近泰顺周围，民心惶惑，泰顺绅民请沈主持防务。事平，论功保升知县。经温州知府周开锡举荐，受知于左宗棠，随左到福建。官至台湾布政使、护理台湾巡抚。主政台湾期间，林鹗孙澍滋曾往佐幕。

[2]　徐鼒（1810—1862），江苏六合人，清代著名史学家、文学家。道光二十五年（1845）进士，入翰林。咸丰二十八年（1858）任福宁府知府，福宁府治所在霞浦。《小腆纪年》为徐鼒于咸丰十一年（1861）编写的研究南明史的重要史料，六十五卷、补遗五卷。徐鼒是林鹗道光二十八年（1848）前后在国子监读书时认识的朋友。咸丰十年（1860）前后，在霞浦重逢，受托为其巨作《小腆纪年》进行编校。

同治四年 1865 年 乙丑 七十三岁

掌教温州中山书院。时孙诒让就读于此，每试辄冠军。

与温州诸名流，如怡园曾贤、曾谐（小石）、曾良箴（秋眉），郭公山沙丙科，信河街雁池徐莅生，百里坊马兰笙等交往甚密。

向徐莅生、马兰笙学习古琴。

作《与徐莅生论乐书》《乐均解》《徐氏琴谱跋》等。

同治五年 1866 年 丙寅 七十四岁

八月，妻夏氏病故。

九月，辞别中山书院，回泰顺南院。过瑞安时，与孙锵鸣话别，告知将不再出山，以身后之文即墓志铭相托。

同治六年 1867 年 丁卯 七十五岁

八月，二孙葆泰之长子、长重孙允恺出生。

孙衣言于温州寓庐与徐莅生、王子庄、徐惇士聚会，想念谱主，作诗寄泰顺。

撰《永嘉徐学諴莅生大理六十寿文》，贺友人徐莅生寿。

作《仿孙观察诗和莅生见寄》，回复徐莅生寄诗。

董斿编辑的《罗阳诗始》刊刻，选收泰顺建县以来 54 家诗人诗作 623 首。卷首有曹应枢、孙锵鸣等人作的序。孙诒让《温州经籍志》评说："此集所录大都格律雅正，抉择亦颇不苟。"

秋，孙诒让、刘秉彝中举人。

同治七年 1868 年 戊辰 七十六岁

孙锵鸣主讲中山书院。

谱主在南院老家著书。

同治八年 1869 年 己巳 七十七岁

孙衣言升任江宁布政使。

林昕^①生。

同治九年 1870 年 庚午 七十八岁

整理夏大辉^②的《诗经渔樵野说》，抄本送孙衣言、孙锵鸣。

包涵发现吴驲^③《之官纪行》，抄本送孙锵鸣。

同治十年 1871 年 辛未 七十九岁

撰写《望山堂琴学存书》，抄送孙锵鸣，孙锵鸣为之作跋。

整理家藏各种版本的《兰亭集序》，作记。

撰《重校夏氏诗说序》，记述校勘《诗经渔樵野说》一书经过。

九月廿一日，孙锵鸣托周禧带书信给林鹗，信中提及关于泰顺的多件事。

提及侄儿诒燕入学，当是谱主在中山书院时的学生。

同治十一年 1872 年 壬申 八十岁

继续编辑《分疆录》。

同治十二年 1873 年 癸酉 八十一岁

继续编辑《分疆录》。

---

① 林昕（1869—1910），原名霏开，字杲东，筱村东洋人，号万罗狂客。与林钟华友善，曾为其诗集《劳生诗草》题诗，中有："太冲前辈邑人师，文章风雅恣而奇，兴酣落笔风雨驰，鞭策骐骏斩蛟螭，家学三世能为诗"，在温州东山书院期间，曾与林钟华同游飞霞洞等，吟诗唱和。
② 夏大辉，字启涵，号逸民，莒江上村人，南明弘光乙酉年（1645）副贡。
③ 吴驲（1167—1247），字由正，号岚壁，泰顺库村人。南宋嘉泰二年（1202）进士，嘉定十年（1216）出任广西昭州知州，上任路上撰《之官纪行》。

同治十三年 1874 年 甲戌 八十二岁

三月十日病故。

孙锵鸣撰挽联：

忠孝本性成，慷慨悲歌，诗卷多半忧国作；

耄期犹力学，精勤忘倦，名山未了著书心。

光绪四年 1878 年 戊寅

《分疆录》出版，温州知府张盛藻、友人孙锵鸣为书作序。

光绪八年 1882 年 壬午

孙衣言为林用霖的诗集写序，叙述与林鹗、林用霖的交往。

同年，三孙澍滋中秀才。

孙锵鸣撰《林太冲先生墓志铭》。

光绪三十一年 1905 年 乙巳

澍滋第三子允中参加最后一次科举考试，考完后科举废，录取草案无效，转入新式学校读书。宣统二年（1910）经考核并上报审批，授予增生资格，成为南院桥下林家最后一位科举时代取得功名的读书人。

后 记

在科举时代，每一个读书人都必须会写诗，因为作诗写作是科举的必考题。如果不会写诗，就进不了学，连最低级的功名都无法取得，一生只能以布衣行世。但是，会写诗不等于能写好诗。写出来的诗没有生命力，像一只蚂蚁，虽然曾经存世，却没有人记得。好的诗，有超强的生命力。诗人纵使身与名俱灭，而诗歌依然世代在流传！

清光绪十七年（1891），浙江学政潘衍桐编辑《两浙輶轩续录》，收录清嘉庆至光绪间浙江诗人诗作，其中有温州籍诗人131家诗作532首，林鹗诗作29首入选，数量上居温州诗人第一。

2010年12月，国家清史工程最大型文献丛书《清代诗文集汇编》出版，该书从四万余种现存清人诗文集中精选3423家，4058种合编成集，温州著作14家20种，其中之一就是林鹗的《望山草堂诗抄》。

《望山草堂诗抄》自清咸丰八年（1858）年刊印，长期以来获得后辈学人的肯定与赞赏。此次《望山草堂诗抄》的整理、编辑，遵循以下几点：

一是以收入《清代诗文集汇编》的刻印于咸丰八年的《望山草堂诗抄》为底本，以温州市图书馆古籍部收藏的十卷本《望山草堂诗抄》为补充，对本书进行核校。

二是除字库中无法找到对应的简化字等特殊情况，繁体字、异体字均改为规范简体字；避讳字改回原字；涉及国家、朝廷、皇帝等所用的抬头格，均予以删除。

三是正文中出现的难辨字以及脱漏字，以方框"口"符号替代。

四是诗题较长的，加标点断句，诗题之末不加句号。组诗在总题下有小题、序数的，统一移置各诗之前。题注、诗题下的小序以及诗后的跋、诗中夹注，以不同字号加以区别。

五是收录了搜集到的有关志书中关于林鹗的记载、好友写给林鹗的诗文、寿序、书信等作为附录。

习近平总书记指出："阅读是人类获取知识、启智增慧、培养道德的重要途径，可以让人得到思想启发，树立崇高理想，涵养浩然之气。"一直以来，泰顺县政协高度重视"书香政协"建设，自 1986 年开始，泰顺县政协精心编纂、整理、出版刊物十辑，真正践行"以书香润政协，以读书促履职"，推动文史资政深入实施。本次整理、核校、编辑《望山草堂诗抄》过程，得到温州市图书馆副馆长王妍的大力支持和帮助，陈圣格、潘先俊、翁晓互等乡土文化专家提出了很好的意见和建议。泰顺县政协主席雷全勉为本书作序，泰顺县委常委、宣传部部长胡晓立亲力亲为参与本书的整理编辑，泰顺县政协副主席郭素琴、县政协文教卫体和文史学习委主任高娅飞、泰顺县社科联副主席雷映玉为本书的出版劳心费力，此书得以顺利付印与他们的鼎力支持密不可分。本书出版前，还得到温州文史研究馆副馆长金柏东、温州市图书馆研究员卢礼阳、温州大学教授陈瑞赞、温州大学教授金丹霞、温州市博物馆副馆长高启新等诸位专家的悉心指导，在此一并表示衷心的感谢！

图书在版编目（ＣＩＰ）数据

望山草堂诗钞 /（清）林鹗著；赖立位点校 . -- 北

京：中国文史出版社，2023.9

ISBN 978-7-5205-4310-1

Ⅰ .①望⋯ Ⅱ .①林⋯ ②赖⋯ Ⅲ .①诗集—中国—

清代 Ⅳ .① I222.749

中国国家版本馆 CIP 数据核字 (2023) 第 182486 号

责任编辑：詹红旗

出版发行：中国文史出版社

社　　址：北京市西城区太平桥大街 23 号邮编：100811

印　　装：温州市北大方印务有限公司

经　　销：全国新华书店

开　　本：787mm×1092mm 1/16

印　　张：25.5

字　　数：129 千字

版　　次：2023 年 11 月北京第 1 版

印　　次：2023 年 11 月第 1 次印刷

定　　价：88.00 元